ELLE ET LUI

AMS PRESS

NEW YORK

GEORGE SAND

d'après le portrait peint par CHARPENTIER.

ELLE ET LUI

PAR

GEORGE SAND

PARIS

CALMANN-LÉVY, ÉDITEURS

3, RUE AUBER, 3

Library of Congress Cataloging in Publication Data

Sand, George, pseud. of Mme. Dudevant, 1804-1876.
    Elle et lui.

    Reprint of the 1864 ed. published by Calmann-Lévy,
Paris, in series: Oeuvres de George Sand.
    I. Title.
PQ2401.E3 1977   843'.8   75-41240
ISBN 0-404-14796-8

Reprinted from an original in the collections
of the Ohio State University Library

From the edition of 1864, Paris
First AMS edition published in 1977
Manufactured in the United States of America

AMS PRESS INC.
NEW YORK, N.Y.

ELLE ET LUI

A MADEMOISELLE JACQUES.

Ma chère Thérèse, puisque vous me permettez de ne pas vous appeler mademoiselle, apprenez une nouvelle importante dans *le monde des arts,* comme dit notre ami Bernard. Tiens ! ça rime ; mais ce qui n'a ni rime ni raison, c'est ce que je vais vous raconter.

Figurez-vous qu'hier, après vous avoir ennuyée de ma visite, je trouvai, en rentrant chez moi, un milord anglais... Après ça, ce n'est peut-être pas

un milord ; mais, pour sûr, c'est un Anglais, lequel
me dit en son patois :

— Vous êtes peintre ?

— *Yes,* milord.

— Vous faites la figure ?

— *Yes,* milord.

— Et les mains ?

— *Yes*, milord ; les pieds aussi.

— Bon !

— Très-bons !

— Oh ! je suis sûr !

— Eh bien, voulez-vous faire le portrait de moi ?

— De vous ?

— Pourquoi pas ?

Le *pourquoi pas* fut dit avec tant de bonhomie,
que je cessai de le prendre pour un imbécile, d'autant plus que le fils d'Albion est un homme magnifique. C'est la tête d'Antinoüs sur les épaules de...
sur les épaules d'un Anglais ; c'est un type grec de la
meilleure époque sur le buste un peu singulièrement habillé et cravaté d'un spécimen de la fashion
britannique.

— Ma foi ! lui ai-je dit, vous êtes un beau modèle, à coup sûr, et j'aimerais à faire de vous une
étude à mon profit ; mais je ne peux pas faire votre
portrait.

— Pourquoi donc ?

— Parce que je ne suis pas peintre de portraits.

— Oh !... Est-ce qu'en France vous payez une patente pour telle ou telle spécialité dans les arts ?

— Non ; mais le public ne nous permet guère de cumuler. Il veut savoir à quoi s'en tenir sur notre compte, quand nous sommes jeunes surtout ; et, si j'avais, moi qui vous parle et qui suis fort jeune, le malheur de faire de vous un bon portrait, j'aurais beaucoup de peine à réussir à la prochaine exposition avec autre chose que des portraits ; de même que, si je ne faisais de vous qu'un portrait médiocre, on me défendrait d'en jamais essayer d'autres : on décréterait que je n'ai pas les qualités de l'emploi, et que j'ai été un présomptueux de m'y risquer.

Je racontai à mon Anglais beaucoup d'autres sornettes dont je vous fais grâce, et qui lui firent ouvrir de grands yeux ; après quoi, il se mit à rire, et je vis clairement que mes raisons lui inspiraient le plus profond mépris pour la France, sinon pour votre petit serviteur.

— Tranchons le mot, me dit-il. Vous n'aimez pas le portrait.

— Comment ! pour quel Welche me prenez-vous ? Dites plutôt que je n'ose pas encore faire le portrait, et que je ne saurais pas le faire, vu que, de deux choses l'une : ou c'est une spécialité qui n'en admet pas d'autres, ou c'est la perfection, et comme qui dirait la couronne du talent. Certains peintres, incapables de rien composer, peuvent copier fidèlement et agréablement le modèle vivant. Ceux-là ont un succès assuré, pour peu qu'ils sachent présenter le modèle sous son aspect le plus favorable, et qu'ils aient l'adresse de l'habiller à son avantage tout en l'habillant à la mode; mais, quand on n'est qu'un pauvre peintre d'histoire, très-apprenti et très-contesté, comme j'ai l'honneur d'être, on ne peut pas lutter contre des gens du métier. Je vous avoue que je n'ai jamais étudié avec conscience les plis d'un habit noir et les habitudes particulières d'une physionomie donnée. Je suis un malheureux inventeur d'attitudes, de types et d'expressions. Il faut que tout cela obéisse à mon sujet, à mon idée, à mon rêve, si vous voulez. Si vous me permettiez de vous costumer à ma guise, et de vous poser dans une composition de mon cru... Encore, tenez, cela ne vaudrait rien, ce ne serait pas vous. Ce ne serait pas un portrait à donner à votre maîtresse... encore moins à votre femme légitime. Ni l'une ni l'autre ne vous reconnaîtraient. Donc, ne me demandez pas maintenant ce que je saurai pourtant faire un jour, si par hasard je deviens Rubens ou Titien, parce

qu'alors je saurai rester poëte et créateur, tout en
étreignant sans effort et sans crainte la puissante et
majestueuse réalité. Malheureusement, il n'est pas
probable que je devienne quelque chose de plus
qu'un fou ou une bête. Lisez MM. tels et tels, qui
l'ont dit dans leurs feuilletons.

Figurez-vous bien, Thérèse, que je n'ai pas dit à
mon Anglais un mot de ce que je vous raconte : on
arrange toujours quand on se fait parler soi-même;
mais, de tout ce que je pus lui dire pour m'excuser
de ne pas savoir faire le portrait, rien ne servit que
ce peu de paroles : « Pourquoi diable ne vous
adressez-vous pas à mademoiselle Jacques? »

Il fit trois fois *Oh !* après quoi, il me demanda
votre adresse, et le voilà parti sans faire la moindre
réflexion, en me laissant très-confus et très-irrité de
ne pouvoir achever ma dissertation sur le portrait;
car enfin, ma bonne Thérèse, si cet animal de bel
Anglais va chez vous aujourd'hui, comme je l'en
crois capable , et qu'il vous redise tout ce que je
viens de vous écrire, c'est-à-dire tout ce que je ne
lui ai pas dit, sur les *faiseurs* et sur les grands
maîtres, qu'allez-vous penser de votre ingrat ami!
Qu'il vous range parmi les premiers et qu'il vous
juge incapable de faire autre chose que des portraits
bien jolis qui plaisent à tout le mode ! Ah ! ma

chère amie, si vous aviez entendu tout ce que je lui
ai dit de vous quand il a été parti!... Vous le savez,
vous savez que, pour moi, vous n'êtes pas mademoiselle Jacques, qui fait des portraits ressemblants très
en vogue, mais un homme supérieur qui s'est
déguisé en femme, et qui, sans avoir jamais fait
l'académie, devine et sait faire deviner tout un corps
et toute une âme dans un buste, à la manière des
grands sculpteurs de l'antiquité et des grands peintres
de la renaissance. Mais je me tais; vous n'aimez pas
qu'on vous dise ce qu'on pense de vous. Vous faites
semblant de prendre cela pour des compliments.
Vous êtes très-orgueilleuse, Thérèse.

Je suis tout à fait mélancolique aujourd'hui, je ne
sais pas pourquoi. J'ai si mal déjeuné ce matin...
Je n'ai jamais si mal mangé que depuis que j'ai une
cuisinière. Et puis on ne peut plus avoir de bon
tabac. La régie vous empoisonne. Et puis on m'a
apporté des bottes neuves qui ne vont pas du tout...
Et puis il pleut... Et puis, et puis que sais-je ? Les
jours sont longs comme des jours sans pain depuis
quelque temps, ne trouvez-vous pas ? Non, vous ne
trouvez pas, vous. Vous ne connaissez pas le malaise.
le plaisir qui ennuie, et l'ennui qui grise, le mal
sans nom dont je vous parlais l'autre soir, dans ce
petit salon lilas où je voudrais être maintenant;

car j'ai un jour affreux pour peindre, et, ne pouvant
peindre, j'aurais du plaisir à vous assommer de ma
conversation.

Je ne vous verrai donc pas aujourd'hui ! Vous
avez là une famille insupportable qui vous vole à
vos amis les plus délicieux ! Je vais donc être forcé,
ce soir, de faire quelque affreuse sottise !... Voilà
l'effet de votre bonté pour moi, ma chère grande
camarade. C'est de me rendre si sot et si nul quand
je ne vous vois plus, qu'il faut absolument que je
m'étourdisse au risque de vous scandaliser. Mais,
soyez tranquille, je ne vous raconterai pas l'emploi
de ma soirée.

Votre ami et serviteur,

LAURENT.

11 mai 183...

A M. LAURENT DE FAUVEL.

D'abord, mon cher Laurent, je vous demande,
si vous avez pour moi quelque amitié, de ne pas
faire trop souvent de sottises qui nuisent à votre
santé. Je vous permets toutes les autres. Vous allez

me demander d'en citer une, et me voilà fort embarrassée ; car, en fait de sottises, j'en connais peu
qui ne soient nuisibles. Reste à savoir ce que vous
appelez sottise. S'il s'agit de ces longs soupers dont
vous me parliez l'autre jour, je crois qu'ils vous
tuent, et je m'en désole. A quoi songez-vous, mon
Dieu, de détruire ainsi, de gaieté de cœur, une
existence si précieuse et si belle ? Mais vous ne
voulez pas de sermons : je me borne à la prière.

Quant à votre Anglais, qui est un Américain, je
viens de le voir, et, puisque je ne vous verrai ni ce
soir, ni peut-être demain, à mon grand regret, il
faut que je vous dise que vous avez tout à fait tort
de ne pas vouloir faire son portrait. Il vous eût
offert les yeux de la tête, et les yeux de la tête d'un
Américain comme Dick Palmer, c'est beaucoup de
billets de banque dont vous avez besoin, précisément pour ne pas faire de sottises, c'est-à-dire pour
ne pas *courir le brelan,* dans l'espoir d'un coup de
fortune qui n'arrive jamais aux gens d'imagination,
vu que les gens d'imagination ne savent pas jouer,
qu'ils perdent toujours, et qu'il leur faut ensuite
demander à leur imagination de quoi payer leurs
dettes, métier pour lequel cette princesse-là ne se
sent pas faite, et auquel elle ne se plie qu'en mettant le feu au pauvre corps qu'elle habite.

Vous me trouvez bien positive, n'est-ce pas? Ça m'est égal. D'ailleurs, si nous prenons la question de plus haut, toutes les raisons que vous avez données à votre Américain et à moi ne valent pas deux sous. Vous ne savez pas faire le portrait, c'est possible, cela est même certain, s'il faut le faire dans les conditions du succès bourgeois; mais M. Palmer n'exigeait nullement qu'il en fût ainsi. Vous l'avez pris pour un épicier, et vous vous êtes trompé. C'est un homme de jugement et de goût, qui s'y connaît, et qui a pour vous de l'enthousiasme. Jugez si je l'ai bien reçu! Il venait à moi comme à un pis aller, je m'en suis fort bien aperçue, et je lui en ai su gré. Aussi l'ai-je consolé en lui promettant de faire tout mon possible pour vous décider à le peindre. Nous parlerons donc de cette affaire après-demain, car j'ai donné rendez-vous audit Palmer pour le soir, afin qu'il m'aide à plaider sa propre cause et qu'il emporte votre promesse.

Sur ce, mon cher Laurent, désennuyez-vous de votre mieux de ne pas me voir pendant deux jours. Cela ne vous sera pas difficile, vous connaissez beaucoup de gens d'esprit, et vous avez le pied dans le plus beau monde. Moi, je ne suis qu'une vieille prêcheuse qui vous aime bien, qui vous conjure de ne pas vous coucher tard toutes les nuits, et qui

vous conseille de ne faire excès et abus de rien.
Vous n'avez pas ce droit-là : génie oblige.

   Votre camarade,

THÉRÈSE JACQUES.

A MADEMOISELLE JACQUES.

Ma chère Thérèse, je pars dans deux heures pour
une partie de campagne avec le comte de S... et le
prince D... Il y aura de la jeunesse et de la beauté,
à ce que l'on assure. Je vous promets et vous jure
de ne pas faire de sottises et de ne pas boire de
champagne... sans me le reprocher amèrement!
Que voulez-vous! j'eusse certainement mieux aimé
flâner dans votre grand atelier, et déraisonner dans
votre petit salon lilas; mais, puisque vous êtes en
retraite avec vos trente-six cousins de province, vous
ne vous apercevrez certainement pas non plus de
mon absence après-demain : vous aurez la déli-
cieuse musique de l'accent anglo-américain pendant
toute la soirée. Ah! il s'appelle Dick, ce bon M. Palmer? Je croyais que Dick était le diminutif familier
de Richard! Il est vrai qu'en fait de langues, je sais
tout au plus le français.

Quant au portrait, n'en parlons plus. Vous êtes mille fois trop maternelle, ma bonne Thérèse, de penser à mes intérêts au détriment des vôtres. Bien que vous ayez une belle clientèle, je sais que votre générosité ne vous permet pas d'être riche, et que quelques billets de banque de plus seront beaucoup mieux entre vos mains qu'entre les miennes. Vous les emploierez à faire des heureux, et, moi, je les jetterais sur un brelan, comme vous dites.

D'ailleurs, jamais je n'ai été moins en train de faire de la peinture. Il faut pour cela deux choses que vous avez, la réflexion et l'inspiration ; je n'au-rai jamais la première, et *j'ai eu* la seconde. Aussi en suis-je dégoûté comme d'une vieille folle qui m'a éreinté en me promenant à travers champs sur la croupe maigre de son cheval d'Apocalypse. Je vois bien ce qui me manque ; n'en déplaise à votre rai-son, je n'ai pas encore assez vécu, et je pars pour trois ou sept jours avec madame Réalité, sous la figure de plusieurs nymphes du corps de ballet de l'Opéra. J'espère bien, à mon retour, être l'homme du monde le plus accompli, c'est-à-dire le plus blasé et le plus raisonnable.

Votre ami,

LAURENT.

I

Thérèse comprit fort bien, à première vue, le dépit et la jalousie qui avaient dicté cette lettre.

— Et pourtant, se dit-elle, il n'est pas amoureux
de moi. Oh! non, certes, il ne sera jamais amoureux de personne, et de moi moins que de toute
autre.

Et, tout en relisant et rêvant, Thérèse craignit de
se mentir à elle-même en cherchant à se persuader que Laurent ne courait aucun danger auprès
d'elle.

— Mais quoi? quel danger? se disait-elle encore :
souffrir d'un caprice non satisfait? souffre-t-on
beaucoup pour un caprice? Je n'en sais rien, moi.
Je n'en ai jamais eu !

Mais la pendule marquait cinq heures de l'après-
midi. Et Thérèse, après avoir mis la lettre dans sa

poche, demanda son chapeau, donna congé à son domestique pour vingt-quatre heures, fit à sa fidèle vieille Catherine diverses recommandations particulières et monta en fiacre. Deux heures après, elle rentrait avec une petite femme mince, un peu voûtée et parfaitement voilée, dont le cocher même ne vit pas la figure. Elle s'enferma avec cette personne mystérieuse, et Catherine leur servit un petit dîner tout à fait succulent. Thérèse soignait et servait sa compagne, qui la regardait avec tant d'extase et d'ivresse, qu'elle ne pouvait pas manger.

De son côté, Laurent se disposait à la partie de plaisir annoncée; mais, quand le prince D... vint le prendre avec sa voiture, Laurent lui dit qu'une affaire imprévue le retenait encore deux heures à Paris, et qu'il le rejoindrait à sa maison de campagne dans la soirée.

Laurent n'avait pourtant aucune affaire. Il s'était habillé avec une hâte fiévreuse. Il s'était fait coiffer avec un soin particulier. Et puis il avait jeté son habit sur un fauteuil, et il avait passé ses mains dans les boucles trop symétriques de ses cheveux, sans songer pourtant à l'air qu'il pouvait avoir. Il se promenait dans son atelier tantôt vite, tantôt lentement. Quand le prince D... fut parti en lui faisant dix fois promettre de se hâter de partir lui-même, il courut sur l'escalier pour le prier de l'attendre et lui dire qu'il renonçait à toute affaire pour le suivre; mais il ne le rappela point et passa dans sa chambre, où il se jeta sur son lit.

— Pourquoi me ferme-t-elle sa porte pour deux jours? Il y a quelque chose là-dessous! Et, quand elle me donne rendez-vous pour le troisième jour, c'est afin de me faire rencontrer chez elle un Anglais ou un Américain que je ne connais pas! Mais elle connaît certainement, elle, ce Palmer, qu'elle appelle par son petit nom! D'où vient alors qu'il m'a demandé son adresse? Est-ce une feinte? Pourquoi feindrait-elle avec moi? Je ne suis pas l'amant de Thérèse, je n'ai aucun droit sur elle! L'amant de Thérèse! je ne le serai certainement jamais. Dieu m'en préserve! une femme qui a cinq ans de plus que moi, peut-être davantage! Qui sait l'âge d'une femme, et de celle-là précisément, dont personne ne sait rien? Un passé si mystérieux doit couvrir quelque énorme sottise, peut-être une honte bien conditionnée. Et avec cela, elle est prude, ou dévote, ou philosophe, qui peut savoir? Elle parle de tout avec une impartialité, ou une tolérance, ou un détachement... Sait-on ce qu'elle croit, ce qu'elle ne croit pas, ce qu'elle veut, ce qu'elle aime, et si seulement elle est capable d'aimer?

Mercourt, un jeune critique, ami de Laurent, entra chez lui.

— Je sais, lui dit-il, que vous partez pour Mont-morency. Aussi je ne fais qu'entrer et sortir pour vous demander une adresse, celle de mademoiselle Jacques.

Laurent tressaillit.

— Et que diable voulez-vous à mademoiselle Jacques ? répondit-il en faisant semblant de chercher du papier pour rouler une cigarette.

— Moi ? Rien... c'est-à-dire si ! Je voudrais bien la connaître ; mais je ne la connais que de vue et de réputation. C'est pour une personne qui veut se faire peindre que je demande son adresse.

— Vous la connaissez de vue, mademoiselle Jac-ques ?

— Parbleu ! elle est tout à fait célèbre à présent, et qui ne l'a remarquée ? Elle est faite pour cela !

— Vous trouvez ?

— Eh bien, et vous ?

— Moi ? Je n'en sais rien. Je l'aime beaucoup, je ne suis pas compétent.

— Vous l'aimez beaucoup ?

— Oui, vous voyez, je le dis ; ce qui est la preuve que je lui ne fais pas la cour.

— Vous la voyez souvent ?

— Quelquefois.

— Alors vous êtes son ami... sérieux?

— Eh bien, oui, un peu... Pourquoi riez-vous?

— Parce que je n'en crois rien; à vingt-quatre ans, on n'est pas l'ami sérieux d'une femme... jeune et belle!

— Bah! elle n'est ni si jeune ni si belle que vous dites. C'est un bon camarade, pas désagréable à voir, voilà tout. Pourtant elle appartient à un type que je n'aime pas, et je suis forcé de lui pardonner d'être blonde. Je n'aime les blondes qu'en peinture.

— Elle n'est pas déjà si blonde! elle a les yeux d'un noir doux, des cheveux qui ne sont ni bruns ni blonds, et qu'elle arrange singulièrement. Au reste, ça lui va, elle a l'air d'un sphinx bon enfant.

— Le mot est joli; mais... vous aimez les grandes femmes, vous!

— Elle n'est pas très-grande, elle a des petits pieds et des petites mains. C'est une vraie femme. Je l'ai bien regardée, puisque j'en suis amoureux.

— Tiens, quelle idée vous avez là!

— Cela ne vous fait rien, puisqu'en tant que femme, elle ne vous plaît pas?

— Mon cher, elle me plairait, que ce serait tout

comme. Dans ce cas-là, je tâcherais d'être mieux
avec elle que je ne suis; mais je ne serais pas amoureux, c'est un état que je ne fais pas; par conséquent, je ne serais pas jaloux. Poussez donc votre
pointe, si bon vous semble.

— Moi? Oui, si je trouve l'occasion ; mais je n'ai
pas le temps de la chercher, et, au fond, je suis
comme vous, Laurent, parfaitement enclin à la patience, vu que je suis d'un âge et d'un monde où le
plaisir ne manque pas... Mais, puisque nous parlons de cette femme-là, et que vous la connaissez,
dites-moi donc... c'est pure curiosité de ma part,
je vous le déclare, si elle est veuve ou...

— Ou quoi ?

— Je voulais dire si elle est veuve d'un amant ou
d'un mari.

— Je n'en sais rien.

— Pas possible !

— Parole d'honneur, je ne lui ai jamais demandé.
Ça m'est si égal !

— Savez-vous ce qu'on dit?

— Non, je ne m'en soucie pas. Qu'est-ce qu'on
dit?

— Vous voyez bien que vous vous en souciez !
On dit qu'elle a été mariée à un homme riche et
titré.

— Mariée...

— On ne peut plus mariée, par-devant M. le maire et M. le curé.

— Quelle bêtise ! elle porterait son nom et son titre.

— Ah ! voilà ! Il y a un mystère là-dessous. Quand j'aurai le temps, je chercherai ça, et je vous en ferai part. On dit qu'elle n'a pas d'amant connu, bien qu'elle vive avec une grande liberté. D'ailleurs, vous devez savoir cela, vous ?

— Je n'en sais pas le premier mot. Ah çà ! vous croyez donc que je passe ma vie à observer ou à interroger les femmes ? Je ne suis pas un flâneur comme vous, moi ! je trouve la vie très-courte pour vivre et travailler.

— Vivre... je ne dis pas. Il paraît que vous vivez beaucoup. Quant à travailler... on dit que vous ne travaillez pas assez. Voyons, qu'est-ce que vous avez là ? Laissez-moi voir !

— Non, ce n'est rien, je n'ai rien de commencé ici.

— Si fait : cette tête-là... c'est très-beau, diable ! Laissez-moi donc voir, où je vous malmène dans mon prochain *salon*.

— Vous en êtes bien capable !

— Oui, quand vous le mériterez ; mais, pour

cette tête-là, c'est superbe et s'admire tout bête-
ment. Qu'est-ce que ça sera?

— Est-ce que je sais?

— Voulez-vous que je vous le dise?

— Vous me ferez plaisir.

— Faites-en une sibylle. On coiffe ça comme on
veut, ça n'engage à rien.

— Tiens, c'est une idée.

— Et puis on ne compromet pas la personne à
qui ça ressemble.

— Ça ressemble à quelqu'un?

— Parbleu! mauvais plaisant, vous croyez que je
ne la reconnais pas? Allons, mon cher, vous avez
voulu vous moquer de moi, puisque vous niez tout,
même les choses les plus simples. Vous êtes l'amant
de cette figure-là!

— La preuve, c'est que je m'en vais à Montmorency! dit froidement Laurent en prenant son chapeau.

— Ça n'empêche pas! répondit Mercourt.

Laurent sortit, et Mercourt, qui était descendu
avec lui, le vit monter dans une petite voiture de
remise; mais Laurent se fit conduire au bois de
Boulogne, où il dîna tout seul dans un petit café, et
d'où il revint à la nuit tombée, à pied et perdu dans
ses rêveries.

Le bois de Boulogne n'était pas à cette époque ce qu'il est aujourd'hui. C'était plus petit d'aspect, plus négligé, plus pauvre, plus mystérieux et plus champêtre : on y pouvait rêver.

Les Champs-Élysées, moins luxueux et moins habités qu'aujourd'hui, avaient de nouveaux quartiers où se louaient encore à bon marché de petites maisons avec de petits jardins d'un caractère très-intime. On y pouvait vivre et travailler.

C'était dans une de ces maisonnettes blanches et propres, au milieu des lilas en fleur, et derrière une grande haie d'aubépine fermée d'une barrière peinte en vert, que demeurait Thérèse. On était au mois de mai. Le temps était magnifique. Comment Laurent se trouva, à neuf heures, derrière cette haie, dans la rue déserte et inachevée où les réverbères n'avaient pas encore été installés, et sur les talus de laquelle poussaient encore les orties et les folles herbes, c'est ce que lui-même eût été embarrassé d'expliquer.

La haie était fort épaisse, et Laurent tourna sans bruit tout à l'entour, sans apercevoir autre chose que des feuilles légèrement dorées par une lumière qu'il supposa placée dans le jardin, sur une petite table auprès de laquelle il avait l'habitude de fumer quand il passait la soirée chez Thérèse. On fumait

donc dans le jardin? ou on y prenait le thé, comme
cela arrivait quelquefois? Mais Thérèse avait annoncé à Laurent qu'elle attendait toute une famille
de province, et il n'entendait que le chuchotement
mystérieux de deux voix, dont l'une lui paraissait
être celle de Thérèse. L'autre parlait tout à fait bas :
était-ce celle d'un homme?

Laurent écouta à en avoir des tintements dans
les oreilles, jusqu'à ce qu'enfin il entendît ou crût
entendre ces mots dits par Thérèse :

— Que m'importe tout cela? Je n'ai plus qu'un
amour sur la terre, et c'est vous!

— A présent, se dit Laurent en quittant précipitamment la petite rue déserte et en revenant sur la
chaussée bruyante des Champs-Élysées, me voilà
bien tranquille. Elle a un amant! Au fait, elle n'était
pas obligée de me confier cela!... Seulement, elle
n'était pas obligée de parler en toute occasion de
manière à me faire croire qu'elle n'était et ne voulait être à personne. C'est une femme comme les
autres : le besoin de mentir avant tout. Qu'est-ce
que ça me fait? Je ne l'aurais pourtant pas cru! Et
même il faut bien que j'aie eu la tête un peu montée pour elle sans me l'avouer, puisque j'étais là
aux écoutes, faisant le plus lâche des métiers, quand
ce n'est pas un métier de jaloux! Je ne peux pas

m'en repentir beaucoup : cela me sauve d'une grande misère et d'une grande duperie : celle de désirer une femme qui n'a rien de plus désirable que toute autre, pas même la sincérité.

Laurent arrêta une voiture qui passait vide et alla à Montmorency. Il se promettait d'y passer huit jours et de ne pas remettre les pieds chez Thérèse avant quinze. Cependant il ne resta que quarante-huit heures à la campagne et se trouva le troisième soir à la porte de Thérèse, juste en même temps que M. Richard Palmer.

— Oh! dit l'Américain en lui tendant la main, je suis content de voir vous!

Laurent ne put se dispenser de tendre aussi la main; mais il ne put s'empêcher de demander à M. Palmer pourquoi il était si content de le voir.

L'étranger ne fit aucune attention au ton passablement impertinent de l'artiste.

— Je suis content parce que j'aime vous, reprit-il avec une cordialité irrésistible, et j'aime vous, parce que j'admire vous beaucoup!

— Comment! vous voilà? dit Thérèse étonnée à Laurent. Je ne comptais plus sur vous ce soir.

Et il sembla au jeune homme qu'il y avait un accent de froideur inusité dans ces simples paroles.

— Ah! lui répondit-il tout bas, vous en eussiez pris facilement votre parti, et je crois que je viens troubler un délicieux tête-à-tête.

— C'est d'autant plus cruel à vous, reprit-elle sur le même ton enjoué, que vous sembliez vouloir me le ménager.

— Vous y comptiez, puisque vous ne l'aviez pas décommandé! Dois-je m'en aller?

— Non, restez. Je me résigne à vous supporter.

L'Américain, après avoir salué Thérèse, avait ouvert son portefeuille et cherché une lettre qu'il était chargé de lui remettre. Thérèse parcourut cette lettre d'un air impassible, sans faire la moindre réflexion.

— Si voulez répondre, dit Palmer, j'ai une occasion pour La Havane.

— Merci, répondit Thérèse en ouvrant le tiroir d'un petit meuble qui était sous sa main, je ne répondrai pas.

Laurent, qui suivait tous ses mouvements, la vit mettre cette lettre avec plusieurs autres, dont l'une, par la forme et la suscription, lui sauta pour ainsi dire aux yeux. C'était celle qu'il avait écrite à Thérèse l'avant-veille. Je ne sais pourquoi il fut choqué intérieurement de voir cette lettre en compagnie de celle que venait de remettre M. Palmer.

— Elle me laisse là, dit-il, pêle-mêle avec ses amants évincés. Je n'ai pourtant pas droit à cet honneur. Je ne lui ai jamais parlé d'amour.

Thérèse se mit à parler du portrait de M. Palmer. Laurent se fit prier, épiant les moindres regards et les moindres inflexions de voix de ses interlocuteurs, et s'imaginant à chaque instant découvrir en eux une crainte secrète de le voir céder; mais leur insistance était de si bonne foi, qu'il s'apaisa et se reprocha ses soupçons. Si Thérèse avait des relations avec cet étranger, libre et seule comme elle vivait, ne paraissant devoir rien à personne, et ne s'occupant jamais de ce que l'on pouvait dire d'elle, avait-elle besoin du prétexte d'un portrait pour recevoir souvent et longtemps l'objet de son amour ou de sa fantaisie?

Dès qu'il se sentit calmé, Laurent ne se sentit plus retenu par la honte de manifester sa curiosité.

— Vous êtes donc Américaine? dit-il à Thérèse, qui de temps en temps traduisait à M. Palmer, en anglais, les répliques qu'il n'entendait pas bien.

— Moi? répondit Thérère; ne vous ai-je pas dit que j'avais l'honneur d'être votre compatriote?

— C'est que vous parlez si bien l'anglais!

— Vous ne savez pas si je le parle bien, puisque vous ne l'entendez pas. Mais je vois ce que c'est, car je vous sais curieux. Vous demandez si c'est d'hier ou d'il y a longtemps que je connais Dick Palmer. Eh bien, demandez-le à lui-même.

Palmer n'attendit pas une question que Laurent ne se fût pas volontiers décidé à lui faire. Il répondit que ce n'était pas la première fois qu'il venait en France, et qu'il avait connu Thérèse toute jeune, chez ses parents. Il ne fut pas dit quels parents. Thérèse avait coutume de dire qu'elle n'avait jamais connu ni son père ni sa mère.

Le passé de mademoiselle Jacques était un mystère impénétrable pour les gens du monde qui allaient se faire peindre par elle et pour le petit nombre d'artistes qu'elle recevait en particulier. Elle était venue à Paris on ne sait d'où, on ne savait quand, on ne savait avec qui. Elle était connue depuis deux ou trois ans seulement, un portrait qu'elle avait fait ayant été remarqué chez des gens de goût et signalé tout à coup comme une œuvre de maître. C'est ainsi que, d'une clientèle et d'une existence pauvres et obscures, elle avait passé brusquement à une réputation de premier ordre et une existence aisée; mais elle n'avait rien changé à ses goûts tranquilles, à son amour de l'indépendance et à l'austérité enjouée de ses manières. Elle ne posait en rien et ne parlait jamais d'elle-même que pour

dire ses opinions et ses sentiments avec beaucoup
de franchise et de courage. Quant aux faits de sa
vie, elle avait une manière d'éluder les questions
et de passer à côté qui la dispensait de répondre. Si
on trouvait moyen d'insister, elle avait coutume de
dire après quelques mots vagues :

— Il ne s'agit pas de moi. Je n'ai rien d'intéres-
sant à raconter, et, si j'ai eu des chagrins, je ne
m'en souviens plus, n'ayant plus le temps d'y penser. Je suis très-heureuse à présent, puisque j'ai du
travail et que j'aime le travail par-dessus tout.

C'est par hasard, et à la suite de relations d'artiste à artiste dans la même partie, que Laurent avait
fait connaissance avec mademoiselle Jacques. Lancé
comme gentilhomme et comme artiste éminent
dans un double monde, M. Fauvel avait, à vingt-
quatre ans, l'expérience des faits que l'on n'a pas
toujours à quarante. Il s'en piquait et s'en affligeait
tour à tour ; mais il n'avait nullement l'expérience du
cœur, qui ne s'acquiert pas dans le désordre. Grâce
au scepticisme qu'il affichait, il avait donc commencé par décréter en lui-même que Thérèse devait
avoir pour amants tous ceux qu'elle traitait d'amis,
et il lui avait fallu les entendre peu à peu affirmer
et prouver la pureté de leurs relations avec elle
pour arriver à la considérer comme une personne

qui pouvait avoir eu des passions, mais non des commerces de galanterie.

Dès lors il s'était senti ardemment curieux de savoir la cause de cette anomalie : une femme jeune, belle, intelligente, absolument libre et volontairement isolée. Il l'avait vue plus souvent, et peu à peu presque tous les jours, d'abord sous toute sorte de prétextes, ensuite en se donnant pour un ami sans conséquence, trop viveur pour avoir souci d'en conter à une femme sérieuse, mais trop idéaliste, en dépit de tout, pour n'avoir pas besoin d'affection et pour ne pas sentir le prix d'une amitié désintéressée.

Au fond, c'était là la vérité dans le principe ; mais l'amour s'était glissé dans le cœur du jeune homme, et on a vu que Laurent se débattait contre l'invasion d'un sentiment qu'il voulait encore déguiser à Thérèse et à lui-même, d'autant plus qu'il l'éprouvait pour la première fois de sa vie.

— Mais enfin, dit-il, quand il eut promis à M. Palmer d'essayer son portrait, pourquoi diable tenez-vous tant à une chose qui ne sera peut-être pas bonne, quand vous connaissez mademoiselle Jacques, qui ne vous refuse certainement pas d'en faire une à coup sûr excellente ?

— Elle me refuse, répondit Palmer avec beaucoup de candeur, et je ne sais pas pourquoi. J'ai promis à ma mère, qui a la faiblesse de me croire très-beau, un portrait de maître, et elle ne le trouvera jamais ressemblant, s'il est trop réel. Voilà pourquoi je m'étais adressé à vous comme à un maître idéaliste. Si vous me refusez, j'aurai le chagrin de ne pas faire plaisir à ma mère, ou l'ennui de chercher encore.

— Ce ne sera pas long : il y a tant de gens plus capables que moi!...

— Je ne trouve pas; mais, à supposer que cela soit, il n'est pas dit qu'il aient le temps tout de suite, et je suis pressé d'envoyer le portrait. C'est pour l'anniversaire de ma naissance, dans quatre mois, et le transport durera environ deux mois.

— C'est-à-dire, Laurent, ajouta Thérèse, qu'il vous faut faire ce portrait en six semaines tout au plus. et, comme je sais le temps qu'il vous faut, vous auriez à commencer demain. Allons, c'est entenca, c'est promis, n'est-ce pas?

M. Palmer tendit la main à Laurent en disant :

— Voilà le contrat passé. Je ne parle pas d'argent; c'est mademoiselle Jacques qui fait les conditions, je ne m'en mêle pas. Quelle est votre heure demain?

L'heure convenue. Palmer prit son chapeau, et

Laurent se crut forcé d'en faire autant par respect pour Thérèse; mais Palmer n'y fit aucune attention, et sortit après avoir serré sans la baiser la main de mademoiselle Jacques.

— Dois-je le suivre? dit Laurent.

— Ce n'est pas nécessaire, répondit-elle; toutes les personnes que je reçois le soir me connaissent bien. Seulement, vous vous en irez à dix heures aujourd'hui; car, dans ces derniers temps, je me suis oubliée à bavarder avec vous jusqu'à près de minuit, et, comme je ne peux pas dormir passé cinq heures du matin, je me suis sentie très-fatiguée.

— Et vous ne me mettiez pas à la porte?

— Non, je n'y pensais pas.

— Si j'étais fat, j'en serais bien fier!

— Mais vous n'êtes pas fat, Dieu merci; vous laissez cela à ceux qui sont bêtes. Voyons, malgré le compliment, maître Laurent, j'ai à vous gronder. On dit que vous ne travaillez pas.

— Et c'est pour me forcer à travailler que vous m'avez mis la tête de Palmer comme un pistolet sur la gorge.

— Eh bien, pourquoi pas?

— Vous êtes bonne, Thérèse, je le sais; vous voulez me faire gagner ma vie malgré moi.

— Je ne me mêle pas de vos moyens d'existence,

je n'ai pas ce droit-là. Je n'ai pas le bonheur... ou le malheur d'être votre mère; mais je suis votre sœur... *en Apollon,* comme dit notre classique Bernard, et il m'est impossible de ne pas m'affliger de vos accès de paresse.

— Mais qu'est-ce que cela peut vous faire? s'écria Laurent avec un mélange de plaisir et de dépit que Thérèse sentit, et qui l'engagea à répondre avec franchise.

— Écoutez, mon cher Laurent, lui dit-elle, il faut que nous nous expliquions. J'ai beaucoup d'amitié pour vous.

— J'en suis très-fier, mais je ne sais pourquoi!... Je ne suis même pas bon à faire un ami, Thérèse! Je ne crois pas plus à l'amitié qu'à l'amour entre une femme et un homme.

— Vous me l'avez déjà dit, et cela m'est fort égal, ce que vous ne croyez pas. Moi, je crois à ce que je sens, et je sens pour vous de l'intérêt et de l'affection. Je suis comme cela: je ne puis supporter auprès de moi un être quelconque sans m'attacher à lui et sans désirer qu'il soit heureux. J'a. l'habitude d'y faire mon possible sans me soucier qu'il m'en sache gré. Or, vous n'êtes pas un être quelconque, vous êtes un homme de génie, et, qui plus est, j'espère, un homme de cœur.

— Un homme de cœur, moi? Oui, si vous l'entendez comme l'entend le monde. Je sais me battre
en duel, payer mes dettes et défendre la femme à
qui je donne le bras, quelle qu'elle soit. Mais, si
vous me croyez le cœur tendre, aimant, naïf...

— Je sais que vous avez la prétention d'être
vieux, usé et corrompu. Cela ne me fait rien du
tout, vos prétentions. C'est une mode bien portée
à l'heure qu'il est. Chez vous, c'est une maladie
réelle ou douloureuse, mais qui passera quand vous
voudrez. Vous êtes un homme de cœur, précisément parce que vous souffrez du vide de votre
cœur, une femme viendra qui le remplira, si elle
s'y entend, et si vous la laissez faire. Mais ceci est
en dehors de mon sujet; c'est à l'artiste que je
parle : l'homme n'est malheureux en vous que
parce que l'artiste n'est pas content de lui-même.

— Eh bien, vous vous trompez, Thérèse, répondit Laurent avec vivacité. C'est le contraire de ce
que vous dites! c'est l'homme qui souffre dans l'artiste et qui l'étouffe. Je ne sais que faire de moi,
voyez-vous. L'ennui me tue. L'ennui de quoi? allez-
vous dire. L'ennui de tout! Je ne sais pas, comme
vous, être attentif et calme pendant six heures de
travail, faire un tour de jardin en jetant du pain
aux moineaux, recommencer à travailler pendan

quatre heures, et ensuite sourire le soir à deux ou
trois importuns tels que moi, par exemple, en
attendant l'heure du sommeil. Mon sommeil à moi
est mauvais, mes promenades sont agitées, mon
travail est fiévreux. L'invention me trouble et me
fait trembler : l'exécution, toujours trop lente à
mon gré, me donne d'effroyables battements de
cœur, et c'est en pleurant et en me retenant de
crier que j'accouche d'une idée qui m'enivre, mais
dont je suis mortellement honteux et dégoûté le
lendemain matin. Si je la transforme, c'est pire,
elle me quitte : mieux vaut l'oublier et en attendre
une autre : mais cette autre m'arrive si confuse et
si énorme, que mon pauvre être ne peut pas la
contenir. Elle m'oppresse et me torture jusqu'à ce
qu'elle ait pris des proportions réalisables, et que
revienne l'autre souffrance, celle de l'enfantement,
une vraie souffrance physique que je ne peux pas
définir. Et voilà comment ma vie se passe quand je
me laisse dominer par ce géant d'artiste qui est en
moi, et dont le pauvre homme qui vous parle
arrache une à une, par le forceps de sa volonté, de
maigres souris à demi mortes ! Donc, Thérèse, il
vaut bien mieux que je vive comme j'ai imaginé de
vivre, que je fasse des excès de toute sorte, et que
je tue ce ver rongeur que mes pareils appellent

modestement leur inspiration, et que j'appelle tout
bonnement mon infirmité.

— Alors, c'est décidé, c'est arrêté, dit Thérèse en
souriant, vous travaillez au suicide de votre intelligence? Eh bien, je n'en crois pas un mot. Si on vous
proposait d'être demain le prince D... ou le comte
de S..., avec les millions de l'un et les beaux chevaux de l'autre, vous diriez, en parlant de votre
pauvre palette si méprisée : *Rendez-moi ma mie!*

— Ma palette méprisée? Vous ne me comprenez
pas, Thérèse! C'est un instrument de gloire, je le
sais bien, et ce que l'on appelle la gloire, c'est une
estime accordée au talent, plus pure et plus exquise
que celle que l'on accorde au titre et à la fortune.
Donc, c'est un très-grand avantage et un très-grand
plaisir pour moi de me dire : « Je ne suis qu'un petit
gentilhomme sans avoir, et mes pareils qui ne veulent pas déroger mènent une vie de garde forestier,
et ont pour bonnes fortunes des ramasseuses de
bois mort qu'ils payent en fagots. Moi, j'ai dérogé,
j'ai pris un état, et il se trouve qu'à vingt-quatre
ans quand je passe sur un petit cheval de manége au
milieu des premiers riches et des premiers beaux
de Paris, montés sur des chevaux de dix mille francs,
s'il y a, parmi les badauds assis aux Champs-Élysées,
un homme de goût ou une femme d'esprit, c'est moi

qui suis regardé et nommé, et non pas les autres. »
Vous riez ! vous trouvez que je suis très-vain ?

— Non, mais très-enfant, Dieu merci ! Vous ne
vous tuerez pas.

— Mais je ne veux pas du tout me tuer, moi ! Je
m'aime autant qu'un autre, je m'aime de tout mon
cœur, je vous jure ! Mais je dis que ma palette, instrument de ma gloire, est l'instrument de mon
supplice, puisque je ne sais pas travailler sans souffrir. Alors je cherche dans le désordre, non pas la
mort de mon corps ou de mon esprit, mais l'usure
et l'apaisement de mes nerfs. Voilà tout, Thérèse.
Qu'y a-t-il donc là qui ne soit raisonnnable ? Je ne
travaille un peu proprement que quand je tombe
de fatigue.

— C'est vrai, dit Thérèse, je l'ai remarqué, et
je m'en étonne comme d'une anomalie ; mais je
crains bien que cette manière de produire ne vous
tue, et je ne peux pas me figurer qu'il en puisse
arriver autrement. Attendez, répondez à une question : Avez-vous commencé la vie par le travail et
l'abstinence, et avez-vous senti alors la nécessité de
vous étourdir pour vous reposer ?

— Non, c'est le contraire. Je suis sorti du collége,
aimant la peinture, mais ne croyant pas être jamais
forcé de peindre. Je me croyais riche. Mon père

est mort ne laissant rien qu'une trentaine de mille
francs, que je me suis dépêché de dévorer, afin
d'avoir au moins dans ma vie une année de bien-
être. Quand je me suis vu à sec, j'ai pris le pinceau;
j'ai été éreinté et porté aux nues, ce qui, de nos
jours, constitue le plus grand succès possible, et, à
présent, je me donne, pendant quelques mois ou
quelques semaines, du luxe et du plaisir tant que
l'argent dure. Quand il n'y a plus rien, c'est pour
le mieux, puisque je suis également au bout de
mes forces et de mes désirs. Alors je reprends le
travail avec rage, douleur et transport, et, le travail accompli, le loisir et la prodigalité recom-
mencent.

— Il y a longtemps que vous menez cette vie-là?

— Il ne peut pas y avoir longtemps à mon âge!
Il y a trois ans.

— Eh! c'est beaucoup pour votre âge, justement!
Et puis vous avez mal commencé : vous avez mis le
feu à vos esprits vitaux avant qu'ils eussent pris leur
essor; vous avez bu du vinaigre pour vous empêcher de grandir. Votre tête a grossi quand même,
et le génie s'y est développé malgré tout; mais
peut-être bien votre cœur s'est-il atrophié, peut-être
ne serez-vous jamais ni un homme ni un artiste
complet.

Ces paroles de Thérèse, dites avec une tristesse tranquille, irritèrent Laurent.

— Ainsi, reprit-il en se relevant, vous me méprisez?

— Non, répondit-elle en lui tendant la main, je vous plains!

Et Laurent vit deux grosses larmes couler lentement sur les joues de Thérèse.

Ces larmes amenèrent en lui une réaction violente : un déluge de pleurs inonda son visage, et, se jetant aux genoux de Thérèse, non pas comme un amant qui se déclare, mais comme un enfant qui se confesse :

— Ah! ma pauvre chère amie! s'écria-t-il en lui prenant les mains, vous avez raison de me plaindre, car j'en ai besoin! Je suis malheureux, voyez-vous, si malheureux, que j'ai honte de le dire! Ce je ne sais quoi que j'ai dans la poitrine à la place du cœur crie sans cesse après je ne sais quoi, et, moi, je ne sais que lui donner pour l'apaiser. J'aime Dieu, et je ne crois pas en lui. J'aime toutes les femmes, et je les méprise toutes! Je peux vous dire cela, à vous qui êtes mon camarade et mon ami! Je me surprends parfois prêt à idolâtrer une courtisane, tandis qu'auprès d'un ange je serais peut-être plus froid qu'un marbre. Tout est dérangé dans mes notions,

3

tout est peut-être dévié dans mes instincts. Si je vous disais que je ne trouve déjà plus d'idées riantes dans le vin! Oui, j'ai l'ivresse triste, à ce qu'il paraît; et on m'a dit qu'avant-hier, dans cette débauche à Montmorency, j'avais déclamé des choses tragiques avec une emphase aussi effrayante que ridicule. Que voulez-vous donc que je devienne, Thérèse, si vous n'avez pas pitié de moi?

— Certes, j'ai pitié, mon pauvre enfant, dit Thérèse en lui essuyant les yeux avec son mouchoir; mais à quoi cela peut-il servir?

— Si vous m'aimiez, Thérèse! Ne me retirez pas vos mains! Est-ce que vous ne m'avez pas permis d'être pour vous une espèce d'ami?

— Je vous ai dit que je vous aimais : vous m'avez répondu que vous ne pouviez croire à l'amitié d'une femme.

— Je croirais peut-être à la vôtre; vous devez avoir le cœur d'un homme, puisque vous en avez la force et le talent. Rendez-la-moi.

— Je ne vous l'ai pas ôtée, et je veux bien essayer d'être un homme pour vous, répondit-elle; mais je ne saurai pas trop m'y prendre. L'amitié d'un homme doit avoir plus de rudesse et d'autorité que je ne me crois capable d'en avoir. Malgré moi, je vous plaindrai plus que je vous gronderai, et vous voyez

déjà! Je m'étais promis de vous humilier aujour-
d'hui, de vous mettre en colère contre moi et contre
vous-même ; au lieu de cela, me voilà pleurant avec
vous, ce qui n'avance à rien.

— Si fait! si fait! s'écria Laurent. Ces larmes sont
bonnes, elles ont arrosé la place desséchée ; peut-
être que mon cœur y repoussera! Ah! Thérèse, vous
m'avez déjà dit une fois que je me vantais devant
vous de ce dont je devrais rougir, que j'étais un
mur de prison. Vous n'avez oublié qu'une chose :
c'est qu'il y a derrière ce mur un prisonnier! Si je
pouvais ouvrir la porte, vous le verriez bien ; mais
la porte est close, le mur est d'airain, et ma volonté,
ma foi, mon expansion, ma parole même, ne peuvent le traverser. Faudra-t-il donc que je vive et
meure ainsi? A quoi me servira, je vous le demande, d'avoir barbouillé de peintures fantasques
les murs de mon cachot, si le mot *aimer* ne se
trouve écrit nulle part?

— Si je vous comprends bien, dit Thérèse
rêveuse, vous pensez que votre œuvre a besoin
d'être échauffée par le sentiment.

— Ne le pensez-vous pas aussi? N'est-ce pas là ce
que me disent tous vos reproches?

— Pas précisément. Il n'y a que trop de feu dans
votre exécution, la critique vous le reproche. Moi,

j'ai toujours traité avec respect cette exubérance de
jeunesse qui fait les grands artistes, et dont les
beautés empêchent quiconque a de l'enthousiasme
d'éplucher les défauts. Loin de trouver votre travail
froid et emphatique, je le sens brûlant et passionné;
mais je cherchais où était en vous le siége de cette
passion : je le vois maintenant, il est dans le désir
de l'âme. Oui, certainement, ajouta-t-elle toujours
rêveuse, comme si elle cherchait à percer les voiles
de sa propre pensée, le désir peut être une passion.

— Eh bien, à quoi songez-vous ? dit Laurent en
suivant son regard absorbé.

— Je me demande si je dois faire la guerre à
cette puissance qui est en vous, et si, en vous
persuadant d'être heureux et calme, on ne vous
ôterait pas le feu sacré. Pourtant... je m'imagine
que l'aspiration ne peut pas être pour l'esprit une
situation durable et que, quand elle s'est vivement
exprimée pendant sa période de fièvre, elle doit,
ou tomber d'elle-même, ou nous briser. Qu'en
dites-vous ? Chaque âge n'a-t-il pas sa force et sa
manifestation particulières ? Ce que l'on appelle les
diverses *manières* des maîtres, n'est-ce pas l'expression des successives transformations de leur être ?
A trente ans, vous sera-t-il possible d'avoir aspiré
à tout sans rien étreindre ? Ne vous sera-t-il pas

imposé d'avoir une certitude sur un point quelconque? Vous êtes dans l'âge de la fantaisie; mais
bientôt viendra celui de la lumière. Ne voulez-vous
pas faire de progrès?

— Dépend-il de moi d'en faire?

— Oui, si vous ne travaillez pas à déranger
l'équilibre de vos facultés. Vous ne me persuaderez
pas que l'épuisement soit le remède de la fièvre :
il n'en est que le résultat fatal.

— Alors quel fébrifuge me proposez-vous?

— Je ne sais : le mariage, peut-être.

— Horreur! s'écria Laurent en éclatant de rire.

Et il ajouta, en riant toujours et sans trop savoir
pourquoi lui venait ce correctif :

— A moins que ce ne soit avec vous, Thérèse.
Eh ! c'est une idée, cela !

— Charmante, répondit-elle, mais tout à fait
impossible.

La réponse de Thérèse frappa Laurent par sa
tranquillité sans appel, et ce qu'il venait de dire
par manière de saillie lui parut tout à coup un rêve
enterré, comme s'il eût pris place dans son esprit.
Ce puissant et malheureux esprit était ainsi fait que,
pour désirer quelque chose, il lui suffisait du mot
impossible, et c'est justement ce mot-là que Thérèse
venait de dire.

Aussitôt ses velléités d'amour pour elle lui revin-
rent, et en même temps ses soupçons, sa jalousie
et sa colère. Jusque-là, ce charme d'amitié l'avait
bercé et comme enivré; il devint tout à coup amer
et glacé.

— Ah! oui, au fait, dit-il en prenant son chapeau pour s'en aller, voilà le mot de ma vie qui
revient à propos de tout, au bout d'une plaisanterie
comme au bout de toute chose sérieuse : *impossible!* Vous ne connaissez pas cet ennemi-là, Thérèse;
vous aimez tout tranquillement. Vous avez un *amant*
ou un *ami* qui n'est pas jaloux, parce qu'il vous
connaît froide ou raisonnable ! Ça me fait penser
que l'heure s'avance, et que *vos trente-sept cousins*
sont peut-être là, dehors, qui attendent ma sortie.

— Qu'est-ce que vous dites donc? lui demanda
Thérèse stupéfaite; quelles idées vous viennent?
Avez-vous des accès de folie?

— Quelquefois, répondit-il en s'en allant. Il faut
me les pardonner.

II

Le lendemain, Thérèse reçut de Laurent la lettre
suivante :

« Ma bonne et chère amie, comment vous ai-je
quittée hier ? Si je vous ai dit quelque énormité,
oubliez-la, je n'en ai pas eu conscience. J'ai eu
un éblouissement qui ne s'est pas dissipé dehors;
car je me suis trouvé à ma porte, en voiture, sans
pouvoir me rappeler comment j'y étais monté.

« Cela m'arrive bien souvent, mon amie, que
ma bouche dise une parole quand mon cerveau en
dit une autre. Plaignez-moi, et pardonnez-moi. Je
suis malade, et vous aviez raison. la vie que je
mène est détestable.

« De quel droit vous ferais-je des questions ? Rendez-moi cette justice que, depuis trois mois que
vous me recevez intimement, c'est la première que
je vous adresse... Que m'importe que vous soyez
fiancée, mariée ou veuve ?... Vous voulez que personne ne le sache, ai-je cherché à le savoir ? Vous
ai-je demandé ?... Ah ! tenez, Thérèse, il y a encore
ce matin du désordre dans ma tête, et pourtant je
sens que je mens, et je ne veux pas mentir avec
vous. J'ai eu vendredi soir mon premier accès de
curiosité à votre égard, celui d'hier était déjà le
second; mais ce sera le dernier, je vous jure, et,
pour qu'il n'en soit plus jamais question, je veux
me confesser de tout. J'ai donc été l'autre jour à
votre porte, c'est-à-dire à la grille de votre jardin.

J'ai regardé, je n'ai rien vu; j'ai écouté, j'ai entendu! Eh bien, que vous importe? je ne sais pas son nom, je n'ai pas vu sa figure; mais je sais que vous êtes ma sœur, ma confidente, ma consolation, mon soutien. Je sais qu'hier je pleurais à vos pieds, et que vous avez essuyé mes yeux avec votre mouchoir, en disant : « Que faire, que faire, mon pauvre enfant? » Je sais que, sage, laborieuse, tranquille, respectée, puisque vous êtes libre, aimée, puisque vous êtes heureuse, vous trouvez le temps et la charité de me plaindre, de savoir que j'existe, et de vouloir me faire mieux exister. Bonne Thérèse, qui ne vous bénirait serait un ingrat, et, tout misérable que je suis, je ne connais pas l'ingratitude. Quand voulez-vous me recevoir, Thérèse? Il me semble que je vous ai offensée. Il ne me manquerait plus que cela? Irai-je ce soir chez vous? Si vous dites non, oh! ma foi, j'irai au diable! »

Laurent reçut, par le retour de son domestique, la réponse de Thérèse. Elle était courte : *Venez ce soir.* Laurent n'était ni roué ni fat, bien qu'il méditât ou fût tenté souvent d'être l'un et l'autre. C'était, on l'a vu, un être plein de contrastes, et que nous décrivons sans l'expliquer, ce ne serait pas possible; certains caractères échappent à l'analyse logique.

La réponse de Thérèse le fit trembler comme un enfant. Jamais elle ne lui avait écrit sur ce ton. Était-ce son congé motivé qu'elle lui ordonnait de venir chercher? était-ce à un rendez-vous d'amour qu'elle l'appelait? Ces trois mots secs ou brûlants avaient-ils été dictés par l'indignation ou par le délire?

M. Palmer arriva, et Laurent dut, tout agité et tout préoccupé, commencer son portrait. Il s'était promis de l'interroger avec une habileté consommée, et de lui arracher tous les secrets de Thérèse. Il ne trouva pas un mot pour entrer en matière, et, comme l'Américain posait en conscience, immobile et muet comme une statue, la séance se passa presque sans desserrer les lèvres de part ni d'autre.

Laurent put donc se calmer assez pour étudier la physionomie placide et pure de cet étranger. Il était d'une beauté accomplie; ce qui, au premier abord, lui donnait l'air inanimé propre aux figures régulières. En l'examinant mieux, on découvrait de la finesse dans son sourire et du feu dans son regard. En même temps que Laurent faisait ces observations, il étudiait l'âge de son modèle.

— Je vous demande pardon, lui dit-il tout

coup, mais je voudrais et je dois savoir si vous êtes un jeune homme un peu fatigué ou un homme mûr extraordinairement conservé. J'ai beau vous regarder, je ne comprends pas bien ce que je vois.

— J'ai quarante ans, répondit simplement M. Palmer.

— Salut ! reprit Laurent ; vous avez donc une fière santé ?

— Excellente ! dit Palmer.

Et il reprit sa pose aisée et son tranquille sourire.

— C'est la figure d'un amant heureux, se disait l'artiste, ou celle d'un homme qui n'a jamais aimé que le *roastbeef.*

Il ne put résister au désir de lui dire encore :

— Alors vous avez connu mademoiselle Jacques toute jeune ?

— Elle avait quinze ans quand je l'ai vue pour la première fois.

Laurent ne se sentit pas le courage de demander en quelle année. Il lui semblait qu'en parlant de Thérèse, le rouge lui montait au visage. Que lui importait au fond l'âge de Thérèse ? C'est son histoire qu'il aurait voulu apprendre. Thérèse ne paraissait pas avoir trente ans ; Palmer pouvait n'avoir été pour elle autrefois qu'un ami. Et puis il avait la voix forte et la prononciation vibrante. Si c'eût

été à lui que Thérèse se fût adressée en disant :
Je n'aime plus que vous, il aurait fait une réponse
quelconque que Laurent eût entendue.

Enfin le soir arriva, et l'artiste, qui n'avait pas
coutume d'être exact, arriva avant l'heure où Thérèse le recevait habituellement. Il la trouva dans
son jardin, inoccupée contre sa coutume, et marchant avec agitation. Dès qu'elle le vit, elle alla à sa
rencontre, et, lui prenant la main avec plus d'autorité que d'affection :

— Si vous êtes un homme d'honneur, lui dit-elle,
vous allez me dire tout ce que vous avez entendu à
travers ce buisson. Voyons, parlez ; j'écoute.

Elle s'assit sur un banc, et Laurent, irrité de cet
accueil inusité, essaya de l'inquiéter en lui faisant
des réponses évasives ; mais elle le domina par une
attitude de mécontentement et une expression de
visage qu'il ne lui connaissait pas. La crainte de se
brouiller avec elle sans retour lui fit dire tout sim
plement la vérité.

— Ainsi, reprit-elle, voilà tout ce que vous avez
entendu ? Je disais à une personne que vous n'avez
pas même pu apercevoir : « Vous êtes maintenant
mon seul amour sur la terre ? »

— J'ai donc rêvé cela, Thérèse ! Je suis prêt à le
croire, si vous me l'ordonnez.

— Non, vous n'avez pas rêvé. J'ai pu, j'ai dû dire
cela. Et que m'a-t-on répondu?

— Rien que j'aie entendu, dit Laurent, sur qui la
réponse de Thérèse fit l'effet d'une douche froide,
pas même le son de sa voix. Êtes-vous rassurée?

— Non! je vous interroge encore. A qui suppo-
sez-vous que je parlais ainsi?

— Je ne suppose rien. Je ne sache que M. Palmer
avec qui vos relations ne soient pas connues.

— Ah! s'écria Thérèse d'un air de satisfaction
étrange, vous pensez que c'était M. Palmer?

— Pourquoi ne serait-ce pas lui? Est-ce une injure à vous faire que de supposer une ancienne
liaison tout à coup renouée? Je sais que vos rapports
avec tous ceux que je vois chez vous depuis trois
mois sont aussi désintéressés de leur part, et aussi
indifférents de la vôtre, que ceux que j'ai moi-même
avec vous. M. Palmer est très-beau, et ses manières
sont d'un galant homme. Il m'est très-sympathique.
Je n'ai ni le droit ni la présomption de vous demander compte de vos sentiments particuliers. Seulement... vous **allez** dire que je vous ai espionnée...

— Oui, au fait, dit Thérèse, qui ne parut pas songer à nier la moindre chose, pourquoi m'espionniez-
vous? Cela me paraît mal, bien que je n'**y comprenne
rien.** Expliquez-moi cette fantaisie.

— Thérèse! répondit vivement le jeune homme, résolu à se débarrasser d'un reste de souffrance, dites-moi que vous avez un amant, et que cet amant est Palmer, et je vous aimerai véritablement, je vous parlerai avec une ingénuité complète. Je vous demanderai pardon d'un accès de folie, et vous n'aurez jamais un reproche à me faire. Voyons, voulez-vous que je sois votre ami? Malgré mes forfanteries, je sens que j'ai besoin de l'être et que j'en suis capable. Soyez franche avec moi, voilà tout ce que je vous demande!

— Mon cher enfant, répondit Thérèse, vous me parlez comme à une coquette qui essayerait de vous retenir près d'elle, et qui aurait une faute à confesser. Je ne peux pas accepter cette situation; elle ne me convient nullement. M. Palmer n'est et ne sera jamais pour moi qu'un ami fort estimable, avec qui je ne vais même pas jusqu'à l'intimité, et que j'avais depuis longtemps perdu de vue. Voilà ce que je dois vous dire, mais rien au delà. Mes secrets, si j'en ai, n'ont pas besoin d'épanchement, et je vous prie de ne pas vous y intéresser plus que je ne souhaite. Ce n'est donc pas à vous de m'interroger, c'est à vous de me répondre. Que faisiez-vous ici, il y a quatre jours? Pourquoi m'espionniez-vous? Quel est l'*accès de folie* que je dois savoir et juger?

— Le ton dont vous me parlez n'est pas encourageant. Pourquoi me confesserais-je, du moment que vous ne daignez pas me traiter en bon camarade et avoir confiance en moi ?

— Ne vous confessez donc pas, reprit Thérèse en se levant. Cela me prouvera que vous ne méritiez pas l'estime que je vous ai témoignée, et qu'en cherchant à savoir mes secrets, vous ne me la rendiez pas du tout.

— Ainsi, reprit Laurent, vous me chassez, et c'est fini entre nous ?

— C'est fini, et adieu, répondit Thérèse d'un ton sévère.

Laurent sortit, en proie à une colère qui ne lui permit pas de dire un mot ; mais il n'eut pas fait trente pas dehors, qu'il revint, disant à Catherine qu'il avait oublié une commission dont on l'avait chargé pour sa maîtresse. Il trouva Thérèse assise dans un petit salon : la porte sur le jardin était restée ouverte ; il semblait que Thérèse, affligée et abattue, fût demeurée plongée dans ses réflexions. Son accueil fut glacé.

— Vous voilà revenu ? dit-elle : qu'est-ce que vous avez oublié ?

— J'ai oublié de vous dire la vérité.

— Je ne veux plus l'entendre.

— Et pourtant vous me la demandiez!

— Je croyais que vous pourriez me la dire spon-
tanément.

— Je le pouvais, je le devais ; j'ai eu tort de ne
pas le faire. Voyons, Thérèse, croyez-vous donc qu'il
soit possible à un homme de mon âge de vous voir
sans être amoureux de vous ?

— Amoureux? dit Thérèse en fronçant le sourcil.
En me disant que vous ne pouviez l'être d'aucune
femme, vous vous êtes donc moqué de moi ?

— Non, certes, j'ai dit ce que je pensais.

— Alors vous vous étiez trompé, et vous voilà
amoureux, c'est bien sûr?

— Oh! ne vous fâchez pas, mon Dieu! ce n'est
pas si sûr que cela. Il m'a passé des idées d'amour
par la tête, par les sens, si vous voulez. Avez-vous
si peu d'expérience, que vous ayez jugé la chose
impossible ?

— J'ai l'âge de l'expérience, répondit Thérèse ;
mais j'ai longtemps vécu seule. Je n'ai pas l'expérience de ‘certaines situations. Cela vous étonne ?
C'est pourtant comme cela. J'ai beaucoup de simplicité, quoique j'aie été trompée.. comme tout le
monde ! Vous m'avez dit cent fois que vous me res-
pectiez trop pour voir en moi une femme, par la
raison que vous n'aimiez les femmes qu'avec beau-

coup de grossièreté. Je me suis donc crue à l'abri
de l'outrage de vos désirs, et, de tout ce que j'esti-
mais en vous, votre sincérité sur ce point est ce que
j'estimai le plus. Je m'attachais à votre destinée
avec d'autant plus d'abandon que nous nous étions
dit en riant, souvenez-vous, mais sérieusement au
fond : « Entre deux êtres dont l'un est idéaliste, et
l'autre matérialiste, il y a la mer Baltique. »

— Je l'ai dit de bonne foi, et je me suis mis avec
confiance à marcher le long de mon rivage, sans
avoir l'idée de traverser ; mais il s'est trouvé que,
de mon côté, la glace ne portait pas. Est-ce ma
faute si j'ai vingt-quatre ans et si vous êtes belle ?

— Est-ce que je suis encore belle ? J'espérais que
non !

— Je n'en sais rien, je ne trouvais pas d'abord, et
puis, un beau jour, vous m'êtes apparue comme
cela. Quant à vous, c'est sans le vouloir, je le sais
bien ; mais c'est sans le vouloir aussi que j'ai ressenti
cette séduction, tellement sans le vouloir, que je
m'en suis défendu et distrait. J'ai rendu à Satan ce
qui appartient à Satan, c'est-à-dire ma pauvre âme,
et je n'ai apporté ici à César que ce qui revient à
César, mon respect et mon silence. Voilà huit ou
dix jours pourtant que cette mauvaise émotion me
revient en rêve. Elle se dissipe dès que je suis au-

près de vous. Ma parole d'honneur, Thérèse, quand je vous vois, quand vous me parlez, je suis calme. Je ne me souviens plus d'avoir crié après vous dans un moment de démence auquel je ne comprends rien moi-même. Quand je parle de vous, je dis que vous n'êtes pas jeune ou que je n'aime pas la couleur de vos cheveux. Je proclame que vous êtes ma grande camarade, c'est-à-dire mon frère, et je me sens loyal en le disant. Et puis il passe je ne sais quelles bouffées de printemps dans l'hiver de mon imbécile de cœur, et je me figure que c'est vous qui me les soufflez. C'est vous, en effet, Thérèse, avec votre culte pour ce que vous appelez le véritable amour! cela donne à penser, malgré qu'on en ait!

— Je crois que vous vous trompez, je ne parle jamais d'amour.

— Oui, je le sais. Vous avez à cet égard un parti pris. Vous avez lu quelque part que parler d'amour, c'était déjà en donner ou en prendre ; mais votre silence a une grande éloquence, vos réticences donnent la fièvre et votre excessive prudence a un attrait diabolique !

— En ce cas, ne nous voyons plus, dit Thérèse.

— Pourquoi? qu'est-ce que cela vous fait, que j'aie

eu quelques nuits sans sommeil, puisqu'il ne tient qu'à vous de me rendre aussi tranquille que je l'étais auparavant ?

— Que faut-il faire pour cela ?

— Ce que je vous demandais : me dire que vous êtes à quelqu'un. Je me le tiendrai pour dit, et, comme je suis très-fier, je serai guéri comme par la baguette d'une fée.

— Et si je vous dis que je ne suis à personne, parce que je ne veux plus aimer personne, cela ne suffira pas?

— Non, j'aurai la fatuité de croire que vous pouvez changer d'avis.

Thérèse ne put s'empêcher de rire de la bonne grâce avec laquelle Laurent s'exécutait.

— Eh bien, lui dit-elle, soyez guéri, et rendez-moi une amitié dont j'étais fière, au lieu d'un amour dont j'aurais à rougir. J'aime quelqu'un.

— Ce n'est pas assez, Thérèse : il faut me dire que vous lui appartenez !

— Autrement, vous croirez que ce quelqu'un, c'est vous, n'est-ce pas ? Eh bien, soit, j'ai un amant. Êtes-vous satisfait ?

— Parfaitement. Et vous voyez, je vous baise la main pour vous remercier de votre franchise. Soyez tout à fait bonne, dites-moi que c'est Palmer !

— Cela m'est impossible, je mentirais.

— Alors... je m'y perds !

— Ce n'est personne que vous connaissez, c'est une personne absente...

— Qui vient cependant quelquefois ?

— Apparemment, puisque vous avez surpris un épanchement...

— Merci, merci, Thérèse ! Me voilà tout à fait sui mes pieds; je sais qui vous êtes et qui je suis, et, s'il faut tout dire, je crois que je vous aime mieux ainsi, vous êtes une femme et non plus un sphinx. Ah ! que ne parliez-vous plus tôt !

— Cette passion vous a donc bien ravagé ? dit Thérèse railleuse.

— Eh ! mais, peut-être ! Dans dix ans, je vous dirai cela, Thérèse, et nous en rirons ensemble.

— Voilà qui est convenu ; bonsoir.

Laurent alla se coucher fort tranquille et tout à fait désabusé. Il avait réellement souffert pour Thérèse. Il l'avait désirée avec passion sans oser le lui faire pressentir. Ce n'était certes pas une bonne passion que celle-là. Il s'y était mêlé autant de vanité que de curiosité. Cette femme dont tous ses amis disaient : « Qui aime-t-elle ? je voudrais bien que ce fût moi, mais ce n'est personne, » lui était apparue comme un idéal à saisir Son imagination s'était enflammée, son orgueil avait saigné de la crainte, de la presque certitude d'échouer.

Mais ce jeune homme n'était pas voué exclusivement à l'orgueil. Il avait la notion brillante et souveraine, par moments, du bien, du bon et du vrai.

C'était un ange, sinon déchu comme tant d'autres, du moins fourvoyé et malade. Le besoin d'aimer lui dévorait le cœur, et cent fois par jour il se demandait avec effroi s'il n'avait pas déjà trop abusé de la vie, et s'il lui restait la force d'être heureux.

Il s'éveilla calme et triste. Il regrettait déjà sa chimère, son beau sphinx, qui lisait en lui avec une attention complaisante, qui l'admirait, le grondait, l'encourageait et le plaignait tour à tour, sans jamais rien révéler de sa propre destinée, mais en laissant pressentir des trésors d'affection, de dévouement, peut-être de volupté! Du moins, c'est ainsi qu'il plaisait à Laurent d'interpréter le silence de Thérèse sur son propre compte, et un certain sourire, mystérieux comme celui de la Joconde, qu'elle avait sur les lèvres et au coin de l'œil, lorsqu'il blasphémait devant elle. Dans ces moments-là, elle avait l'air de se dire : « Je pourrais bien décrire le paradis en regard de ce mauvais enfer ; mais ce pauvre fou ne me comprendrait pas. »

Une fois le mystère de son cœur dévoilé, Thérèse

perdit d'abord tout son prestige aux yeux de Laurent. Ce n'était plus qu'une femme pareille aux autres. Il était même tenté de la rabaisser dans sa propre estime, et, bien qu'elle ne se fût jamais laissé interroger, de l'accuser d'hypocrisie et de pruderie. Mais, du moment qu'elle était à quelqu'un, il ne regrettait plus de l'avoir respectée, et il ne désirait plus rien d'elle, pas même son amitié, qu'il n'était pas embarrassé, pensait-il, de trouver ailleurs.

Cette situation dura deux ou trois jours, pendant lesquels Laurent prépara plusieurs prétextes pour s'excuser, si par hasard Thérèse lui demandait compte de ce temps passé sans venir chez elle. Le quatrième jour, Laurent se sentit en proie à un *spleen* indicible. Les filles de joie et les femmes galantes lui donnaient des nausées; il ne retrouvait dans aucun de ses amis la bonté patiente et délicate de Thérèse pour remarquer son ennui, pour tâcher de l'en distraire, pour en chercher avec lui la cause et le remède, en un mot pour s'occuper de lui. Elle seule savait ce qu'il fallait lui dire, et paraissait comprendre que la destinée d'un artiste tel que lui n'était pas un fait de peu d'importance, et sur lequel un esprit élevé eût le droit de prononcer que, s'il était malheureux, c'était tant pis pour lui.

Il courut chez elle avec tant de hâte, qu'il oublia
ce qu'il voulait lui dire pour s'excuser ; mais Thérèse ne montra ni mécontentement ni surprise de
son oubli, et le dispensa de mentir en ne lui faisant
aucune question. Il en fut piqué, et s'aperçut qu'il
était plus jaloux d'elle qu'auparavant.

— Elle aura vu son amant, pensa-t-il, elle m'aura
oublié.

Cependant il ne fit rien paraître de son dépit, et
veilla désormais sur lui-même avec un si grand soin,
que Thérèse y fut trompée.

Plusieurs semaines s'écoulèrent pour lui dans une
alternative de rage, de froideur et de tendresse.
Rien au monde ne lui était si nécessaire et si bien-
faisant que l'amitié de cette femme, rien ne lui était
si amer et si blessant que de ne pouvoir prétendre
à son amour. L'aveu qu'il avait exigé, loin de le
guérir comme il s'en était flatté, avait irrité sa souffrance. C'était de la jalousie qu'il ne pouvait plus se
dissimuler, puisqu'elle avait une cause avouée et
certaine. Comment avait-il donc pu s'imaginer
qu'aussitôt cette cause connue, il dédaignerait de
vouloir lutter pour la détruire ?

Et cependant il ne faisait aucun effort pour sup-
planter l'invisible et heureux rival. Sa fierté, excessive auprès de Thérèse, ne le lui permettait pas.

Seul, il le haïssait, il le dénigrait en lui-même, attri-
buant tous les ridicules à ce fantôme, l'insultant et
le provoquant dix fois par jour.

Et puis il se dégoûtait de souffrir, retournait à la
débauche, s'oubliait lui-même un instant et retom-
bait aussitôt dans de profondes tristesses, allait passer deux heures chez Thérèse, heureux de la voir,
de respirer l'air qu'elle respirait et de la contredire
pour avoir le plaisir d'entendre sa voix grondeuse et
caressante.

Enfin il la détestait pour ne pas deviner ses tourments ; il la méprisait pour rester fidèle à cet amant
qui ne pouvait être qu'un homme médiocre, puisqu'elle n'éprouvait pas le besoin d'en parler ; il la
quittait en se jurant de rester longtemps sans la
voir, et il y fût retourné une heure après s'il eût
espéré être reçu.

Thérèse, qui un instant s'était aperçue de son
amour, ne s'en doutait plus, tant il jouait bien son
rôle. Elle aimait sincèrement ce malheureux enfant.
Artiste enthousiaste sous son air calme et réfléchi :
elle avait voué une sorte de culte, disait-elle, *à ce
qu'il eût pu être,* et il lui en restait une pitié pleine
de gâteries où se mêlait encore un vrai respect
pour le génie souffrant et fourvoyé. Si elle eût été
bien certaine de ne pouvoir éveiller en lui aucun

mauvais désir, elle l'eût caressé comme un fils, et
il avait des moments où elle se reprenait parce
qu'il lui venait sur les lèvres de le tutoyer.

Y avait-il de l'amour dans ce sentiment maternel?
Il y en avait certainement, à l'insu de Thérèse;
mais une femme vraiment chaste, et qui a vécu plus
longtemps de travail que de passion, peut garder
longtemps vis-à-vis d'elle-même le secret d'un
amour dont elle a résolu de se défendre. Thérèse
croyait être certaine de ne jamais songer à sa propre
satisfaction dans cet attachement dont elle faisait
tous les frais; du moment que Laurent trouvait
du calme et du bien-être auprès d'elle, elle en trouvait elle-même à lui en donner. Elle savait bien
qu'il était incapable d'aimer comme elle l'entendait; aussi avait-elle été blessée et effrayée du moment de fantaisie qu'il avait avoué. Cette crise passée, elle s'applaudissait d'avoir trouvé dans un
mensonge innocent le moyen d'en prévenir le retour; et comme en toute occasion, dès qu'il se
sentait ému, Laurent se hâtait de proclamer l'in-
franchissable barrière de glace de la *mer Baltique*,
elle n'avait plus peur et s'habituait à vivre sans brû-
lure au milieu du feu.

Toutes ces souffrances et tous ces dangers des
deux amis étaient cachés et comme couvés sous une

habitude de gaieté railleuse, qui est comme la manière d'être, comme le cachet indélébile des artistes
français. C'est une seconde nature que les étrangers
du Nord nous reprochent beaucoup, et pour laquelle les graves Anglais surtout nous dédaignent
passablement. C'est elle pourtant qui fait le charme
des liaisons délicates, et qui nous préserve souvent
de beaucoup de folies ou de sottises. Chercher le
côté ridicule des choses, c'est en découvrir le côté
faible et illogique. Se moquer des périls où l'âme se
trouve engagée, c'est s'exercer à les braver, comme
nos soldats qui vont au feu en riant et en chantant.
Persifler un ami, c'est souvent le sauver d'une mol-
lesse de l'âme dans laquelle notre pitié l'eût engagé
à se complaire. Enfin, se persifler soi même, c'est
se préserver de la sotte ivresse de l'amour-propre
exagéré. J'ai remarqué que les gens qui ne plaisan-
taient jamais étaient doués d'une vanité puérile et
insupportable.

La gaieté de Laurent était éblouissante de couleur et d'esprit, comme son talent, et d'autant plus
naturelle qu'elle était originale. Thérèse avait moins
d'esprit que lui, en ce sens qu'elle était naturellement rêveuse et paresseuse à causer; mais elle avait
précisément besoin de l'enjouement des autres :
alors le sien se mettait peu à peu de la partie,

et sa gaieté sans éclat n'était pas sans charme.

Il résultait donc de cette habitude de bonne humeur où l'on se maintenait, que l'amour, chapitre sur lequel Thérèse ne plaisantait jamais et n'aimait pas que l'on plaisantât devant elle, ne trouvait pas un mot à glisser, pas une note à faire entendre.

Un beau matin, le portrait de M. Palmer se trouva terminé, et Thérèse remit à Laurent, de la part de son ami, une jolie somme que le jeune homme lui promit de mettre en réserve pour le cas de maladie ou de dépense obligatoire imprévue.

Laurent s'était lié avec Palmer en faisant son portrait. Il l'avait trouvé ce qu'il était : droit, juste, généreux, intelligent et instruit. Palmer était un riche bourgeois dont la fortune patrimoniale provenait du commerce. Il avait fait le trafic lui-même et les voyages au long cours dans sa jeunesse. A trente ans, il avait eu le grand sens de se trouver assez riche et de vouloir vivre pour lui-même. Il ne voyageait donc plus que pour son plaisir, et, après avoir vu, disait-il, beaucoup de choses curieuses et de pays extraordinaires, il se plaisait à la vue des belles choses et à l'étude des pays véritablement intéressants par leur civilisation.

Sans être très-éclairé dans les arts, il y portait un

sentiment assez sûr, et en toutes choses il avait des notions saines comme ses instincts. Son langage en français se ressentait de sa timidité, au point d'être presque inintelligible et risiblement incorrect au début d'un dialogue; mais, lorsqu'il se sentait à l'aise, on reconnaissait qu'il savait la langue, et qu'il ne lui manquait qu'une plus longue pratique ou plus de confiance pour la parler très-bien.

Laurent avait étudié cet homme avec beaucoup de trouble et de curiosité au commencement. Lorsqu'il lui fut démontré jusqu'à l'évidence qu'il n'était pas l'amant de mademoiselle Jacques, il l'apprécia et se prit pour lui d'une sorte d'amitié qui ressemblait de loin, il est vrai, à celle qu'il éprouvait pour Thérèse. Palmer était un philosophe tolérant, assez rigide pour lui-même et très-charitable pour les autres. Par les idées, sinon par le caractère, il ressemblait à Thérèse, et se trouvait presque toujours d'accord avec elle sur tous les points. Par moments encore, Laurent se sentait jaloux de ce qu'il appelait musicalement leur imperturbable *unisson*, et, comme ce n'était plus qu'une jalousie intellectuelle, il n'osait s'en plaindre à Thérèse.

— Votre définition ne vaut rien, disait-elle. Palmer est trop calme et trop parfait pour moi. J'ai un peu plus de feu, et je chante un peu plus haut que lui. Je suis, relativement à lui, la note élevée de la tierce majeure.

— Alors, moi, je ne suis qu'une fausse note, reprenait Laurent.

— Non, disait Thérèse, avec vous je me modifie et descends à former la tierce mineure.

— C'est qu'alors avec moi vous baissez d'un demi-ton?

— Et je me trouve d'un demi-intervalle plus rapprochée de vous que de Palmer.

III

Un jour, à la demande de Palmer, Laurent se rendit à l'hôtel Meurice, où demeurait celui-ci, pour s'assurer que le portrait était convenablement encadré et emballé. On posa le couvercle devant eux, et Palmer y écrivit lui-même avec un pinceau le nom et l'adresse de sa mère; puis, au moment où les commissionnaires enlevaient la caisse pour la faire partir, Palmer serra la main de l'artiste en lui disant :

— Je vous dois un grand plaisir que va avoir ma bonne mère, et je vous remercie encore. A présent, voulez-vous me permettre de causer avec vous? J'ai quelque chose à vous dire.

Ils passèrent dans un salon où Laurent vit plusieurs malles.

— Je pars demain pour l'Italie, lui dit l'Américain en lui offrant d'excellents cigares et une bougie, bien qu'il ne fumât pas lui-même, et je ne veux pas vous quitter sans vous entretenir d'une chose délicate, tellement délicate, que, si vous m'interrompez, je ne saurai plus trouver les mots convenables pour la dire en français.

— Je vous jure d'être muet comme la tombe, dit en souriant Laurent, étonné et assez inquiet de ce préambule.

Palmer reprit :

— Vous aimez mademoiselle Jacques, et je crois qu'elle vous aime. Peut-être êtes-vous son amant; si vous ne l'êtes pas, il est certain pour moi que vous le deviendrez. Oh! vous m'avez promis de ne rien dire. Ne dites rien, je ne vous demande rien. Je vous crois digne de l'honneur que je vous attribue; mais je crains que vous ne connaissiez pas assez Thérèse, et que vous ne sachiez pas assez que, si votre amour est une gloire pour elle, le sien en est une égale pour vous. Je crains cela à cause des questions que vous m'avez faites sur elle, et de cer-

4.

tains propos que l'on a tenus, devant nous deux, sur son compte, et dont je vous ai vu plus ému que moi. C'est la preuve que vous ne savez rien; moi qui sais tout, je veux tout vous dire, afin que votre attachement pour mademoiselle Jacques soit fondé sur l'estime et le respect qu'elle mérite.

— Attendez, Palmer! s'écria Laurent, qui grillait d'entendre, mais qui fut pris d'un généreux scrupule. Est-ce avec la permission ou par l'ordre de mademoiselle Jacques que vous allez me raconter sa vie?

— Ni l'un ni l'autre, répondit Palmer. Jamais Thérèse ne vous racontera sa vie.

— Alors taisez-vous! Je ne veux savoir que ce qu'elle voudra que je sache.

— Bien, très-bien! répondit Palmer en lui serrant la main; mais si ce que j'ai à vous dire la justifie de tout soupçon?...

— Pourquoi le cache-t-elle, alors?

— Par générosité pour les autres.

— Eh bien, parlez, dit Laurent, qui n'y pouvait plus tenir.

— Je ne nommerai personne, reprit Palmer. Je vous dirai seulement que, dans une grande ville de France, il y avait un riche banquier qui séduisit une charmante fille, institutrice de sa propre fille.

Il en eut une bâtarde, qui naquit, il y vingt-huit ans, le jour de Saint-Jacques au calendrier, et qui, inscrite à la municipalité comme née de parents inconnus, reçut pour tout nom de famille le nom de Jacques. Cette enfant, c'est Thérèse.

« L'institutrice fut dotée par le banquier et mariée cinq ans plus tard avec un de ses employés, honnête homme qui ne se doutait de rien, toute l'affaire ayant été tenue fort secrète. L'enfant était élevée à la campagne. Son père s'était chargé d'elle. Elle fut mise ensuite dans un couvent, où elle reçut une très-belle éducation, et fut traitée avec beaucoup de soin et d'amour. Sa mère la voyait assidûment dans les premières années ; mais, quand elle fut mariée, le mari eut des soupçons, et, donnant la démission de son emploi chez le banquier, il emmena sa femme en Belgique, où il se créa des occupations, et fit fortune. La pauvre mère dut étouffer ses larmes et obéir.

« Cette femme vit toujours très-loin de sa fille : elle a d'autres enfants, elle a eu une conduite irréprochable depuis son mariage ; mais elle n'a jamais été heureuse. Son mari, qui l'aime, la tient en chartre privée, et n'a pas cessé d'en être jaloux ; ce qui pour elle est un châtiment mérité de sa faute et de son mensonge.

« Il semblerait que l'âge eût dû amener la confession de l'une et le pardon de l'autre. Il en eût
été ainsi dans un roman ; mais il n'y a rien de moins
logique que la vie réelle, et ce ménage est troublé
comme au premier jour, le mari amoureux, inquiet et rude, la femme repentante, mais muette et
opprimée.

« Dans les circonstances difficiles où s'est trouvée
Thérèse, elle n'a donc pu avoir ni l'appui, ni les
conseils, ni les secours, ni les consolations de sa
mère. Pourtant celle-ci l'aime d'autant plus qu'elle
est forcée de la voir en secret, à la dérobée, quand
elle réussit à venir passer seule un ou deux jours à
Paris, comme cela lui est arrivé dernièrement. Encore n'est-ce que depuis quelques années qu'elle a
pu inventer je ne sais quels prétextes et obtenir ces
rares permissions. Thérèse adore sa mère, et n'a-
vouera jamais rien qui puisse la compromettre.
Voilà pourquoi vous ne lui entendez jamais souffrir
un mot de blâme sur la conduite des autres femmes.
Vous avez pu croire qu'elle réclamait ainsi taci-
tement l'indulgence pour elle-même. Il n'en est
rien. Thérèse n'a rien à se faire pardonner ; mais
elle pardonne tout à sa mère : ceci est l'histoire de
leurs relations.

« A présent, j'ai à vous raconter celle de la comtesse de... *trois étoiles.* C'est ainsi, je crois, que vous dites en français quand vous ne voulez pas nommer les gens. Cette comtesse, qui ne porte ni son titre, ni le nom de son mari, c'est encore Thérèse.

— Elle est donc mariée? elle n'est pas veuve?

— Patience! elle est mariée, et elle ne l'est pas. Vous allez voir.

« Thérèse avait quinze ans quand son père le banquier se trouva veuf et libre ; car ses enfants légitimes étaient tous établis. C'était un excellent homme, et, malgré la faute que je vous ai racontée et que je n'excuse pas, il était impossible de ne pas l'aimer, tant il avait d'esprit et de générosité. J'ai été très-lié avec lui. Il m'avait confié l'histoire de la naissance de Thérèse, et il me mena à divers intervalles, en visite avec lui, au couvent où il l'avait mise. Elle était belle, instruite, aimable, sensible. Il eût souhaité, je crois, que je prisse la résolution de la lui demander en mariage ; mais je n'avais pas le cœur libre à cette époque ; autrement... Mais je ne pouvais y songer.

« Il me demanda alors des renseignements sur un jeune Portugais noble qui venait chez lui, qui avait de grandes propriétés à La Havane et qui était très-beau. J'avais rencontré ce Portugais à Paris,

mais je ne le connaissais réellement pas, et je m'abs-
tins de toute opinion sur son compte. Il était fort
séduisant; mais, pour ma part, je ne me serais jamais fié à sa figure ;- c'était ce comte de *** avec
qui Thérèse fut mariée un an plus tard.

« Je dus aller en Russie; quand je revins, le banquier était mort d'apoplexie foudroyante, et Thérèse était mariée, mariée avec cet inconnu, ce fou,
je ne veux pas dire cet infâme, puisqu'il a pu être
aimé d'elle, même après la découverte qu'elle fit
de son crime : cet homme était déjà marié aux co-
lonies, lorsqu'il eut l'audace inouïe de demander
et d'épouser Thérèse.

« Ne me demandez pas comment le père de Thérèse, homme d'esprit et d'expérience, avait pu se
laisser duper ainsi. Je vous répéterais ce que ma
propre expérience m'a trop appris, à savoir que,
dans ce monde, tout ce qui arrive est la moitié du
temps le contraire de ce qui semblait devoir arriver.

« Le banquier avait, dans les derniers temps de
sa vie, fait encore d'autres étourderies qui donne-
raient à penser que sa lucidité était déjà compromise. Il avait fait un legs à Thérèse au lieu de lu.
donner une dot de la main à la main. Ce legs se
trouva nul devant les héritiers légitimes, et Thé-

rèse, qui adorait son père, n'eût pas voulu plaider même avec des chances de succès. Elle se trouva donc ruinée précisément au moment où elle deve-nait mère, et, dans ce même temps, elle vit arriver chez elle une femme exaspérée qui réclamait ses droits et voulait faire un éclat; c'était la première, la seule légitime femme de son mari.

« Thérèse eut un courage peu ordinaire : elle calma cette malheureuse et obtint d'elle qu'elle ne ferait aucun procès; elle obtint du comte qu'il re-prendrait sa femme et partirait avec elle pour La Havane. A cause de la naissance de Thérèse et du secret dont son père avait voulu environner les té-moignages de sa tendresse, son mariage avait eu lieu à huis clos, à l'étranger, et c'est aussi à l'étran-ger que le jeune couple avait vécu depuis ce temps. Cette vie même avait été fort mystérieuse. Le comte, craignant à coup sûr d'être démasqué s'il reparais-sait dans le monde, faisait croire à Thérèse qu'il avait la passion de la solitude avec elle, et la jeune femme confiante, éprise et romanesque, trouvait tout naturel que son mari voyageât avec elle sous un faux nom pour se dispenser de voir des indiffé-rents.

« Lorsque Thérèse découvrit l'horreur de sa si-tuation, il n'était donc pas impossible que tout fût

enseveli dans le silence. Elle consulta un légiste
discret, et, ayant bien acquis la certitude que son
mariage était nul, mais qu'il fallait pourtant un
jugement pour le rompre, si elle voulait jamais
user de sa liberté, elle prit à l'instant même un parti
irrévocable, celui de n'être ni libre ni mariée, plutôt
que de souiller le père de son enfant par un scandale et une condamnation infamante. L'enfant devenait de toute façon un bâtard; mais mieux valait
qu'il n'eût pas de nom et qu'il ignorât à jamais sa
naissance que d'avoir à réclamer un nom taré en
déshonorant son père.

« Thérèse aimait encore ce malheureux! elle me
l'a avoué, et lui-même, il l'aimait d'une diabolique
passion. Il y eut des luttes déchirantes, des scènes
sans nom, où Thérèse se débattit avec une énergie
au-dessus de son âge, je ne veux pas dire de son
sexe; une femme, quand elle est héroïque, ne l'est
pas à demi.

« Enfin elle l'emporta; elle garda son enfant,
chassa de ses bras le coupable et le vit partir avec
sa rivale, qui, bien que dévorée de jalousie, fut
vaincue par sa magnanimité jusqu'à lui baiser les
pieds en la quittant.

« Thérèse changea de pays et de nom, se fit passer
pour veuve, résolue à se faire oublier du peu de

personnes qui l'avaient connue, et se mit à vivre
pour son enfant avec un douloureux enthousiasme.
Cet enfant lui était si cher, qu'elle pensait pouvoir
se consoler de tout avec lui ; mais ce dernier bonheur ne devait pas durer longtemps.

« Comme le comte avait de la fortune et qu'il
n'avait pas d'enfant de sa première femme, Thérèse
avait dû accepter, à la prière même de celle-ci, une
pension raisonnable pour être en mesure d'élever
convenablement son fils ; mais à peine le comte
eut-il reconduit sa femme à La Havane, qu'il l'abandonna de nouveau, s'échappa, revint en Europe et
alla se jeter aux pieds de Thérèse, la suppliant de
fuir avec lui et avec son enfant à l'autre extrémit
du monde.

« Thérèse fut inexorable : elle avait réfléchi et
prié. Son âme s'était affermie, elle n'aimait plus le
comte. Précisément à cause de son fils, elle ne voulait pas qu'un tel homme devînt le maître de sa vie.
Elle avait perdu le droit d'être heureuse, mais non
pas celui de se respecter elle-même : elle le repoussa
sans reproches, mais sans faiblesse. Le comte la
menaça de la laisser sans ressources : elle répondit
qu'elle n'avait pas peur de travailler pour vivre

« Ce misérable fou s'avisa alors d'un moyen exé-
crable, soit pour mettre Thérèse à sa discrétion,

soit pour se venger de sa résistance. Il enleva l'enfant et disparut. Thérèse courut après lui ; mais il avait si bien pris ses mesures, qu'elle fit fausse route et ne le rejoignit pas. C'est alors que je la rencontrai en Angleterre, mourant de désespoir et de fatigue dans une auberge, presque folle, et si dévastée par le malheur, que j'hésitai à la reconnaître.

« J'obtins d'elle qu'elle se reposerait et me laisserait agir. Mes recherches eurent un succès déplorable. Le comte était repassé en Amérique. L'enfant y était mort de fatigue en arrivant.

« Quand il me fallut porter à cette malheureuse l'épouvantable nouvelle, je fus épouvanté moi-même du calme qu'elle montra. On eût dit pendant huit jours d'une morte qui marchait. Enfin elle pleura, et je vis qu'elle était sauvée. J'étais forcé de la quitter ; elle me dit qu'elle voulait se fixer où elle était. J'étais inquiet de son dénûment ; elle me trompa en me disant que sa mère ne la laissait manquer de rien. J'ai su plus tard que sa pauvre mère en eût été bien empêchée : elle ne disposait pas d'un centime dans son ménage sans en rendre compte. D'ailleurs, elle ignorait tous les malheurs de sa fille. Thérèse, qui lui écrivait en secret, les lui avait cachés pour ne pas la désespérer.

« Thérèse vécut en Angleterre en donnant des

leçons de français, de dessin et de musique; car elle
avait des talents, qu'elle eut le courage d'exercer
pour n'avoir à accepter la pitié de personne.

« Au bout d'un an, elle revint en France et se
fixa à Paris, où elle n'était jamais venue, et où personne ne la connaissait. Elle n'avait alors que vingt
ans, elle avait été mariée à seize. Elle n'était plus
du tout jolie, et il a fallu huit années de repos et de
résignation pour lui rendre sa santé et sa douce
gaieté d'autrefois.

« Je ne l'ai revue pendant tout ce temps qu'à de
rares intervalles, puisque je voyage toujours; mais
je l'ai toujours retrouvée digne et fière, travaillant
avec un courage invincible et cachant sa pauvreté
sous un miracle d'ordre et de propreté, ne se plai-
gnant jamais ni de Dieu ni de personne, ne voulant
pas parler du passé, caressant quelquefois les enfants en secret et les quittant dès qu'on la regarde,
dans la crainte sans doute qu'on ne la voie émue.

« Voilà trois ans que je ne l'avais vue, et, quand
je suis venu vous demander de faire mon portrait,
je cherchais précisément son adresse, que j'allais
vous demander quand vous m'avez parlé d'elle.
Arrivé la veille, je ne savais pas encore qu'elle eût
enfin du succès, de l'aisance et de la célébrité. C'est
en la retrouvant ainsi que j'ai compris que cette

âme si longtemps brisée pouvait encore vivre,
aimer... souffrir ou être heureuse. Tâchez qu'elle
le soit, mon cher Laurent, elle l'a bien gagné! Et,
si vous n'êtes point sûr de ne pas la faire souffrir,
brûlez-vous la cervelle ce soir plutôt que de retourner chez elle. Voilà tout ce que j'avais à vous dire.

— Attendez, dit Laurent très-ému : ce comte
de *** est-il toujours vivant?

—Malheureusement, oui. Ces hommes qui font
le désespoir des autres se portent toujours bien et
échappent à tous les dangers. Ils ne donnent même
jamais leur démission ; car celui-ci a eu dernièrement la présomption de m'envoyer pour Thérèse
une lettre que je lui ai remise sous vos yeux, et
dont elle fait le cas que cela mérite.

Laurent avait songé à épouser Thérèse en écou-
tant le récit de M. Palmer. Ce récit l'avait bouleversé. Les inflexions monotones, l'accent prononcé,
et quelques bizarres inversions de Palmer que nous
avons jugé inutile de reproduire, lui avaient donné,
dans l'imagination vive de son auditeur, je ne sais
quoi d'étrange et de terrible comme la destinée de
Thérèse. Cette fille sans parents, cette mère sans
enfant, cette femme sans mari, n'était-elle pas vouée
à un malheur exceptionnel? Quelles tristes notions
n'avait-elle pas dû garder de l'amour et de la vie !

Le sphinx reparaissait devant les yeux éblouis de
Laurent. Thérèse dévoilée lui paraissait plus mystérieuse que jamais : s'était-elle jamais consolée,
ou pouvait-elle l'être un seul instant ?

Il embrassa Palmer avec effusion, lui jura qu'il
aimait Thérèse, et que, s'il parvenait jamais à être
aimé d'elle, il se rappellerait à toutes les heures de
sa vie l'heure qui venait de s'écouler et le récit qu'il
venait d'entendre. Puis, lui ayant promis de ne pas
faire semblant de savoir l'histoire de mademoiselle
Jacques, il rentra chez lui et écrivit :

« Thérèse, ne croyez pas un mot de tout ce que
je vous dis depuis deux mois. Ne croyez pas non
plus ce que je vous ai dit, quand vous avez eu peur
de me voir amoureux de vous. Je ne suis pas amoureux, ce n'est pas cela : je vous aime éperdument.
C'est absurde, c'est insensé, c'est misérable ; mais,
moi qui croyais ne devoir et ne pouvoir jamais dire
ou écrire à une femme ce mot-là : *Je vous aime !* je
le trouve encore trop froid et trop retenu aujour-
d'hui de moi à vous. Je ne peux plus vivre avec ce
secret qui m'étouffe, et que vous ne voulez pas
deviner. J'ai voulu cent fois vous quitter, m'en aller
au bout du monde, vous oublier. Au bout d'une
heure, je suis à votre porte, et bien souvent, la nuit,
dévoré de jalousie, et presque furieux contre moi-

même, je demande à Dieu de me délivrer de mon
mal en faisant arriver cet amant inconnu auquel je
ne crois pas, et que vous avez inventé pour me
dégoûter de songer à vous. Montrez-moi cet homme
dans vos bras, ou aimez-moi, Thérèse! Faute de
cette solution, je n'en vois qu'une troisième, c'est
que je me tue pour en finir... C'est lâche et stupide,
cette menace banale et rebattue par tous les amants
désespérés; mais est-ce ma faute s'il y a des déses-
poirs qui font jeter le même cri à tous ceux qui
les subissent, et suis-je fou parce que j'arrive à
être un homme comme les autres?

« De quoi m'a servi tout ce que j'ai inventé pour
m'en défendre et pour rendre mon pauvre individu
aussi inoffensif qu'il voulait être libre?

« Avez-vous quelque chose à me reprocher vis-à-
vis de vous, Thérèse? Suis-je un fat, un roué, moi
qui ne me piquais que de m'abrutir pour vous donner confiance dans mon amitié? Mais pourquoi voulez-vous que je meure sans avoir aimé, vous qui
seule pouvez me faire connaître l'amour, et qui le
savez bien? Vous avez dans l'âme un trésor, et vous
souriez à côté d'un malheureux qui meurt de faim
et de soif. Vous lui jetez une petite pièce de monnaie de temps en temps; cela s'appelle pour vous
l'amitié; ce n'est pas même de la pitié, car vous de-

vez bien savoir que la goutte d'eau augmente la soif.

« Et pourquoi ne m'aimez-vous pas? Vous avez peut-être aimé déjà quelqu'un qui ne me valait pas. Je ne vaux pas grand'chose, c'est vrai, mais j'aime, et n'est-ce pas tout?

« Vous n'y croirez pas, vous direz encore que je me trompe, comme l'autre fois! Non, vous ne pourrez pas le dire, à moins de mentir à Dieu et à vous-même. Vous voyez bien que mon tourment me maîtrise, et que j'arrive à faire une déclaration ridicule, moi qui ne crains rien tant au monde que d'être raillé par vous!

« Thérèse, ne me croyez pas corrompu. Vous savez bien que le fond de mon âme n'a jamais été souillé, et que, de l'abîme où je m'étais jeté, j'ai toujours, malgré moi, crié vers le ciel. Vous savez bien qu'auprès de vous je suis chaste comme un petit enfant, et vous n'avez pas craint quelquefois de prendre ma tête dans vos mains, comme si vous alliez m'embrasser au front. Et vous disiez : « Mau-« vaise tête! tu mériterais d'être brisée. » Et pourtant, au lieu de l'écraser comme la tête d'un serpent, vous tâchiez d'y faire entrer le souffle pur et brûlant de votre esprit. Eh bien, vous n'avez que trop réussi; et, à présent que vous avez allumé le feu sur l'autel, vous vous détournez et vous me dites :

« Confiez-en la garde à une autre! Mariez-vous,
« aimez une belle jeune fille bien douce et bien dé-
« vouée ; ayez des enfants, de l'ambition pour eux,
« de l'ordre, du bonheur domestique, que sais-je?
« tout, excepté moi ! »

« Et moi, Thérèse, c'est vous que j'aime avec
passion, et non pas moi-même. Depuis que je vous
connais, vous travaillez à me faire croire au bonheur et à m'en donner le goût. Ce n'est pas votre
faute si je ne suis pas devenu égoïste comme un
enfant gâté. Eh bien, je vaux mieux que cela. Je ne
demande pas si votre amour serait pour moi le
bonheur. Je sais seulement qu'il serait la vie, et que,
bonne ou mauvaise, c'est cette vie-là ou la mort
qu'il me faut. »

IV

Thérèse fut profondément affligée de cette lettre.
Elle en fut frappée comme d'un coup de foudre.
Son amour ressemblait si peu à celui de Laurent,
qu'elle s'imaginait ne pas l'aimer d'amour, surtout
en relisant les expressions dont il se servait. Il n'y

avait pas d'ivresse dans le cœur de Thérèse, ou, s'il
y en avait, elle y était entrée goutte à goutte, si
lentement, qu'elle ne s'en apercevait pas et se
croyait aussi maîtresse d'elle-même que le premier
jour. Le mot de passion la révoltait.

— Des passions, à moi ! se disait-elle. Il croit donc
que je ne sais pas ce que c'est, et que je veux retourner à ce breuvage empoisonné ! Que lui ai-je
fait, moi qui lui ai donné tant de tendresse et de
soins, pour qu'il me propose, en guise de remercî-
ment, le désespoir, la fièvre et la mort ?... Après tout,
pensait-elle, ce n'est pas sa faute, à ce malheureux
esprit ! Il ne sait ce qu'il veut, ni ce qu'il demande.
Il cherche l'amour comme la pierre philosophale,
à laquelle on s'efforce d'autant plus de croire qu'on
ne peut la saisir. Il croit que je l'ai, et que je m'a-
muse à la lui refuser ! Dans tout ce qu'il pense, il y
a toujours un peu de délire. Comment le calmer et
le détacher d'une fantaisie qui arrive à le rendre
malheureux ?

« C'est ma faute, il a quelque raison de le dire.
En voulant l'éloigner de la débauche, je l'ai trop
habitué à un attachement honnête ; mais il est
homme et il trouve notre affection incomplète.
Pourquoi m'a-t-il trompée ? pourquoi m'a-t-il fait
croire qu'il était tranquille auprès de moi ? Que

ferai-je, moi, pour réparer la niaiserie de mon in-
expérience? Je n'ai pas été assez de mon sexe dans
le sens de la présomption. Je n'ai pas su qu'une
femme, si tiède et si lasse qu'elle soit de la vie,
peut toujours troubler la cervelle d'un homme.
J'aurais dû me croire séduisante et dangereuse
comme il me l'avait dit une fois, et deviner qu'il ne
se démentait sur ce point que pour me tranquilliser.
C'est donc un mal, ce ne peut donc être un tort
que de ne pas avoir les instincts de la coquetterie?

Et puis Thérèse, fouillant dans ses souvenirs, se
rappelait avoir eu ces instincts de réserve et de
méfiance pour se préserver des désirs d'autres hommes qui ne lui plaisaient pas : avec Laurent, elle ne
les avait pas eus, parce qu'elle l'estimait dans son
amitié pour elle, parce qu'elle ne pouvait pas croire
qu'il chercherait à la tromper, et aussi, il faut bien
le dire, parce qu'elle l'aimait plus que tout autre.
Seule, dans son atelier, elle allait et venait, en proie
à un malaise douloureux, tantôt regardant cette
fatale lettre qu'elle avait posée sur une table comme
n'en sachant que faire, et ne se décidant ni à la
rouvrir ni à la détruire, tantôt regardant son travail
interrompu sur le chevalet. Elle travaillait justement
avec entrain et plaisir au moment où on lui avait
apporté cette lettre, c'est-à-dire ce doute, ce trouble,

ces étonnements et ces craintes. C'était comme un mirage qui faisait revenir sur son horizon nu et paisible tous les spectres de ses anciens malheurs. Chaque mot écrit sur ce papier était comme un chant de mort déjà entendu dans le passé, comme une prophétie de malheurs nouveaux.

Elle essaya de se rasséréner en se remettant à peindre. C'était pour elle le grand remède à toutes les petites agitations de la vie extérieure : mais il fut impuissant ce jour-là : l'effroi que cette passion lui inspirait l'atteignait dans le sanctuaire le plus pur et le plus intime de sa vie présente.

— Deux bonheurs troublés ou détruits, se dit-elle en jetant son pinceau et en regardant la lettre : le travail et l'amitié.

Elle passa le reste de la journée sans rien résoudre. Elle ne voyait qu'un point net dans son esprit, la résolution de dire non ; mais elle voulait que ce fût non, et ne tenait pas à le signifier au plus vite avec cette rudesse ombrageuse des femmes qui craignent de succomber, si elles ne se hâtent de barricader la porte. La manière de dire ce *non* sans appel, qui ne devait laisser aucune espérance, et qui pourtant ne devait pas mettre un fer rouge sur le doux souvenir de l'amitié, était pour elle un problème difficile et amer. Ce souvenir-là, c'était son

propre amour; quand on a un mort chéri à enseve-
lir, on ne se décide pas sans douleur à lui jeter
un drap blanc sur la face, et à le pousser dans la
fosse commune. On voudrait l'embaumer dans une
tombe choisie que l'on regarderait de temps en
temps, en priant pour l'âme de celui qu'elle ren-
ferme.

Elle arriva à la nuit sans avoir trouvé d'expédient
pour se refuser sans trop faire souffrir. Catherine,
qui la vit mal dîner, lui demanda avec inquiétude si
elle était malade.

— Non, répondit-elle, je suis préoccupée.

— Ah ! vous travaillez trop, reprit la bonne vieille,
vous ne pensez pas à vivre.

Thérèse leva un doigt ; c'était un geste que Catherine connaissait et qui voulait dire : « Ne parle pas
de cela. »

L'heure où Thérèse recevait le petit nombre de
ses amis n'était, depuis quelque temps, mise à profit que par Laurent. Bien que la porte restât ouverte
à qui voulait venir, il venait seul, soit que les autres
fussent absents (c'était la saison d'aller ou de rester
à la campagne), soit qu'ils eussent senti chez Thérèse une certaine préoccupation, un désir involon-
taire et mal déguisé de causer exclusivement avec
M. de Fauvel.

C'était à huit heures que Laurent arrivait, et Thérèse regarda la pendule en se disant

— Je n'ai pas répondu ; aujourd'hui, il ne viendra
pas.

Il se fit dans son cœur un vide affreux, quand
elle ajouta ;

— Il ne faut pas qu'il revienne jamais.

Comment passer cette éternelle soirée qu'elle
avait l'habitude d'employer à causer avec son jeune
ami, tout en faisant de légers croquis ou quelque
ouvrage de femme pendant qu'il fumait, noncha-
lamment étendu sur les coussins du divan ? Elle songea à se soustraire à l'ennui en allant trouver une
amie qu'elle avait au faubourg Saint-Germain, et
avec qui elle allait quelquefois au spectacle ; mais
cette personne se couchait de bonne heure, et il serait trop tard quand Thérèse arriverait. La course
était si longue et les fiacres allaient si lentement
dans ce temps-là ! D'ailleurs, il fallait s'habiller, et
Thérèse, qui vivait en pantoufles, comme les artistes qui travaillent avec ardeur et ne souffrent rien
qui les gêne, était paresseuse à se mettre en tenue
de visite. Mettre un châle et un voile, envoyer chercher un remise et se faire promener au pas dans
les allées désertes du bois de Boulogne ? Thérèse
s'était promenée ainsi quelquefois avec Laurent,

lorsque la soirée étouffante leur donnait le besoin
de chercher un peu de fraîcheur sous les arbres.
C'étaient des promenades qui l'eussent beaucoup
compromise avec tout autre; mais Laurent lui gar-
dait religieusement le secret de sa confiance ; et ils se
plaisaient tous deux à l'excentricité de ces mystérieux tête-à-tête qui ne cachaient aucun mystère.
Elle se les rappela comme s'ils étaient déjà loin
et se dit en soupirant, à l'idée qu'ils ne reviendraient
plus :

— C'était le bon temps ! Tout cela ne pourrait recommencer pour lui qui souffre, et pour moi qui ne
l'ignore plus.

A neuf heures, elle essaya enfin de répondre à
Laurent, lorsqu'un coup de sonnette la fit tressaillir. C'était lui ! Elle se leva pour dire à Catherine de
répondre qu'elle était sortie. Catherine entra : ce
n'était qu'une lettre de lui. Thérèse regretta involontairement que ce ne fût pas lui-même.

Il n'y avait dans la lettre que ce peu de mots :

« Adieu, Thérèse, vous ne m'aimez pas, et, moi,
je vous aime comme un enfant! »

Ces deux lignes firent trembler Thérèse de la tête
aux pieds. La seule passion qu'elle n'eût jamais
travaillé à éteindre dans son cœur, c'était l'amour
maternel. Cette plaie-là, bien que fermée en appa-

rence, était toujours saignante comme l'amour in-
assouvi.

— Comme un enfant; répétait-elle en serrant la
lettre dans ses mains agitées de je ne sais quel fris-
son. Il m'aime comme un enfant! Qu'est-ce qu'il
dit là, mon Dieu! sait-il le mal qu'il me fait? *Adieu!*
Mon fils savait déjà dire *adieu!* mais il ne me l'a
pas crié quand on l'a emporté. Je l'aurais entendu!
et je ne l'entendrai jamais plus.

Thérèse était surexcitée, et, son émotion s'empa-
rant du plus douloureux des prétextes, elle fondit
en larmes.

— Vous m'avez appelée? lui dit Catherine en
rentrant. Mais, mon Dieu! qu'est-ce que vous avez
donc? Vous voilà dans les pleurs comme autrefois!

— Rien, rien, laisse-moi, répondit Thérèse. Si
quelqu'un vient pour me voir, tu diras que je suis
au spectacle. Je veux être seule. Je suis malade.

Catherine sortit, mais par le jardin. Elle avait vu
Laurent marcher à pas furtifs le long de la haie.

— Ne boudez pas comme cela, lui dit-elle. Je ne
sais pas pourquoi ma maîtresse pleure; mais ça
doit être votre faute, vous lui faites des peines.
Elle ne veut pas vous voir. Venez lui demander
pardon!

Catherine, malgré tout son respect et son dévoue-

ment pour Thérèse, était persuadée que Laurent
était son amant.

— Elle pleure? s'écria-t-il. Oh! mon Dieu! pourquoi pleure-t-elle?

Et il traversa d'un bond le petit jardin pour aller
tomber aux pieds de Thérèse, qui sanglotait dans le
salon, la tête dans ses mains.

Laurent eût été transporté de joie de la voir ainsi
s'il eût été le roué que parfois il voulait paraître; mais
le fond de son cœur était admirablement bon, et Thérèse avait sur lui l'influence secrète de le ramener
à sa véritable nature. Les larmes dont elle était bai-
gnée lui firent donc une peine réelle et profonde.
Il la supplia à genoux d'oublier encore cette folie
de sa part et d'apaiser la crise par sa douceur et sa
raison.

— Je ne veux que ce que vous voudrez, lui dit-il,
et, puisque vous pleurez notre amitié défunte, je
jure de la faire revivre plutôt que de vous causer
un chagrin nouveau. Mais, tenez, ma douce et bonne
Thérèse, ma sœur chérie, agissons franchement,
car je ne me sens plus la force de vous tromper!
ayez, vous, le courage d'accepter mon amour
comme une triste découverte que vous avez faite, et
comme un mal dont vous voulez bien me guérir par
la patience et la pitié. J'y ferai tous mes efforts, je

vous en fais le serment! Je ne vous demanderai pas
seulement un baiser, et je crois qu'il ne m'en coû-
tera pas tant que vous pourriez le craindre, car je
ne sais pas encore si mes sens sont en jeu dans tout
ceci. Non, en vérité, je ne le crois pas. Comment
cela pourrait-il être après la vie que j'ai menée et
que je suis libre de mener encore? C'est une soif
de l'âme que j'éprouve; pourquoi vous effrayerait-
elle? Donnez-moi peu de votre cœur et prenez tout
le mien. Acceptez d'être aimée de moi, et ne me dites
plus que c'est pour vous un outrage, car mon désespoir, c'est de voir que vous me méprisez trop
pour me permettre que, même en rêve, j'aspire à
vous... Cela me rabaisse tant à mes propres yeux,
que cela me donne envie de tuer ce malheureux
qui vous répugne moralement. Relevez-moi plutôt
du bourbier où j'étais tombé, en me disant d'expier
ma mauvaise vie et de devenir digne de vous. Oui,
laissez-moi une espérance! si faible qu'elle soit, elle
fera de moi un autre homme. Vous verrez, vous
verrez, Thérèse! La seule idée de travailler pour
vous paraître meilleur me donne déjà de la force,
je le sens; ne me l'ôtez pas. Que vais-je devenir si
vous me repoussez? Je vais redescendre tous les
degrés que j'ai montés depuis que je vous connais.
Tout le fruit de notre sainte amitié sera perdu pour

moi. Vous aurez essayé de guérir un malade, et vous aurez fait un mort ! Et vous-même alors, si grande et si bonne, serez-vous contente de votre œuvre, ne vous reprocherez-vous pas de ne l'avoir point menée à meilleure fin ? Soyez pour moi une sœur de charité qui ne se borne pas à panser un blessé, mais qui s'efforce de réconcilier son âme avec le ciel. Voyons, Thérèse, ne me retirez pas vos mains loyales, ne détournez pas votre tête, si belle dans la douleur. Je ne quitterai pas vos genoux que vous ne m'ayez, sinon permis, du moins pardonné de vous aimer !

Thérèse dut accepter cette effusion comme sérieuse, car Laurent était de bonne foi. Le repousser avec défiance eût été un aveu de la tendresse trop vive qu'elle avait pour lui ; une femme qui montre de la peur est déjà vaincue. Aussi se montra-t-elle brave, et peut-être le fut-elle sincèrement, car elle se croyait encore assez forte. Et, d'ailleurs, elle n'était pas mal inspirée par sa faiblesse même. Rompre en ce moment, c'eût été provoquer de terribles émotions qu'il valait mieux apaiser, sauf à détendre doucement le lien avec adresse et prudence. Ce pouvait être l'affaire de quelques jours. Laurent était si mobile et passait si brusquement d'un extrême à l'autre !

Ils se calmèrent donc tous les deux, s'aidant l'un l'autre à oublier l'orage, et même s'efforçant d'en rire, afin de se rassurer mutuellement sur l'avenir; mais, quoi qu'ils fissent, leur situation était essentiellement modifiée, et l'intimité avait fait un pas de géant. La crainte de se perdre les avait rapprochés, et, tout en se jurant que rien n'était changé entre eux quant à l'amitié, il y avait dans toutes leurs paroles et dans toutes leurs idées une langueur de l'âme, une sorte de fatigue attendrie qui était déjà l'abandon de l'amour!

Catherine, en apportant le thé, acheva de les remettre ensemble, comme elle disait, par ses naïves et maternelles préoccupations.

— Vous feriez mieux, dit-elle à Thérèse, de manger une aile de poulet que de vous creuser l'estomac avec ce thé! — Savez-vous, dit-elle à Laurent en lui montrant sa maîtresse, qu'elle n'a pas touché à son dîner?

— Eh bien, vite qu'elle soupe! s'écria Laurent. Ne dites pas non, Thérèse, il le faut! Qu'est-ce que je deviendrais donc, moi, si vous tombiez malade?

Et, comme Thérèse refusait de manger, car elle n'avait réellement pas faim, il prétendit, sur un signe de Catherine, qui le poussait à insister, avoir

faim lui-même, et cela était vrai, car il avait oublié de dîner. Dès lors Thérèse se fit un plaisir de
lui donner à souper, et ils mangèrent ensemble
pour la première fois; ce qui, dans la vie solitaire
et modeste de Thérèse, n'était pas un fait insignifiant. Manger tête à tête surtout est une grande
source d'intimité. C'est la satisfaction en commun
d'un besoin de l'être matériel, et, quand on y cherche un sens plus élevé, c'est une communion
comme le mot l'indique.

Laurent, dont les idées prenaient volontiers un
tour poétique au milieu même de la plaisanterie,
se compara en riant à l'enfant prodigue, pour qui
Catherine s'empressait du tuer le veau gras. Ce veau
gras, qui se présentait sous la forme d'un mince
poulet, prêta naturellement à la gaieté des deux
amis. C'était si peu pour l'appétit du jeune homme,
que Thérèse s'en tourmenta. Le quartier n'offrait
guère de ressources, et Laurent ne voulut pas que
la vieille Catherine s'en mît en peine. On déterra
au fond d'une armoire un énorme pot de gelée de
goyaves. C'était un présent de Palmer que Thérèse
n'avait pas songé à entamer, et que Laurent entama
profondément, tout en parlant avec effusion de cet
excellent Dick, dont il avait eu la sottise d'être jaloux, et que désormais il aimait de tout son cœur.

— Vous voyez, Thérèse, dit-il, comme le chagrin
rend injuste! Croyez-moi, il faut gâter les enfants.
Il n'y a de bons que ceux qui sont traités par la
douceur. Donnez-moi donc beaucoup de goyaves,
et toujours! La rigueur n'est pas seulement un fiel
amer, c'est un poison mortel!

Quand vint le thé, Laurent s'aperçut qu'il avait
dévoré en égoïste, et que Thérèse, en faisant semblant de manger, n'avait rien mangé du tout. Il se
reprocha son inattention et s'en confessa; puis,
renvoyant Catherine, il voulut lui-même faire le thé
et servir Thérèse. C'était la première fois de sa vie
qu'il se faisait le serviteur de quelqu'un, et il y
trouva un plaisir délicat dont il éprouva naïvement
la surprise.

— A présent, dit-il à Thérèse en lui présentant sa
tasse à genoux, je comprends qu'on puisse être domestique et aimer son état. Il ne s'agit que d'aimer
son maître.

De la part de certaines gens, les moindres atten-
tions ont un prix extrême. Laurent avait dans les
manières, et même dans l'attitude du corps, une
certaine roideur dont il ne se départait même pas
avec les femmes du monde. Il les servait avec la
froideur cérémonieuse de l'étiquette. Avec Thérèse,
qui faisait les honneurs de son petit intérieur en

bonne femme et en artiste enjouée, il avait toujours
été prévenu et choyé sans avoir à rendre la pareille. Il y eût eu manque de goût et de savoir-
vivre à se faire l'homme de la maison. Tout à coup,
à la suite de ces pleurs et de ces effusions mutuel-
les, Laurent, sans qu'il s'en rendît compte, se trouvait investi d'un droit qui ne lui appartenait pas,
mais dont il s'emparait d'inspiration, sans que
Thérèse, surprise et attendrie, pût s'y opposer. Il
semblait qu'il fût chez lui, et qu'il eût conquis le
privilége de soigner la dame du logis, en bon frère
ou en vieux ami. Et Thérèse, sans songer au danger
de cette prise de possession, le regardait faire avec
de grands yeux étonnés, se demandant si jusque-là
elle ne s'était pas radicalement trompée en prenant
cet enfant tendre et dévoué pour un homme hau-
tain et sombre.

Cependant Thérèse réfléchit durant la nuit ; mais,
le lendemain matin, Laurent qui, sans rien préméditer, ne voulait pas la laisser respirer, car il ne
respirait plus lui-même, lui envoya des fleurs magnifiques, des friandises exotiques et un billet si
tendre, si doux et si respectueux, qu'elle ne put se
défendre d'en être touchée. Il se disait le plus heureux des hommes, il ne désirait rien de plus que
son pardon, et, du moment qu'il l'avait obtenu, il

était le roi du monde. Il acceptait toutes les privations, toutes les rigueurs, pourvu qu'il ne fût pas
privé de voir et d'entendre son amie. Cela seul était
au-dessus de ses forces ; tout le reste n'était rien.
Il savait bien que Thérèse ne pouvait pas avoir d'a-
mour pour lui, ce qui ne l'empêchait pas, dix
lignes plus bas, de dire : « Notre saint amour n'est-
il pas indissoluble ? »

Et ainsi disant le pour et le contre, le vrai et le
faux cent fois le jour, avec une candeur dont, à
coup sûr, il était dupe lui-même, entourant Thérèse de soins exquis, travaillant de tout son cœur à
lui donner confiance dans la chasteté de leurs relations, et à chaque instant lui parlant avec exaltation
de son culte pour elle, puis cherchant à la distraire
quand il la voyait inquiète, à l'égayer quand il la
voyait triste, à l'attendrir sur lui-même quand il la
voyait sévère, il l'amena insensiblement à n'avoir
pas d'autre volonté et d'autre existence que les
siennes.

Rien n'est périlleux comme ces intimités où l'on
s'est promis de ne pas s'attaquer mutuellement,
quand l'un des deux n'inspire pas à l'autre une
secrète répulsion physique. Les artistes, en raison
de leur vie indépendante et de leurs occupations,
qui les obligent souvent d'abandonner le convenu

social, sont plus exposés à ces dangers que ceux qui vivent dans le réglé et dans le positif. On doit donc leur pardonner des entraînements plus soudains et des impressions plus fiévreuses. L'opinion sent qu'elle le doit, car elle est généralement plus indulgente pour ceux qui errent forcément dans la tempête que pour ceux que berce un calme plat. Et puis le monde exige des artistes le feu de l'inspiration, et il faut bien que ce feu qui déborde pour les plaisirs et les enthousiasmes du public arrive à les consumer eux-mêmes. On les plaint alors, et le bon bourgeois, qui, en apprenant leurs désastres et leurs catastrophes, rentre le soir dans le sein de sa famille, dit à sa brave et douce compagne :

— Tu sais, cette pauvre fille qui chantait si bien, elle est morte de chagrin. Et ce fameux poëte qui disait de si belles choses, il s'est suicidé. C'est grand dommage, ma femme... Tous ces gens-là finissent mal. C'est nous, les simples, qui sommes les gens heureux...

Et le bon bourgeois a raison.

Thérèse avait pourtant vécu longtemps, sinon en bonne bourgeoise, car pour cela il faut une famille, et Dieu la lui avait refusée, du moins en laborieuse ouvrière, travaillant dès le matin, et ne s'enivrant pas de plaisir ou de langueur à la fin de sa journée.

Elle avait de continuelles aspirations à la vie domestique et réglée; elle aimait l'ordre, et, loin d'afficher
le mépris puéril que certains artistes prodiguaient
à ce qu'ils appelaient dans ce temps-là la gent épi-
cière, elle regrettait amèrement de n'avoir pas été
mariée dans ce milieu médiocre et sûr, où, au lieu
de talent et de renommée, elle eût trouvé l'affection
et la sécurité. Mais on ne choisit pas son destin,
puisque les fous et les ambitieux ne sont pas les
seuls imprudents que la destinée foudroie.

V

Thérèse n'eut pas de faiblesse pour Laurent dans
le sens moqueur et libertin que l'on attribue à ce
mot en amour. Ce fut par un acte de sa volonté,
après des nuits de méditation douloureuse, qu'elle
lui dit :

— Je veux ce que tu veux, parce que nous en
sommes venus à ce point où la faute à commettre
est l'inévitable réparation d'une série de fautes
commises. J'ai été coupable envers toi, en n'ayant
pas la prudence égoïste de te fuir; il vaut mieux

que je sois coupable envers moi-même, en restant
ta compagne et ta consolation, au prix de mon
repos et de ma fierté... Écoute, ajouta-t-elle en
tenant sa main dans les siennes avec toute la force
dont elle était capable, ne me retire jamais cette
main-là et, quelque chose qui arrive, garde assez
d'honneur et de courage pour ne pas oublier qu'a-
vant d'être ta maîtresse, j'ai été *ton ami*. Je me le
suis dit dès le premier jour de ta passion : nous nous
aimions trop bien ainsi pour ne pas nous aimer plus
mal autrement ; mais ce bonheur-là ne pouvait pas
durer pour moi, puisque tu ne le partages plus, et
que, dans cette liaison, mêlée pour toi de peines
et de joies, la souffrance a pris le dessus. Je te demande seulement, si tu viens à te lasser de mon
amour comme te voilà lassé de mon amitié, de te
rappeler que ce n'est pas un instant de délire qui
m'a jetée dans tes bras, mais un élan de mon cœur
et un sentiment plus tendre et plus durable que
l'ivresse de la volupté. Je ne suis pas supérieure aux
autres femmes, et je ne m'arroge pas le droit de me
croire invulnérable ; mais je t'aime si ardemment
et si saintement, que je n'aurais jamais failli avec
toi, si tu avais dû être sauvé par ma force. Après
avoir cru que cette force t'était bonne, qu'elle t'ap-
prenait à découvrir la tienne et à te purifier d'un

mauvais passé, te voilà persuadé du contraire, à tel point qu'aujourd'hui c'est le contraire, en effet qui arrive : tu deviens amer, et il semble, si je résiste, que tu sois prêt à me haïr et à retourner à la débauche, en blasphémant même notre pauvre amitié. Eh bien, j'offre à Dieu pour toi le sacrifice de ma vie. Si je dois souffrir de ton caractère ou de ton passé, soit. Je serai assez payée si je te préserve du suicide que tu étais en train d'accomplir quand je t'ai connu. Si je n'y parviens pas, du moins je l'aurai tenté, et Dieu me pardonnera un dévouement inutile, lui qui sait combien il est sincère !

Laurent fut admirable d'enthousiasme, de reconnaissance et de foi dans les premiers jours de cette union. Il s'était élevé au-dessus de lui-même, il avait des élans religieux, il bénissait sa chère maîtresse de lui avoir fait connaître enfin l'amour vrai, chaste et noble, qu'il avait tant rêvé, et dont il s'était cru à jamais déshérité par sa faute. Elle le retrempait, disait-il, dans les eaux de son baptême, elle effaçait en lui jusqu'au souvenir de ses mauvais jours. C'était une adoration, une extase, un culte.

Thérèse y crut naïvement. Elle s'abandonna à la joie d'avoir donné toute cette félicité et rendu toute cette grandeur à une âme d'élite. Elle oublia toutes

ses appréhensions et en sourit comme de rêves creux
qu'elle avait pris pour des raisons. Ils s'en moquè-
rent ensemble ; ils se reprochèrent de s'être mé-
connus et de ne s'être pas jetés au cou l'un de l'autre dès le premier jour, tant ils étaient faits pour se
comprendre, se chérir et s'apprécier. Il ne fut plus
question de prudence et de sermons. Thérèse était
rajeunie de dix ans. C'était un enfant plus enfant
que Laurent lui-même ; elle ne savait quoi imaginer pour lui arranger une existence où il ne sentirait pas le pli d'une feuille de rose.

Pauvre Thérèse ! son ivresse ne dura pas huit
jours entiers.

D'où vient cet effroyable châtiment infligé à ceux
qui ont abusé des forces de la jeunesse, et qui con-
siste à les rendre incapables de goûter la douceur
d'une vie harmonieuse et logique ? Est-il bien criminel, le jeune homme qui se trouve lancé sans frein
dans le monde avec d'immenses aspirations, et qui
se croit capable d'éteindre tous les fantômes qui
passent, tous les enivrements qui l'appellent ? Son
péché est-il autre chose que l'ignorance, et a-t-il pu
apprendre dans son berceau que l'exercice de la
vie doit être un éternel combat contre soi-même ?
Il en est vraiment qui sont à plaindre, et qu'il est
difficile de condamner, à qui ont peut-être manqué

un guide, une mère prudente, un ami sérieux, une
première maîtresse sincère. Le vertige les a saisis
dès leurs premiers pas; la corruption s'est jetée sur
eux comme sur une proie pour faire des brutes de
ceux qui avaient plus de sens que d'âme, pour faire
des insensés de ceux qui se débattaient, comme
Laurent, entre **la** fange de **la réalité** et l'idéal de
leurs rêves.

Voilà ce que disait Thérèse pour continuer à
aimer cette âme souffrante, et pourquoi elle endura
les blessures que nous allons raconter.

Le septième jour de leur bonheur fut irrévocablement le dernier. Ce chiffre néfaste ne sortit jamais
de la mémoire de Thérèse. Des circonstances for-
tuites avaient concouru à prolonger cette éternité de
joies pendant toute une semaine; personne d'intime n'était venu voir Thérèse, elle n'avait pas de
travail trop pressé; Laurent promettait de se remettre
à l'ouvrage dès qu'il pourrait reprendre possession
de son atelier, envahi par des ouvriers à qui il en
avait confié la réparation. La chaleur était écrasante
à Paris; il fit à Thérèse la proposition d'aller passer
quarante-huit heures à la campagne, dans les bois.
C'était le septième jour.

Ils partirent en bateau, et arrivèrent le soir dans
un hôtel, d'où, après le dîner, ils sortirent pour

courir la forêt par un clair de lune magnifique Ils
avaient loué des chevaux et un guide, lequel les
ennuya bientôt par son baragouin prétentieux. Ils
avaient fait deux lieues et se trouvaient au pied
d'une masse de rochers que Laurent connaissait. I
proposa de renvoyer les chevaux et le guide, et de
revenir à pied, quand même il serait un peu tard.

— Je ne sais pas pourquoi, lui dit Thérèse, nous
ne passerions pas toute la nuit dans la forêt : il n'y
a ni loups ni voleurs. Restons ici tant que tu voudras, et ne revenons jamais, si bon te semble.

Ils restèrent seuls, et c'est alors que se passa une
scène bizarre, presque fantastique, mais qu'il faut
raconter telle qu'elle est arrivée. Ils étaient montés
sur le haut du rocher et s'étaient assis sur la mousse
épaisse desséchée par l'été. Laurent regardait le
ciel splendide où la lune effaçait la clarté des étoiles.
Deux ou trois des plus grosses brillaient seules au-
dessus de l'horizon. Renversé sur le dos, Laurent
les contemplait.

— Je voudrais bien savoir, dit-il, le nom de celle
qui est à peu près au-dessus de ma tête; elle a l'air
de me regarder.

— C'est Véga, répondit Thérèse.

— Tu sais donc le nom de toutes les étoiles, toi,
savante?

— A peu près. Ce n'est pas difficile, et, en un quart d'heure, tu en sauras autant que moi, quand tu voudras.

— Non, merci; j'aime mieux décidément ne pas savoir : j'aime mieux leur donner des noms à ma fantaisie.

— Et tu as raison.

— J'aime mieux me promener au hasard dans ces lignes tracées là-haut et faire des combinaisons de groupes à mon idée que de marcher dans le caprice des autres. Après tout, peut-être ai-je tort, Thérèse! Tu aimes les sentiers frayés, toi, n'est-ce pas?

— Ils sont meilleurs aux pauvres pieds. Je n'ai pas, comme toi, des bottes de sept lieues!

— Moqueuse! tu sais bien que tu es plus forte et meilleure marcheuse que moi!

— C'est tout simple, je n'ai pas d'ailes pour m'envoler.

— Avise-toi d'en avoir pour me laisser là! Mais ne parlons pas de nous quitter : ce mot-là ferait pleuvoir!

— Eh! qui donc y songe? Ne le répète pas, ton affreux mot!

— Non, non! n'y songeons pas, n'y songeons pas! s'écria-t-il en se levant brusquement.

— Qu'as-tu et où vas-tu? lui dit-elle.

— Je ne sais pas, répondit-il. Ah! si! à propos...
Il y a par là un écho extraordinaire, et, la dernière
fois que j'y suis venu avec la petite... tu ne tiens
pas à savoir son nom, n'est-ce pas? j'ai pris grand
plaisir à l'entendre d'ici, pendant qu'elle chantait
là-bas sur le tertre qui est vis-à-vis de nous.

Thérèse ne répondit rien. Il s'aperçut que ce
souvenir intempestif d'une de ses mauvaises con-
naissances n'était pas délicat à jeter au milieu d'une
romantique veillée avec la reine de son cœur. Pourquoi cela lui était-il revenu? comment le nom quelconque de la vierge folle lui était-il arrivé au bord
des lèvres? Il fut mortifié de cette maladresse; mais,
au lieu de s'en accuser naïvement et de la faire oublier par des torrents de tendres paroles qu'il savait
bien tirer de son âme quand la passion l'inspirait,
il n'en voulut pas avoir le démenti, et demanda à
Thérèse si elle voulait chanter pour lui.

— Je ne pourrais pas, lui répondit-elle avec douceur. Il y a longtemps que je n'étais montée à cheval, je me sens un peu oppressée.

— Si ce n'est qu'un peu, faites un effort, Thérèse,
cela me fera tant de plaisir!

Thérèse était trop fière pour avoir du dépit, elle
n'avait que du chagrin. Elle détourna la tête et feignit de tousser.

— Allons, dit-il en riant, vous n'êtes qu'une faible
femme! Et puis vous ne croyez pas à mon écho, je
vois cela. Je veux vous le faire entendre. Restez ici.
Je grimpe là-haut, moi. Vous n'avez pas peur, j'espère, de rester seule cinq minutes?

— Non, répondit tristement Thérèse, je n'ai pas
du tout peur.

Pour grimper sur l'autre rocher, il fallait descendre le petit ravin qui le séparait de celui où ils
étaient; mais ce ravin était plus creux qu'il ne le
paraissait. Quand Laurent, après en avoir descendu
la moitié, vit le chemin qui lui restait à faire, il
s'arrêta, craignant de laisser Thérèse seule si longtemps, et, criant vers elle, il lui demanda si elle ne
l'avait pas rappelé.

— Non, pas du tout! lui cria-t-elle à son tour, ne
voulant pas contrarier sa fantaisie.

Il est impossible d'expliquer ce qui se passa dans
la tête de Laurent; il prit ce *pas du tout* pour une
dureté, et se remit à descendre, mais moins vite et
en rêvant.

—·Je l'ai blessée, dit-il, et la voilà qui me boude,
comme du temps où nous jouions au frère et à la
sœur. Est-ce qu'elle va encore avoir de ces humeurs-
là, à présent qu'elle est ma maîtresse? Mais pourquoi l'ai-je blessée? J'ai eu tort assurément, mais

c'est sans le vouloir. Il est bien impossible qu'il ne
me revienne pas quelque bribe de mon passé dans
la mémoire. Sera-ce donc chaque fois un outrage
pour elle et une mortification pour moi? Que lui
importe mon passé, puisqu'elle m'a accepté comme
cela? J'ai eu tort pourtant! oui, j'ai eu tort; mais
ne lui arrivera-t-il jamais à elle-même de me parler
de ce drôle qu'elle a aimé et dont elle s'est crue
la femme? Malgré elle, Thérèse se souviendra auprès de moi des jours qu'elle a vécu sans moi, et
lui en ferai-je un crime?

Laurent se répondit aussitôt à lui-même :

— Oh! mais oui, cela me serait insupportable!
Donc, j'ai eu grand tort, et j'aurais dû lui en demander pardon tout de suite.

Mais déjà il était arrivé à ce moment de fatigue
morale où l'âme est rassasiée d'enthousiasme, où
l'être farouche et faible que nous sommes tous plus
ou moins a besoin de reprendre possession de lui-
même.

— Encore s'accuser, encore promettre, encore
persuader, encore s'attendrir? Eh quoi! se dit-il,
ne peut-elle être heureuse et confiante huit jours
entiers? C'est ma faute, je le veux bien; mais il y a
encore plus de la sienne à faire de si peu une si
grosse affaire et à me gâter cette belle nuit de poésie

que je m'étais arrangée avec elle dans un des plus beaux endroits du monde. J'y suis déjà venu avec des libertins et des filles, c'est vrai; mais dans quel coin des environs de Paris l'aurais-je conduite où je n'aurais pas retrouvé ces fâcheux souvenirs? A coup sûr, ils ne m'enivrent guère, et il y a presque de la cruauté à me les reprocher...

En répondant ainsi dans son cœur aux reproches que Thérèse lui adressait probablement dans le sien, il arriva au fond de la vallée, où il se sentit troublé et fatigué comme à la suite d'une querelle, et se jeta sur l'herbe dans un mouvement de lassitude et de dépit. Il y avait sept jours entiers qu'il ne s'était appartenu; il subissait le besoin de se reconquérir et de se croire seul et indompté un instant.

De son côté, Thérèse était navrée et effrayée en même temps. Pourquoi le mot *se quitter* avait-il été jeté par lui tout à coup comme un cri aigre au milieu de cet air tranquille qu'ils respiraient ensemble? à quel propos? en quoi l'avait-elle provoqué? Elle cherchait en vain. Laurent lui-même n'eût pu le lui expliquer. Tout ce qui avait suivi était grossièrement cruel, et combien il devait être irrité pour l'avoir dit, cet homme d'une éducation exquise! Mais d'où lui venait cette colère? portait-il en lui un

serpent qui le mordait au cœur et lui arrachait des
paroles d'égarement et de malédiction ?

Elle l'avait suivi des yeux sur la pente du rocher
jusqu'à ce qu'il fût entré dans l'ombre épaisse du
ravin. Elle ne le voyait plus et s'étonnait du temps
qu'il lui fallait pour reparaître sur le versant de l'autre monticule. Elle fut prise d'effroi, il pouvait être
tombé dans quelque précipice. Ses regards interro-
geaient en vain la profondeur du terrain herbu,
hérissé de grosses roches sombres. Elle se levait pour
essayer de l'appeler, lorsqu'un cri d'inexprimable
détresse monta jusqu'à elle, un cri rauque, affreux,
désespéré, qui lui fit dresser les cheveux sur la tête.

Elle s'élança comme une flèche dans la direction
de la voix. S'il y eût eu, en effet, un abîme, elle s'y
fût précipitée sans réflexion ; mais ce n'était qu'une
pente rapide où elle glissa plusieurs fois sur la
mousse et déchira sa robe aux buissons. Rien ne
l'arrêta ; elle arriva, sans savoir comment, auprès
de Laurent, qu'elle trouva debout, hagard, agité
d'un tremblement convulsif.

— Ah ! te voilà, lui dit-il en lui saisissant le bras.
Tu as bien fait de venir ! j'y serais mort !

Et, comme don Juan après la réponse de la statue,
il ajouta d'une voix âpre et brusque : *Sortons d'ici !*

Il l'entraîna sur le chemin, marchant à l'aventure et ne pouvant rendre compte de ce qui lui était arrivé.

Au bout d'un quart d'heure, il se calma enfin, et s'assit avec elle dans une clairière. Ils ne savaient où ils étaient; le sol était semé de roches plates qui ressemblaient à des tombes, et entre lesquelles poussaient au hasard des genévriers qu'on eût pu prendre, la nuit, pour des cyprès.

— Mon Dieu! dit tout à coup Laurent, nous sommes donc dans un cimetière? Pourquoi m'amènes-tu ici?

— Ce n'est, répondit-elle, qu'un endroit inculte. Nous en avons traversé beaucoup de pareils ce soir. S'il te déplaît, ne nous y arrêtons pas, rentrons sous les grands arbres.

— Non, restons ici, reprit-il. Puisque le hasard ou la destinée me jette dans ces idées de mort, autant vaut les braver et en épuiser l'horreur. Cela a son charme comme toute autre chose, n'est-ce pas, Thérèse? Tout ce qui ébranle fortement l'imagination est une jouissance plus ou moins âpre. Quand une tête doit tomber sur l'échafaud, la foule va regarder, et c'est tout naturel. Il n'y a pas que les émotions douces qui nous fassent vivre : il nous en faut d'épouvantables pour nous faire sentir l'intensité de la vie.

Il parla encore ainsi, comme au hasard, pendant quelques instants. Thérèse n'osait l'interroger et s'efforçait de le distraire ; elle voyait bien qu'il venait d'avoir un accès de délire. Enfin il se remit assez pour vouloir et pouvoir le raconter.

Il avait eu une hallucination. Couché sur l'herbe, dans le ravin, sa tête s'était troublée. Il avait entendu l'écho chanter tout seul, et ce chant, c'était un refrain obscène. Puis, comme il se relevait sur ses mains pour se rendre compte du phénomène, il avait vu passer devant lui, sur la bruyère, un homme qui courait, pâle, les vêtements déchirés, et les cheveux au vent.

—Je l'ai si bien vu, dit-il, que j'ai eu le temps de raisonner et de me dire que c'était un promeneur attardé, surpris et poursuivi par des voleurs, et même j'ai cherché ma canne pour aller à son secours ; mais la canne s'était perdue dans l'herbe, et cet homme avançait toujours vers moi. Quand il a été tout près, j'ai vu qu'il était ivre, et non pas poursuivi. Il a passé en me jetant un regard hébété, hideux, et en me faisant une laide grimace de haine et de mépris. Alors j'ai eu peur, et je me suis jeté la face contre terre, car cet homme... c'était moi !

« Oui, c'était mon spectre, Thérèse ! Ne sois pas effrayée, ne me crois pas fou, c'était une vision. Je

l'ai bien compris en me retrouvant seul dans l'obs-
curité. Je n'aurais pas pu distinguer les traits d'une
figure humaine, je n'avais vu celle-là que dans mon
imagination ; mais qu'elle était nette, horrible, effrayante ! C'était moi avec vingt ans de plus, des
traits creusés par la débauche ou la maladie, des
yeux effarés, une bouche abrutie, et, malgré tout
cet effacement de mon être, il y avait dans ce fantôme un reste de vigueur pour insulter et défier
l'être que je suis à présent. Je me suis dit alors :
« O mon Dieu ! est-ce donc là ce que je serai dans
« mon âge mûr ?... J'ai eu ce soir de mauvais sou-
« venirs que j'ai exprimés malgré moi ; c'est que je
« porte toujours en moi ce vieil homme dont je me
« croyais délivré ? Le spectre de la débauche ne veut
« pas lâcher sa proie, et, jusque dans les bras de
« Thérèse, il viendra me railler et me crier   *Il est*
« *trop tard !* »

    « Alors je me suis levé pour te joindre, ma pau-
vre Thérèse. Je voulais te demander grâce pour ma
misère et te supplier de me préserver ; mais je ne
sais pendant combien de minutes ou de siècles j'aurais tourné sur moi-même sans pouvoir avancer, si
tu n'étais enfin venue. Je t'ai reconnue tout de
suite, Thérèse : je n'ai pas eu peur de toi, et je me
suis senti délivré.

Il était difficile de savoir, quand Laurent parlait
ainsi, s'il racontait une chose qu'il avait réellement
éprouvée, ou s'il avait mêlé ensemble, dans son
cerveau, une allégorie née de ses réflexions amères
et une image entrevue dans un demi-sommeil. Il
jura cependant à Thérèse qu'il ne s'était pas endormi sur l'herbe, et qu'il s'était toujours rendu
compte du lieu où il était et du temps qui s'écou-
lait ; mais cela même était difficile à constater. Thérèse l'avait perdu de vue, et, quant à elle, le temps
lui avait semblé mortellement long.

Elle lui demanda s'il était sujet à ces hallucinations.

— Oui, dit-il, dans l'ivresse ; mais je n'ai été
ivre que d'amour depuis quinze jours que tu es à
moi.

— Quinze jours ! dit Thérèse étonnée.

— Non, moins que cela, reprit-il ; ne me chicane
pas sur les dates : tu vois bien que je n'ai pas encore ma tête. Marchons, cela me remettra tout à
fait.

— Tu as besoin de repos pourtant : il faudrait
penser à rentrer.

— Eh bien, que faisons-nous ?

— Nous ne sommes pas dans la direction ; nous
tournons le dos à notre point de départ.

— Tu veux que je repasse par ce maudit rocher?

— Non, mais prenons à droite.

— C'est tout le contraire.

Thérèse insista, elle ne se trompait pas. Laurent n'en voulut pas démordre, et même il s'emporta et parla d'un ton irrité, comme s'il y eût eu là matière à dispute. Thérèse céda et le suivit où il voulut aller. Elle se sentait brisée d'émotion et de tristesse. Laurent venait de lui parler d'un ton qu'elle n'eût jamais voulu prendre avec Catherine, même quand la bonne vieille l'impatientait. Elle le lui pardonnait, parce qu'elle le sentait malade; mais cet état d'excitation douloureuse où elle le voyait l'effrayait d'autant plus.

Grâce à l'obstination de Laurent, ils se perdirent dans la forêt, marchèrent pendant quatre heures, et ne rentrèrent qu'au point du jour. La marche dans le sable fin et lourd de la forêt est très-pénible. Thérèse ne pouvait plus se traîner, et Laurent, que ce violent exercice ranimait, ne songeait point à ralentir le pas par égard pour elle. Il allait devant, prétendant toujours découvrir la bonne voie, lui demandant de temps à autre si elle était lasse, et ne devinant pas qu'en répondant: « Non, » elle voulait lui ôter le regret d'être cause de cette mésaventure.

Le lendemain, Laurent n'y songeait plus; il avait

été pourtant rudement secoué par cette crise étrange; mais c'est le propre des tempéraments nerveux à l'excès de se remettre comme par magie. Thérèse eut même l'occasion de remarquer qu'au lendemain de ces épreuves terribles, c'est elle qui se trouvait brisée, tandis qu'il semblait avoir pris une force nouvelle.

Elle n'avait pas dormi, s'attendant à le voir envahi par quelque grave maladie; mais il prit un bain et se sentit très-dispos pour recommencer la promenade. Il paraissait avoir oublié combien cette veillée avait été fâcheuse pour la lune de miel. La triste impression s'effaça vite chez Thérèse. Revenue à Paris, elle crut que rien n'était changé entre eux; mais, le soir même, Laurent eut le caprice de faire la charge de Thérèse avec la sienne, errant tous deux au clair de lune dans la forêt, lui avec son air effaré et distrait, elle avec sa robe déchirée et le corps brisé de fatigue. Les artistes sont tellement habitués à faire la charge les uns des autres, que Thérèse s'amusa de la sienne; mais, bien qu'elle eût aussi de la facilité et de l'esprit au bout de son crayon, elle n'eût voulu pour rien au monde faire celle de Laurent, et, quand elle le vit esquisser dans un sens comique cette scène nocturne qui l'avait torturée, elle en eut du chagrin.

Il lui semblait que certaines douleurs de l'âme **ne**
peuvent jamais avoir de côté risible.

Laurent, au lieu de comprendre, tourna la chose
avec plus d'ironie encore. Il écrivit sous sa figure :
Perdu dans la forêt et dans l'esprit de sa maîtresse,
et sous la figure de Thérèse : *Le cœur aussi déchiré*
que la robe. La composition fut intitulée : *Lune de*
miel dans un cimetière. Thérèse s'efforça de sourire ;
elle loua le dessin, qui, malgré sa bouffonnerie,
sentait la main du maître, et ne fit aucune réflexion
sur le triste choix du sujet. Elle eut tort, elle eût
mieux fait, dès le commencement, d'exiger que
Laurent ne laissât pas courir sa gaieté au hasard,
en grosses bottes. Elle se laissa marcher sur les
pieds parce qu'elle eut peur qu'il ne fût encore
malade et pris de délire au milieu de sa lugubre
plaisanterie.

Deux ou trois autres faits de ce genre l'ayant
avertie, elle se demanda si la vie douce et réglée
qu'elle voulait donner à son ami était réellement
l'hygiène qui convenait à cette organisation exceptionnelle. Elle lui avait dit :

— Tu t'ennuieras quelquefois peut-être ; mais l'ennui repose du vertige, et, quand la santé morale
sera bien revenue, tu t'amuseras de peu et tu con-
naîtras la véritable gaieté.

Les choses tournaient en sens contraire. Laurent n'avouait pas son ennui, mais il lui était impossible de le supporter, et il l'exhalait en caprices amers et bizarres. Il s'était fait une vie de hauts et de bas perpétuels. Les brusques transitions de la rêverie à l'exaltation et de la nonchalance absolue aux excès bruyants étaient devenues un état normal dont il ne pouvait plus se passer. Le bonheur délicieusement savouré pendant quelques jours arrivait à l'irriter comme la vue de la mer par un calme plat.

— Tu es heureuse, disait-il à Thérèse, de te réveiller tous les matins avec le cœur à la même place. Moi, je perds le mien en dormant. C'est comme le bonnet de nuit que ma bonne me mettait quand j'étais enfant : elle le retrouvait tantôt à mes pieds, tantôt par terre.

Thérèse se dit que la sérénité ne pouvait venir tout d'un coup à cette âme troublée et qu'il fallait l'y habituer par degrés. Pour cela, il ne fallait pas l'empêcher de retourner quelquefois à la vie active : mais que faire pour que cette activité ne fût pas une souillure, un coup mortel porté à leur idéal? Thérèse ne pouvait pas être jalouse des maîtresses que Laurent avait eues; mais elle ne comprenait pas comment elle pourrait l'embrasser au front le len-

demain d'une orgie. Il fallait donc, puisque le travail qu'il avait repris avec ardeur l'excitait au lieu
de l'apaiser, chercher avec lui une issue à cette
force. L'issue naturelle eût été l'enthousiasme de
l'amour ; mais c'était là encore une excitation après
laquelle Laurent eût voulu escalader le troisième
ciel : faute d'en avoir la puissance, il regardait du
côté de l'enfer, et son cerveau, son visage même,
en recevaient un reflet parfois diabolique.

Thérèse étudia ses goûts et ses fantaisies, et fut
surprise de les trouver faciles à satisfaire. Laurent
était avide de diversion et d'imprévu ; il n'était pas
nécessaire de le promener dans des enchantements
irréalisables, il suffisait de le promener n'importe
où, et de lui trouver un amusement auquel il ne
s'attendît pas. Si, au lieu de lui donner à dîner
chez elle, Thérèse lui annonçait, en mettant son chapeau, qu'ils allaient dîner ensemble chez un restau-
rateur, et si, au lieu de tel théâtre où elle l'avait
prié de la conduire, elle lui demandait tout à coup
de la mener à un spectacle tout différent, il était ravi
de cette distraction inattendue et y prenait le plus
grand plaisir, tandis qu'en se conformant à un plan
quelconque tracé d'avance, il éprouvait un insurmontable malaise et le besoin de tout dénigrer.
Thérèse le traita donc comme un enfant en conva-

lescence à qui l'on ne refuse rien, et elle ne voulut
faire aucune attention aux inconvénients qui en ré-
sultaient pour elle.

Le premier et le plus grave fut de compromettre
sa réputation. On la disait et on la savait sage. Tout
le monde n'était pas persuadé qu'elle n'eût pas eu
d'autre amant que Laurent; en outre, une personne ayant répandu qu'elle l'avait vue en Italie
autrefois avec le comte de ***, qui était marié en
Amérique, elle passait pour avoir été entretenue
par celui qu'elle avait bien réellement épousé, et on
a vu que Thérèse aimait mieux supporter cette tache
que de soulever une lutte scandaleuse contre le
malheureux qu'elle avait aimé; mais on s'accordait
à la regarder comme prudente et raisonnable.

— Elle garde les apparences, disait-on; il n'y a
jamais eu de rivalités ni de scandale autour d'elle;
tous ses amis la respectent et en disent du bien.
C'est une femme de tête et qui ne cherche qu'à
passer inaperçue; ce qui ajoute à son mérite.

Quand on la vit hors de chez elle au bras de
Laurent, on commença à s'étonner, et le blâme fut
d'autant plus sévère qu'elle s'en était préservée plus
longtemps. Laurent était fort prisé des artistes, mais
il comptait parmi eux un très-petit nombre d'amis.
On lui savait mauvais gré de faire le gentilhomme

avec les élégants d'une autre classe, et, de leur côté,
les amis qu'il avait dans ce monde-là ne comprirent rien à sa conversion et n'y crurent pas. Donc,
l'amour tendre et dévoué de Thérèse passa pour
un caprice effréné. Une femme chaste eût-elle
choisi pour amant, parmi les hommes sérieux qui
l'entouraient, le seul qui eût mené une vie dissolue
avec toutes les pires dévergondées de Paris? Et,
pour ceux qui ne voulurent pas condamner Thérèse,
la passion violente de Laurent ne parut être qu'une
rouerie menée à bonne fin, et dont il était assez
habile pour se *dépêtrer* quand il en serait las.

Ainsi de toutes parts mademoiselle Jacques fut
déconsidérée pour le choix qu'elle venait de faire et
qu'elle paraissait vouloir afficher.

Telle n'était pas, à coup sûr, l'intention de Thérèse ; mais, avec Laurent, bien qu'il eût résolu de
l'entourer de respect, il n'y avait guère moyen de
cacher sa vie. Il ne pouvait renoncer au monde
extérieur, et il fallait l'y laisser retourner pour s'y
perdre, ou l'y suivre pour l'en préserver. Il était
habitué à voir la foule et à en être vu. Quand il avait
vécu un jour dans la retraite, il se croyait tombé
dans une cave, et demandait à grands cris le gaz et
le soleil.

Avec la déconsidération arriva bientôt pour Thé-

rèse un autre sacrifice à faire : celui de la sécurité
domestique. Jusque-là, elle avait gagné assez d'argent par son travail pour mener une vie aisée ; mais
ce n'était qu'à la condition d'avoir des habitudes
réglées, beaucoup d'ordre dans ses dépenses et de
suite dans ses occupations. L'imprévu qui char-
mait Laurent amena la gêne. Elle le lui cacha, en
ne voulant pas lui refuser le sacrifice de ce précieux
temps, qui est surtout le capital de l'artiste.

Mais tout ceci n'était que le cadre d'un tableau
bien plus sombre sur lequel Thérèse jetait un voile
si épais, que personne ne se doutait de son malheur,
et que ses amis, scandalisés ou peinés de sa situation, s'éloignaient d'elle en disant :

— Elle est enivrée. Attendons qu'elle ouvre les
yeux ; cela viendra bien vite !

Cela était tout venu. Thérèse acquérait tous les
jours la triste certitude que Laurent ne l'aimait déjà
plus, ou qu'il l'aimait si mal, qu'il n'y avait dans
leur union pas plus d'espoir de bonheur pour lui
que pour elle. C'est en Italie que la certitude absolue
en fut tout à fait acquise pour tous deux, et c'est leur
voyage en Italie que nous allons raconter.

Gravure extraite de la Géographie Universelle (Hachette et Cⁱᵉ, éditeurs).

GÊNES

VI

Il y avait longtemps que Laurent voulait voir
l'Italie; c'était son rêve depuis l'enfance, et quelques travaux qu'il put vendre d'une manière ines-
pérée le mirent enfin à même de le réaliser. Il offrit
à Thérèse de l'emmener, en lui montrant avec orgueil sa petite fortune, et en lui jurant que, si elle ne
voulait pas le suivre, il renoncerait à ce voyage.
Thérèse savait bien qu'il n'y renoncerait pas sans
regret et sans reproche. Aussi s'ingénia-t-elle à
trouver de l'argent de son côté. Elle en vint à bout
en engageant son travail futur; et ils partirent vers
la fin de l'automne.

Laurent s'était fait de grandes illusions sur l'Italie, et croyait trouver le printemps en décembre dès
qu'il apercevrait la Méditerranée. Il fallut en rabat-
tre, et souffrir d'un froid très-âpre durant la traver-
sée de Marseille à Gênes. Gênes lui plut extrême-
ment, et, comme il y avait beaucoup de peinture à
voir, que c'était là, pour lui, le principal but du
voyage, il consentit de bonne grâce à s'arrêter là un

ou deux mois, et loua un appartement meublé.

Au bout de huit jours, Laurent avait tout vu, et Thérèse ne faisait que de commencer à s'installer pour peindre, car il faut dire qu'elle ne pouvait s'en dispenser. Pour avoir quelques billets de mille francs, elle avait dû s'engager envers un marchand de tableaux à lui rapporter plusieurs copies de portraits inédits qu'il voulait ensuite faire graver. La besogne n'était pas désagréable; en homme de goût, l'industriel avait désigné divers portraits de Van Dyck, un à Gênes, un autre à Florence, etc. Copier ce maître était une spécialité grâce à laquelle Thérèse avait formé son propre talent et gagné de quoi vivre avant de faire le portrait pour son compte; mais il lui fallait commencer par obtenir l'autorisation des propriétaires de ces chefs-d'œuvre, et, quelque diligence qu'elle y mît, une semaine s'écoula avant qu'elle pût commencer la copie désignée à Gênes.

Laurent ne se sentait nullement disposé à copier quoi que ce fût. Il avait une individualité trop prononcée et trop ardente pour ce genre d'étude. Il profitait autrement de la vue des grandes choses. C'était son droit. Pourtant plus d'un grand maître, trouvant l'occasion toute servie, l'eût peut-être mise à profit. Laurent n'avait pas encore vingt-cinq ans

et pouvait encore apprendre. C'était l'avis de Thérèse, qui voyait là aussi l'occasion, pour lui, d'aug-
menter ses ressources pécuniaires. S'il eût daigné
copier un Titien, qui était son maître de prédilec-
tion, nul doute que le même industriel à qui Thérèse avait affaire ne l'eût acquis ou fait acquérir par
un amateur. Laurent trouva cette idée absurde.
Tant qu'il avait quelque argent en poche, il ne con-
cevait pas que l'on descendît des hauteurs de l'art
jusqu'à songer au gain. Il laissa Thérèse absorbée
devant son modèle, la raillant même un peu d'avance
du Van Dyck qu'elle allait faire, et cherchant à la
decourager de la tâche effrayante qu'elle osait en-
treprendre ; puis il se mit à errer dans ville, assez
soucieux de l'emploi de six semaines que Thérèse lui
avait demandées pour mener son œuvre à bonne fin.

Certes, il n'y avait pas pour elle de temps à perdre avec des journées de décembre courtes et sombres, une installation de matériel qui ne lui présentait pas toutes les commodités de son atelier de
Paris, un mauvais jour, une grande salle peu ou
point chauffée, et des volées de badauds en voyage
qui, sous prétexte de contempler le chef-d'œuvre,
se plaçaient devant elle, ou l'importunaient de leurs
réflexions plus ou moins saugrenues. Enrhumée,
souffrante, attristée, effrayée surtout de l'ennui

qu'elle voyait déjà creuser les yeux de Laurent, elle
rentrait pour le trouver de mauvaise humeur, ou
pour l'attendre jusqu'à ce que la faim le fît revenir.
Deux jours ne se passèrent pas sans qu'il lui re-
prochât d'avoir accepté un travail abrutissant, et
sans qu'il lui proposât d'y renoncer. N'avait-il pas
de l'argent pour deux, et d'où venait donc que sa
maîtresse refusait de le partager avec lui?

Thérèse tint bon; elle savait que l'argent ne du-
rerait pas dans les mains de Laurent, et qu'il ne
s'en trouverait peut-être plus pour revenir le jour
où il serait las de l'Italie. Elle le supplia de la laisser
travailler, et de travailler lui-même comme il l'entendrait, mais comme tout artiste peut et doit travailler quand il a son avenir à conquérir.

Il convint qu'elle avait raison et résolut de s'y
mettre. Il déballa ses boîtes, trouva un local et fit
plusieurs esquisses; mais, soit le changement d'air
et d'habitudes, soit la vue trop récente de tant de
chefs-d'œuvre différents qui l'avaient vivement ému
et qu'il lui fallait le temps de digérer en lui-même,
il se sentit frappé d'impuissance momentanée, et
tomba dans un de ces *spleens* contre lesquels il ne
savait pas réagir seul. Il lui eût fallu des émotions
venant du dehors, une magnifique musique sortant
du plafond, un cheval arabe entrant par le trou de

la serrure, un chef-d'œuvre littéraire inconnu sous
la main, ou encore mieux, une bataille navale dans
le port de Gênes, un tremblement de terre, n'importe quel événement, délicieux ou terrible, qui
l'arrachât à lui-même, et sous l'impulsion duquel il
se sentît exalté et renouvelé.

Tout à coup, au milieu de ses vagues et tumul-
tueuses aspirations, une mauvaise pensée vint le
trouver malgré lui.

— Quand je songe, se dit-il, qu'*autrefois* (c'est
ainsi qu'il appelait le temps où il n'aimait pas Thérèse) la moindre folie suffisait pour me ranimer !
J'ai aujourd'hui beaucoup de choses que je rêvais,
de l'argent, c'est-à-dire six mois de loisir et de liberté, l'Italie sous les pieds, la mer à ma porte, autour de moi une maîtresse tendre comme une mère,
en même temps qu'elle est un ami sérieux et intelligent ; et tout cela ne suffit pas pour que mon âme
revive ! A qui la faute ? Ce n'est pas la mienne, à
coup sûr. Je n'avais pas été gâté, et il ne m'en fallait pas tant autrefois pour m'étourdir. Quand je
pense que la moindre piquette me portait au cerveau tout aussi bien que le vin le plus généreux ;
que le moindre minois chiffonné, avec un regard
provoquant et une toilette problématique, suffisait
pour me mettre en gaieté et pour me persuader

qu'une terre conquête faisait de moi un héros de la
régence ! Avais-je besoin d'un idéal comme Thérèse ?
Comment donc ai-je pu me persuader que la beauté
morale et physique m'était nécessaire en amour ? Je
savais me contenter du *moins :* donc, le *plus* devait
m'accabler, puisque le mieux est l'ennemi du bien.
Et puis, d'ailleurs, y a-t-il une vraie beauté pour les
sens ? La véritable est celle qui plaît. Celle dont on
est rassasié est comme si elle n'avait jamais été. Et
puis encore il y a le plaisir du changement, et c'est
peut-être là tout le secret de la vie. Changer, c'est
se renouveler ; pouvoir changer, c'est être libre.
L'artiste est-il né pour l'esclavage, et n'est-ce pas
l'esclavage que la fidélité gardée, ou seulement la
foi promise ?

Laurent se laissa envahir par ces vieux sophismes,
toujours nouveaux pour les âmes en dérive. Il
éprouva bientôt le besoin de les exprimer à quelqu'un, et ce quelqu'un fut Thérèse. Tant pis pour
elle, puisque Laurent ne voyait qu'elle !

La causerie du soir commençait toujours à peu
près de même :

— Quelle assommante ville que celle-ci !

Un soir, il ajouta :

— On doit s'y ennuyer en peinture. Je ne voudrais pas être le modèle que tu copies. Cette pauvre

belle comtesse en robe noir et or, qui est là accro-
chée depuis deux cents ans, si ses doux yeux ne
l'ont pas damnée, elle doit se damner dans le ciel
de voir son image enfermée dans ce maussade
pays.

— Et pourtant, répondit Thérèse, elle y a toujours
le privilége de la beauté, le succès qui survit à la
mort, et que la main d'un maître éternise. Toute
desséchée qu'elle est au fond de sa tombe, elle a
encore des amants ; tous les jours, je vois des jeunes
gens, insensibles d'ailleurs au mérite de la peinture,
rester en extase devant cette beauté qui semble
respirer et sourire avec un calme triomphant.

— Elle te ressemble, Thérèse, sais-tu cela ? Elle a
un peu du sphinx, et je ne m'étonne pas de ta passion pour son mystérieux sourire. On dit que les
artistes créent toujours dans leur nature : il est tout
simple que tu aies choisi les portraits de Van Dyck
pour ton école d'apprentissage. Il faisait grand,
mince, élégant et fier comme ta forme.

— Voilà des compliments ! arrête-toi là, je vois
que la moquerie va arriver.

— Non, je ne suis pas en train de rire. Tu sais
bien que je ne ris plus, moi. Avec toi, il faut tout
prendre au sérieux : je me conforme à l'ordonnance.
Je dis seulement une chose triste. C'est que ta dé-

funte comtesse doit être bien lasse d'être toujours
belle de la même façon. Une idée, Thérèse ! un rêve
fantastique qui me vient de ce que tu disais tout à
l'heure. Écoute.

« Un jeune homme, qui avait probablement des
notions de sculpture, se prit d'un amour pour une
statue de marbre couchée sur un tombeau. Il en
devint fou, et ce pauvre fou souleva un jour la
pierre pour voir ce qu'il restait de cette belle femme
dans le sarcophage. Il y trouva... ce qu'il y devait
trouver, l'imbécile ! une momie ! Alors la raison lui
revint, et, embrassant ce squelette, il lui dit : « Je
« t'aime mieux ainsi ; au moins, tu es quelque chose
« qui a vécu, tandis que j'étais épris d'une pierre
« qui n'a jamais eu conscience d'elle-même. »

— Je ne comprends pas, dit Thérèse.

— Ni moi non plus, répondit Laurent ; mais peut-
être qu'en amour la statue est ce qu'on édifie dans
sa tête, et la momie, ce que l'on ramasse dans son
cœur.

Un autre jour, il esquissa la figure et l'attitude de
Thérèse, rêveuse et triste, dans un album qu'elle
feuilleta ensuite, et où elle trouva une douzaine de
croquis de femmes dont les poses impertinentes et
les types effrontés la firent rougir. C'étaient les fantômes du passé qui avaient traversé la mémoire de

Laurent et qui s'étaient collés, peut-être malgré lui,
à ces feuilles blanches. Thérèse, sans rien dire, déchira celle où elle avait pris place dans cette mauvaise compagnie, la jeta au feu, ferma l'album et
le remit sur la table; puis elle s'assit près du feu,
étendit son pied sur son chenet et voulut parler
d'autre chose.

Laurent ne répondit pas, mais il lui dit :

— Vous êtes trop orgueilleuse, ma chère ! Si vous
eussiez brûlé tous les feuillets qui vous déplaisent,
pour ne laisser dans l'album que votre image, j'aurais compris, et je vous aurais dit : « Tu fais bien ; »
mais vous retirer de là en y laissant les autres si-
gnifie que vous ne me feriez jamais l'honneur de
me disputer à personne.

— Je vous ai disputé à la débauche, répondit Thérèse ; je ne vous disputerai jamais à aucune de ces
vestales.

— Eh bien, c'est de l'orgueil, je le répète; ce
n'est pas de l'amour. Moi, je vous ai disputée à la
sagesse, et je vous disputerais à n'importe lequel
de ses moines.

— Pourquoi me disputeriez-vous ? Est-ce que vous
n'êtes pas fatigué d'aimer la statue ? est-ce que la
momie n'est pas dans votre cœur ?

— Ah ! vous avez la mémoire des mots, vous !

Mon Dieu! qu'est-ce qu'un mot? On l'interprète comme on veut. Avec un mot, on fait pendre un innocent. Je vois qu'il faut prendre garde à ce que l'on dit avec vous; le plus prudent serait peut-être de ne jamais causer ensemble.

— En sommes-nous là, mon Dieu? dit Thérèse, fondant en larmes.

Ils en étaient là. C'est en vain que Laurent s'affligea de ses pleurs, et lui demanda pardon de les avoir fait couler : le mal recommença le lendemain.

— Que veux-tu donc que je devienne dans cette détestable ville? lui dit-il. Tu veux que je travaille; je l'ai voulu aussi, mais je ne peux pas! Je ne suis pas né comme toi avec un petit ressort d'acier dans le **cerveau**, dont il ne faut que pousser le bouton pour que la volonté fonctionne. Je suis un créateur, moi! Grand ou petit, faible ou puissant, c'est toujours un ressort qui n'obéit à rien et que met en jeu, quand il lui plaît, le souffle de Dieu ou le vent qui passe. Je suis incapable de quoi que ce soit quand je m'ennuie ou me déplais quelque part.

— Comment est-il possible qu'un homme intelligent s'ennuie, dit Thérèse, à moins qu'il ne soit privé de jour et d'air au fond d'un cachot? N'y a-t-il donc dans cette ville, qui t'avait ravi le premier **jour**, ni belles choses à voir, ni intéressantes pro-

menades à faire aux environs, ni bons livres à con-
sulter, ni personnes intelligentes à entretenir?

— J'ai des belles choses d'ici par-dessus les yeux;
je n'aime pas à me promener seul; les meilleurs
livres m'irritent lorsqu'ils me disent ce que je ne
suis pas en train de croire. Quant aux relations à
établir... j'ai des lettres de recommandation dont tu
sais bien que je ne peux pas faire usage!

— Non, je ne sais pas cela; pourquoi?

— Parce que, naturellement, mes amis du monde
m'ont adressé à des gens du monde: or, les gens du
monde ne vivent pas entre quatre murs sans songer
à se divertir; et, comme tu n'es pas du monde,
Thérèse, comme tu ne peux pas m'y accompagner,
il faudra donc que je te laisse seule!

— Dans le jour, puisque je suis forcée de travailler là-bas dans ce palais!

— Dans le jour, on se rend des visites et on fait
des projets pour le soir. C'est le soir qu'on s'amuse
en tout pays; ne le sais-tu pas?

— Eh bien, sors quelquefois le soir, puisqu'il le
faut; va au bal, aux *conversazioni*. Ne joue pas,
c'est tout ce que je te demande.

— Et c'est ce que je ne peux pas te promettre.
Dans le monde, il faut se donner au jeu ou aux
femmes.

— Ainsi tous les hommes du monde se ruinent
au jeu ou se jettent dans la galanterie?

— Ceux qui ne font ni l'un ni l'autre s'ennuient
dans le monde ou y sont ennuyeux. Je ne suis pas
un causeur de salon, moi. Je ne suis pas encore
assez creux pour me faire écouter sans rien dire.
Voyons, Thérèse, veux-tu que je me jette dans le
monde à nos risques et périls?

— Pas encore, dit Thérèse; patiente un peu.
Hélas! je n'étais pas préparée à te perdre si tôt!

L'accent douloureux et le regard déchirant de
Thérèse irritèrent Laurent plus que de coutume.

— Tu sais, lui dit-il, que tu me ramènes toujours
à tes fins avec la moindre plainte, et tu abuses de
ton pouvoir, ma pauvre Thérèse. Ne t'en repen-
tiras-tu pas un jour, si tu me vois malade et exaspéré?

— Je m'en repens déjà, puisque je t'ennuie,
répondit-elle. Fais donc ce que tu voudras!

— Ainsi tu m'abandonnes à ma destinée? Es-tu
déjà lasse de lutter? Tiens, ma chère, c'est toi qui
ne m'aimes plus!

— Au ton dont tu le dis, il semble que tu désires
que cela soit!

Il répondit: « Non; » mais, un instant après, c'était
oui sous toutes les formes. Thérèse était trop sé-

rieuse, trop fière, trop pudique. Elle ne voulait pas descendre avec lui des hauteurs de l'empyrée. Un mot leste lui semblait un outrage, un souvenir sans importance encourait sa censure. Elle était sobre en tout et ne comprenait rien aux appétits capricieux, aux fantaisies immodérées. Elle était la meilleure des deux, à coup sûr, et, s'il lui fallait des compliments, il était prêt à lui en faire ; mais s'agissait-il de cela entre eux? La question n'était-elle pas de trouver le moyen de vivre ensemble? Autrefois, elle était plus gaie, elle avait été *coquette* avec lui, et elle ne voulait plus l'être ; elle était maintenant comme un oiseau malade sur son bâton, les plumes ébouriffées, la tête dans les épaules et l'œil éteint. Sa figure pâle et morne était quelquefois effrayante. Dans cette grande chambre sombre attristée des restes d'un vieux luxe, elle lui faisait l'effet d'un spectre. Par moments, il avait peur d'elle. Ne pouvait-elle remplir cet intérieur lugubre de chants bizarres et de joyeux éclats de rire?

— Voyons : que faire pour secouer cette mort qui glace les épaules? Mets-toi au piano, et joue-moi une valse. Je vais valser tout seul. Sais-tu valser, toi? Je parie que non ! Tu ne sais rien que de triste !

— Tiens, dit Thérèse en se levant, partons de

main, et advienne que pourra! Tu deviendrai fou
ici. Ce sera peut-être pire ailleurs; mais j'irai jusqu'au bout de ma tâche.

Sur ce mot, Laurent s'emporta. C'était donc une
tâche qu'elle s'était imposée ? Elle accomplissait
donc froidement un devoir? Peut-être avait-elle fait
à la Vierge le vœu de lui consacrer son amant. Il
ne lui manquait plus que d'être dévote!

Il prit son chapeau avec cet air de suprême dédain et de rupture *bien troussée* qui lui était propre.
Il sortit sans dire où il allait. Il était dix heures du
soir. Thérèse passa la nuit dans des angoisses effroyables. Il rentra au jour et s'enferma dans sa
chambre en jetant les portes avec fracas. Elle n'osa
se montrer dans la crainte de l'irriter et se retira
sans bruit chez elle. C'était la première fois qu'ils
s'endormaient sans se dire un mot d'affection ou
de pardon.

Le lendemain, au lieu de retourner à son travail,
elle fit ses paquets et prépara tout pour le départ.
Lui s'éveilla à trois heures de l'après-midi, et lui
demanda en riant à quoi elle songeait. Il avait pris
son parti, il avait retrouvé son assiette. Il s'était
promené la nuit, seul au bord de la mer; il avait
fait ses réflexions, il était calmé.

— Cette grosse mer grondeuse et rabâcheuse m'a

impatienté, dit-il gaiement. J'ai fait d'abord de la
poésie. Je me suis comparé à elle. J'ai eu envie de
me jeter dans son beau sein verdâtre!... Et puis
j'ai trouvé la vague monotone et ridicule de se
plaindre toujours de ce qu'il y a des rochers sur la
grève. Si elle n'a pas la force de les détruire, qu'elle
se taise! Qu'elle fasse comme moi, qui ne veux
plus me plaindre. Me voilà charmant ce matin; j'ai
résolu de travailler, je reste. J'ai fait ma barbe avec
soin; embrasse-moi, Thérèse, et ne parlons plus de
la sotte soirée d'hier. Défaits ces paquets surtout,
ôte ces malles, vite, que je ne les voie pas davantage! Elles ont l'air d'un reproche, et je n'en mérite plus.

Il y avait bien loin de cette prompte manière de
se réconcilier avec lui-même au temps où un regard
inquiet de Thérèse suffisait pour lui faire plier les
deux genoux, et pourtant il n'y avait pas plus de
trois mois.

Une surprise vint les distraire. M. Palmer, arrivé
à Gênes le matin, vint leur demander à dîner. Laurent fut enchanté de cette diversion. Lui, toujours
assez froid de manières avec les autres hommes,
il sauta au cou de l'Américain en lui disant qu'il
était l'envoyé du ciel. Palmer fut plus surpris que
flatté de cet accueil chaleureux. Il lui avait suffi d'un

coup d'œil jeté sur Thérèse pour voir que ce n'était
pas là l'expansion du bonheur. Cependant Laurent
ne lui parla pas de son ennui, et Thérèse fut surprise de l'entendre faire l'éloge de la ville et du pays.
Il déclara même que les femmes étaient charmantes.
D'où les connaissait-il ?

A huit heures, il demanda son pardessus et sortit.
Palmer voulut se retirer aussi.

— Pourquoi, lui dit Laurent, ne restez-vous pas
un peu plus longtemps avec Thérèse ? Cela lui
ferait plaisir. Nous sommes tout à fait seuls ici. Je
sors pour une heure. Attendez-moi pour prendre
le thé.

A onze heures, Laurent n'était pas rentré. Thérèse était fort abattue. Elle faisait de vains efforts
pour cacher son désespoir. Elle n'était plus inquiète,
elle se sentait perdue. Palmer vit tout et feignit de
ne rien voir : il causa encore avec elle pour tâcher
de la distraire; mais, comme Laurent n'arrivait pas,
et qu'il n'était pas convenable de l'attendre passé
minuit, il se retira en serrant la main de Thérèse.
Malgré lui, il lui apprit dans ce serrement de main
qu'il n'était pas dupe de son courage et qu'il ressentait l'étendue de son désastre.

Laurent arriva en ce moment et vit l'émotion de
Thérèse. A peine fut-il seul avec elle, qu'il l'en railla

sur un ton qui affectait de ne pas descendre à la jalousie.

— Voyons, lui dit-elle, ne me faites pas inutilement souffrir. Pensez-vous que Palmer me fasse la cour? Partons, je vous l'ai offert.

— Non, ma chère, je ne suis pas absurde à ce point. Du moment que vous avez une société et que vous me permettez de sortir un peu pour mon compte, tout est bien, et je me sens en train de travailler.

— Dieu le veuille! dit Thérèse. Je ferai, moi, ce que vous voudrez; mais, si vous vous réjouissez de la société qui m'est venue, ayez le bon goût de ne pas m'en parler comme vous venez de le faire, je ne saurais le souffrir.

— De quoi diable vous fâchez-vous? qu'ai-je donc dit de si blessant? Vous devenez d'une susceptibilité par trop ombrageuse, ma chère amie! Quel mal y aurait-il à ce que ce bon Palmer fût amoureux de vous?

— Il y en aurait à vous de me laisser seule avec lui, si vous pensiez ce que vous dites.

— Ah! il y aurait du mal... à vous abandonner au danger? Vous voyez bien que le danger existe, selon vous, et que je ne me trompais pas!

— Soit! alors passons nos soirées ensemble et

ne recevons personne. Je **le** veux bien, moi. Est-ce
convenu?

— Vous êtes bonne, ma chère Thérèse. Pardonnez-moi. Je resterai avec vous et nous verrons qui
vous voudrez; ce sera le meilleur et le plus doux
arrangement.

En effet, Laurent parut revenir à lui-même. Il
entama une bonne étude dans son atelier et invita
Thérèse à venir la voir. Quelques jours se passèrent
sans orage. Palmer n'avait pas reparu; mais bientôt Laurent se lassa de cette vie réglée, et alla le
chercher en lui reprochant d'abandonner ses amis.
A peine fut-il arrivé pour passer la soirée avec eux,
que Laurent trouva un prétexte pour sortir et resta
dehors jusqu'à minuit.

Une semaine se passa ainsi, puis une seconde.
Laurent donnait une soirée sur trois ou quatre à
Thérèse, et quelle soirée ! elle eût préféré la soli-
tude.

Où allait-il? Elle ne l'a jamais su. Il ne paraissait
pas dans le monde; le temps humide et froid ne
permettait pas de penser qu'il se promenât en mer
pour son plaisir. Cependant il montait souvent dans
une barque, disait-il, et ses habits, en effet, sen-
taient le goudron. Il s'exerçait à ramer et **prenait
des leçons** d'un pêcheur de la côte qu'il allait **cher-**

cher dans la rade. Il prétendait se trouver bien, pour
son travail du lendemain, d'une fatigue qui abattait
l'excitation de ses nerfs. Thérèse n'osait plus aller
le trouver dans son atelier. Il montrait du dépit
lorsqu'elle désirait voir son travail. Il ne voulait
pas de ses réflexions lorsqu'il était en train de manifester son idée, et il ne voulait pas non plus de
son silence, qui lui faisait l'effet d'un blâme. Elle ne
devait voir son œuvre que lorsqu'il la jugerait digne
d'être vue. Autrefois il ne commençait rien sans lui
exposer son idée; maintenant, il la traitait comme
un public.

Deux ou trois fois il passa toute la nuit dehors.
Thérèse ne s'habituait pas à l'inquiétude que lui
causait le prolongement de ses absences. Elle l'eût
exaspéré en ayant l'air de s'en apercevoir; mais on
pense bien qu'elle le guettait et qu'elle cherchait à
savoir la vérité. Il était impossible qu'elle le suivît
elle-même la nuit dans une ville pleine de matelots
et d'aventuriers de toute nation. Pour rien au monde,
elle ne se fût abaissée à le faire suivre par quelqu'un.
Elle entrait chez lui sans bruit et le regardait dormir. Il semblait accablé de fatigue. C'était peut-être,
en effet, une lutte désespérée contre lui-même
qu'il avait entreprise pour éteindre, par l'exercice
physique, l'excès de sa pensée.

Une nuit, elle remarqua que ses habits étaient fangeux et déchirés comme s'il eût eu à soutenir une lutte matérielle, ou comme s'il eût fait une chute. Effrayée, elle s'approcha de lui et vit du sang sur son oreiller; il avait une légère entaille au front. Il dormait si profondément, qu'elle espéra ne pas l'éveiller en lui découvrant un peu la poitrine pour voir s'il n'avait pas d'autre blessure; mais il s'éveilla et entra dans une colère qui fut pour elle le coup de grâce. Elle voulait s'enfuir, il la retint de force, passa une robe de chambre, ferma la porte, et, marchant avec agitation dans l'appartement, qu'éclairait faiblement une petite lampe de nuit, il exhala enfin toute la souffrance amassée dans son âme.

— C'en est assez, lui dit-il; soyons francs vis-à-vis l'un de l'autre. Nous ne nous aimons plus, nous ne nous sommes jamais aimés! Nous nous sommes trompés l'un l'autre; vous avez voulu avoir un amant; peut-être n'étais-je ni le premier ni le second, n'importe! il vous fallait un serviteur, un esclave; vous avez cru que mon malheureux caractère, mes dettes, mon ennui, ma lassitude d'une vie d'excès, mes illusions sur l'amour vrai, me mettraient à votre discrétion, et que je ne pourrais jamais me reprendre. Pour mener à bonne fin une

si périlleuse entreprise, il vous eût fallu à vous-
même un plus heureux caractère, plus de patience,
plus de souplesse, et surtout plus d'esprit! Vous
n'avez pas d'esprit du tout, Thérèse, soit dit sans
vous offenser. Vous êtes tout d'une pièce, monotone,
têtue et vaine à l'excès de votre prétendue modéra-
tion, qui n'est que la philosophie des gens à vue
courte et à facultés bornées. Quant à moi, je suis
un fou, un inconstant, un ingrat, tout ce qu'il vous
plaira ; mais je suis sincère, je ne fais pas de calculs,
je me livre sans arrière-pensée : c'est pourquoi je
me reprends de même. Ma liberté morale est chose
sacrée, et je ne permets à personne de s'en empa-
rer. Je vous l'avais confiée et non donnée, c'était à
vous d'en faire bon usage et de savoir me rendre
heureux. Oh! n'essayez pas de dire que vous ne
vouliez pas de moi! Je connais ces manéges de la
modestie et ces évolutions de la conscience des
femmes. Le jour où vous m'avez cédé, j'ai compris
que vous pensiez bien m'avoir conquis, et que
toutes ces feintes résistances, ces larmes de détresse et ces pardons toujours accordés à mes prétentions n'étaient que l'art vulgaire de tendre une
ligne et d'y faire mordre le pauvre poisson ébloui
par la mouche artificielle. Je vous ai trompée, Thérèse, en feignant d'être la dupe de cette mouche;

c'était mon droit. Vous vouliez des adorations pour
vous rendre; je vous les ai prodiguées sans effort
et sans hypocrisie ; vous êtes belle, et je vous dési-
rais! Mais une femme n'est qu'une femme, et la
dernière de toutes nous donne autant de volupté
que la plus grande reine. Vous avez eu la simplicité
de l'ignorer, et, à présent, il faut rentrer en vous-
même. Il faut savoir que la monotonie ne me convient pas, il faut me laisser à mes instincts, qui ne
sont pas toujours sublimes, mais que je ne peux pas
détruire sans me détruire avec eux... Où est le mal,
et pourquoi nous arracherions-nous les cheveux?
Nous nous sommes associés et nous nous quittons,
voilà tout. Il n'est pas besoin de nous haïr et de
nous décrier pour cela. Vengez-vous en comblant
les vœux de ce pauvre Palmer, que vous faites lan-
guir; je serai content de sa joie, et nous reste-
rons tous trois les meilleurs amis du monde. Vous
retrouverez vos grâces d'autrefois, que vous avez
perdues, et l'éclat de vos beaux yeux, qui s'usent et
se ternissent à veiller pour espionner mes démar-
ches. Je redeviendrai, moi, le bon camarade que
j'étais, et nous oublierons ce cauchemar que nous
traversons ensemble... Est-ce convenu? Vous ne répondez pas? C'est de la haine que vous voulez? Pre-
nez-y garde ! je n'ai jamais haï, mais je peux tout

apprendre, j'ai de la facilité, moi, vous savez! Tenez, je me suis colleté ce soir avec un matelot ivre
qui était deux fois grand et fort comme moi; je l'ai
roué de coups, et je n'ai reçu qu'une égratignure.
Prenez garde que je ne sois aussi vigoureux dans
l'occasion au moral qu'au physique, et que, dans
une lutte d'aversion et de vengeance, je n'écrase le
diable en personne sans lui laisser un de mes cheveux entre les griffes!

Laurent, pâle, amer, tour à tour ironique et furieux, les cheveux en désordre, la chemise déchirée
et le front ensanglanté, était si effrayant à voir et à
entendre, que Thérèse sentit tout son amour se
changer en dégoût. Elle était si désespérée de la vie
en cet instant, qu'elle ne songea pas seulement à
avoir peur. Muette et immobile sur le fauteuil où
elle s'était assise, elle laissait couler ce torrent de
blasphèmes, et, tout en se disant que cet insensé
était capable de la tuer, elle attendait avec un dédain glacial et une indifférence absolue le paroxysme
de son accès.

Il se tut quand il n'eut plus la force de parler.
Alors elle se leva et sortit sans lui avoir répondu
une syllabe et sans jeter sur lui un regard.

VII

Laurent valait mieux que ses paroles; il ne pensait pas un mot de tout ce qu'il avait dit d'atroce à Thérèse durant cette affreuse nuit. Il le pensait dans ce moment-là, ou plutôt il parlait sans en avoir conscience. Il ne se rappela rien quand il eut dormi dessus, et, si on le lui eût rappelé, il eût tout désavoué.

Mais il y avait une chose vraie, c'est que, pour le moment, il était las de l'amour élevé, et aspirait de tout son être aux funestes enivrements du passé. C'était le châtiment de la mauvaise voie qu'il avait prise en entrant dans la vie, châtiment bien cruel sans doute, et dont on conçoit qu'il se plaignît avec énergie, lui qui n'avait rien prémédité et qui s'était jeté en riant dans un abîme d'où il croyait pouvoir aisément sortir quand il voudrait. Mais l'amour est régi par un code qui semble reposer, comme les codes sociaux, sur cette terrible formule : *Nul n'est censé ignorer la loi !* Tant pis pour ceux qui l'ignorent en effet ! Que l'enfant se jette dans les griffes de la panthère, croyant pouvoir la caresser : la panthère ne tiendra compte de cette innocence ; elle dévorera l'enfant, parce qu'il ne dépend pas d'elle de l'épargner. Ainsi des poisons, ainsi de la foudre, ainsi du vice, agents aveugles de la loi fatale que l'homme doit *connaître* ou *subir*.

Il ne resta dans la mémoire de Laurent, au lendemain de cette crise, que la conscience d'avoir eu avec Thérèse une explication décisive, et le vague souvenir de l'avoir vue résignée.

— Tout est peut-être pour le mieux, pensa-t-il en la retrouvant aussi calme qu'il l'avait quittée

Il fut pourtant effrayé de sa pâleur.

— Ce n'est rien, lui dit-elle tranquillement ; ce rhume me fatigue beaucoup, mais ce n'est qu'un rhume. Cela doit faire son temps.

— Eh bien, Thérèse, lui dit-il, qu'y a-t-il d'établi dans nos rapports, à présent ? Y avez-vous réfléchi ? C'est vous qui déciderez. Devons-nous nous quitter avec dépit ou rester ensemble sur le pied de l'amitié comme *autrefois* ?

— Je n'ai aucun dépit, répondit-elle ; restons amis. Demeurez ici si vous vous y plaisez. Moi, j'achève mon travail, et je retourne en France dans quinze jours.

— Mais, d'ici à quinze jours dois-je aller demeu-

rer dans une autre maison ? ne craignez vous pas
qu'on n'en jase ?

— Faites ce que vous jugerez à propos. Nous
avons ici nos appartements indépendants l'un de
l'autre; le salon seul est commun : je n'en ai aucun
besoin ; je vous le cède.

— Non, c'est moi qui vous prie de le garder.
Vous ne m'entendrez pas aller et venir; je n'y met-
trai jamais les pieds, si vous me le défendez.

— Je ne vous défends rien, répondit Thérèse,
sinon de croire un seul instant que votre maîtresse
puisse vous pardonner. Quant à votre amie, elle est
au-dessus d'une certaine sphère de désillusions.
Elle espère encore pouvoir vous être utile, et vous
la retrouverez toujours quand vous aurez besoin
d'affection.

Elle lui tendit la main et s'en alla travailler.

Laurent ne la comprit pas. Tant d'empire sur elle-
même était une chose qu'il ne pouvait s'expliquer,
lui qui ne connaissait pas le courage passif et les
résolutions muettes. Il crut qu'elle comptait reprendre son empire sur lui et qu'elle voulait le
ramener à l'amour par l'amitié. Il se promit d'être
invulnérable à toute faiblesse, et, pour être plus sûr
de lui-même, il résolut de prendre quelqu'un à témoin de la rupture consommée. Il alla trouver

Palmer, lui confia la malheureuse histoire de son
amour et ajouta :

— Si vous aimez Thérèse comme je le crois, mon
cher ami, faites que Thérèse vous aime. Je ne peux
pas en être jaloux, bien au contraire. Comme je l'ai
rendue assez malheureuse et que vous serez excellent pour elle, j'en suis certain, vous m'ôterez par
là un remords que je ne ne tiens pas à conserver.

Laurent fut surpris du silence de Palmer.

— Est-ce que je vous offense en vous parlant
comme je fais ? lui dit-il. Telle n'est pas mon
intention. J'ai de l'amitié pour vous, de l'estime, et
même du respect, si vous voulez. Si vous blâmez
ma conduite dans tout ceci, dites-le-moi ; cela
vaudra mieux que cet air d'indifférence ou de
dédain.

— Je ne suis indifférent ni aux chagrins de Thérèse ni aux vôtres, répondit Palmer. Seulement, je
vous épargne des conseils ou des reproches qui vien-
draient trop tard. Je vous ai crus faits l'un pour
l'autre ; je suis persuadé, à présent, que le plus grand
bonheur et le seul que vous puissiez vous donner
l'un à l'autre, c'est de vous quitter. Quant à mes
sentiments personnels pour Thérèse, je ne vous reconnais pas le droit de m'interroger, et quant à ceux
que, selon vous, je pourrais parvenir à lui inspirer,

c'est, après ce que vous venez de me dire, une sup-
position que vous n'avez plus le droit d'émettre
devant moi, encore moins devant elle.

— C'est juste, reprit Laurent d'un air dégagé, et
j'entends fort bien ce que parler veut dire. Je vois
que, maintenant, je serai de trop ici, et je crois que
je ferai aussi bien de m'en aller pour ne gêner personne.

Il partit, en effet, après de froids adieux à Thérèse,
et s'en alla tout droit à Florence avec l'intention de
se jeter dans le monde ou dans le travail, selon
son caprice. Il éprouvait une douceur souveraine à
se dire :

— Je ferai ce qui me passera par la tête sans que
personne en souffre ou s'en inquiète. Le pire des
supplices quand on n'est pas plus méchant que je
ne le suis, c'est d'être fatalement entraîné à voir une
victime. Allons, je suis libre enfin, et le mal que je
pourrai faire ne retombera que sur moi !

Sans doute, Thérèse eut le tort de ne pas lui laisser voir combien était profonde la blessure qu'il lui
avait faite. Elle eut trop de courage et de fierté.
Puisqu'elle avait entrepris cette cure d'un malade
désespéré, elle eût dû ne pas reculer devant les
grands remèdes et les opérations cruelles. Il eût fallu
faire saigner abondamment ce cœur en délire, l'ac-

cabler de reproches, lui rendre injure pour injure
et douleur pour douleur. En voyant le mal qu'il
avait fait, Laurent se serait peut-être rendu justice
à lui-même. Peut-être la honte et le repentir eussent-
ils sauvé son âme du crime d'y tuer l'amour de
sang-froid.

Mais, après trois mois d'inutiles efforts, Thérèse
était rebutée. Devait-elle donc tant de dévouement
à un homme qu'elle n'avait jamais désiré asservir,
qui s'était imposé à elle malgré sa douleur et ses
tristes prévisions, qui s'était attaché à ses pas comme
un enfant abandonné pour lui crier : « Emmène-
moi, garde-moi, ou je vais mourir là, au bord du
chemin ?... »

Et cet enfant la maudissait d'avoir cédé à ses cris
et à ses pleurs. Il l'accusait d'avoir profité de sa faiblesse pour l'enlever aux plaisirs de la liberté. Il
s'éloignait d'elle, respirant à pleine poitrine, et disant : « Enfin, enfin ! »

— Puisqu'il est incurable, pensa-t-elle, à quoi
bon le faire souffrir? N'ai-je pas vu que je ne pouvais rien ? Ne m'a-t-il pas dit et presque prouvé,
hélas! que j'étouffais son génie en voulant détruire
sa fièvre ? Quand je croyais être venue à bout de le
dégoûter des excès, n'ai-je pas vu qu'il en était plus
avide ? Quand je lui ai dit : « Retourne au monde, »

il a craint ma jalousie, et il s'est jeté dans la débauche mystérieuse et grossière ; il est revenu ivre,
avec les habits déchirés et du sang sur la figure !

Le jour du départ de Laurent, Palmer dit à Thérèse :

— Eh bien, mon amie, que voulez-vous faire ?
Dois-je courir après lui ?

— Non, certes ! répondit-elle.

— Je le ramènerais peut-être !

— J'en serais désolée.

— Vous ne l'aimez donc plus ?

— Non, plus du tout.

Il y eut un silence ; après quoi, Palmer rêveur reprit :

— Thérèse, j'ai une nouvelle très-grave à vous
annoncer. J'hésite, parce que je crains de vous causer une grande émotion de plus, et vous n'êtes
guère disposée...

— Je vous demande pardon, mon ami. Je suis
horriblement triste, mais je suis absolument calme
et préparée à tout.

— Eh bien, Thérèse, apprenez que vous êtes libre :
le comte de *** n'est plus.

— Je le savais, répondit Thérèse. Il y a huit jours
que je le sais.

— Et vous ne l'avez pas dit à Laurent ?

— Non.

— Pourquoi ?

— Parce qu'à l'instant même il se fût fait en lui une réaction quelconque. Vous savez comme l'imprévu le bouleverse et le passionne. De deux choses l'une : ou il eût imaginé qu'en lui faisant part de ma nouvelle situation, je voulais l'épouser, et l'effroi d'un lien avec moi eût exaspéré son aversion, ou il se fût tourné tout à coup de lui-même vers l'idée du mariage, dans un de ces paroxysmes de dévouement qui s'emparent de lui, et qui durent... juste un quart d'heure, pour faire place à un profond désespoir ou à une colère insensée. Le malheureux est assez coupable envers moi ; il n'était pas nécessaire de jeter un appât nouveau à sa fantaisie et un motif de plus à son parjure.

— Vous ne l'estimez donc plus ?

— Je ne dis pas cela, mon cher Palmer. Je le plains et ne l'accuse pas. Peut-être une autre femme le rendra-t-elle heureux et bon. Moi, je n'ai pu faire ni l'un ni l'autre. Il y a probablement de ma faute autant que de la sienne. Quoi qu'il en soit, il est bien prouvé pour moi que nous ne devions pas et que nous ne devons plus chercher à nous aimer.

— Et maintenant, Thérèse, ne songerez-vous pas à tirer avantage de la liberté qui vous est rendue ?

— Quel avantage puis-je en tirer?

— Vous pouvez vous remarier et connaître les joies de la famille.

— Mon cher Dick, j'ai aimé deux fois dans ma vie, et vous voyez où j'en suis. Il n'est pas dans ma destinée d'être heureuse. Il est trop tard pour chercher ce qui m'a fui. J'ai trente ans.

— C'est parce que vous avez trente ans que vous ne pouvez vous passer d'amour. Vous venez de subir l'entraînement de la passion, et c'est précisément l'âge où les femmes ne peuvent s'y soustraire. C'est parce que vous avez souffert, c'est parce que vous avez été mal aimée que l'inextinguible soif du bonheur va se réveiller en vous et vous conduire peut-être, de déceptions en déceptions, dans des abîmes plus profonds que celui d'où vous sortez.

— J'espère que non.

— Oui, sans doute, vous espérez; mais vous vous trompez, Thérèse. Il faut tout craindre de votre âge, de votre sensibilité surexcitée et du calme trompeur où vous plonge un moment d'abattement et de lassitude. L'amour vous cherchera, n'en doutez pas, et, à peine rendue à la liberté, vous allez être poursuivie et obsédée. Votre isolement tenait autrefois en respect les espérances de ceux qui vous entouraient; mais, à présent que Laurent vous a peut-être fait descendre dans leur estime, tous ceux qui se tenaient pour vos amis vont vouloir être vos amants. Vous inspirerez des passions violentes, et il s'en trouvera d'assez habiles pour vous persuader. Enfin...

— Enfin, Palmer, vous me jugez perdue parce que je suis malheureuse! Voilà qui est fort cruel, et vous me faites vivement sentir combien je suis déchue!

Thérèse mit ses mains sur sa figure et pleura amèrement.

Palmer la laissa pleurer; voyant que les larmes lui étaient nécessaires, il avait provoqué à dessein ce déchirement. Quand il la vit apaisée, il se mit à genoux devant elle.

— Thérèse, lui dit-il, je vous ai fait beaucoup de peine, mais vous devez absoudre mon intention. Thérèse, je vous aime, je vous ai toujours aimée, non avec une passion aveugle, mais avec toute la foi et tout le dévouement dont je suis capable. Je vois plus que jamais en vous une noble existence gâtée et brisée par la faute des autres. Vous êtes déchue aux yeux du monde en effet, mais non aux miens. Au contraire, votre tendresse pour Laurent m'a prouvé que vous étiez femme, et je vous aime mieux ainsi qu'armée de pied en cap contre

toutes les faiblesses humaines, comme je me le per-
suadais auparavant. Écoutez-moi, Thérèse. Je suis
un philosophe, moi, c'est-à-dire que je consulte la
raison et la tolérance plus que les préjugés du monde
et les subtilités romanesques du sentiment. Dussiez-
vous devenir la proie des plus funestes égarements,
je ne cesserai pas de vous aimer et de vous esti-
mer, parce que vous êtes de ces femmes qui ne
peuvent être égarées que par le cœur. Mais pourquoi faut-il que vous tombiez dans ces désastres?
Il est bien certain pour moi que, si vous rencon-
triez dès aujourd'hui un cœur dévoué, tranquille
et fidèle, exempt de ces maladies de l'âme qui font
quelquefois les grands artistes et souvent les mauvais époux, un père, un frère, un ami, un mari enfin, vous seriez, vous, à jamais préservée des dangers et des malheurs de l'avenir. Eh bien, Thérèse,
j'ose dire que je suis cet homme-là. Je n'ai rien de
brillant pour vous éblouir, mais j'ai le cœur solide
pour vous aimer. J'ai une confiance absolue en
vous. Du moment que vous serez heureuse, vous
serez reconnaissante, et, reconnaissante, vous serez
fidèle et à jamais réhabilitée. Dites oui, Thérèse,
consentez à m'épouser, et consentez-y tout de suite,
sans effroi, sans scrupule, sans fausse délicatesse,
sans méfiance de vous-même. Je vous donne ma

vie et ne vous demande que de croire en moi. Je
me sens assez fort pour ne pas souffrir des larmes
que l'ingratitude d'un autre vous a fait verser encore. Je ne vous reprocherai jamais le passé, et je
me charge de vous faire l'avenir si doux et si sûr,
que jamais le vent d'orage ne viendra vous arracher
de mon sein.

Palmer parla longtemps ainsi avec une abondance
de cœur que Thérèse ne lui connaissait pas. Elle
essaya de se défendre de sa confiance; mais cette
résistance était, suivant Palmer, un reste de maladie morale qu'elle devait combattre en elle-même
Elle sentait que Palmer disait la vérité, mais elle
sentait aussi qu'il voulait assumer sur lui une tâche
effrayante.

— Non, lui disait-elle, ce n'est pas moi-même
que je crains. Je ne peux plus aimer Laurent et je
ne l'aime plus; mais le monde, mais votre mère,
votre patrie, votre considération, l'honneur de votre
nom? Je suis déchue, vous l'avez dit, et je le sens.
Ah! Palmer, ne me pressez pas ainsi! Je suis trop
épouvantée de ce que vous voulez affronter pour
moi!

Le lendemain et les jours suivants, Palmer insista
avec énergie. Il ne laissa pas respirer Thérèse. Du
matin au soir, seul avec elle, il multiplia les forces

de sa volonté pour la convaincre. Palmer était un homme de cœur et de premier mouvement; nous verrons plus tard si Thérèse eut raison d'hésiter. Ce qui l'inquiétait, c'était la précipitation avec laquelle Palmer agissait et voulait la forcer d'agir en s'engageant à lui par une promesse.

— Vous craignez mes réflexions, lui disait-elle : vous n'avez donc pas en moi la confiance dont vous vous vantez.

— Je crois en votre parole, répondait-il. La preuve c'est que je vous la demande; mais je ne suis pas forcé de croire que vous m'aimez, puisque vous ne répondez pas sur ce fait, et vous avez raison. Vous ne savez pas encore quel nom donner à votre amitié. Quant à moi, je sais que c'est de l'amour que j'éprouve, et je ne suis pas de ceux qui hésitent à voir clair en eux-mêmes? L'amour est en moi très-logique. Il veut fortement. Il s'oppose donc aux mauvaises chances que vous pouvez lui faire courir en vous jetant dans des réflexions et des rêveries où, malade comme vous voilà, vous ne verrez peut-être pas bien vos véritables intérêts.

Thérèse se sentait presque blessée quand Palmer lui parlait de ses intérêts à elle. Elle voyait trop d'abnégation chez Palmer, et ne pouvait souffrir qu'il la crût capable de l'accepter sans vouloir y ré-

pondre. Tout à coup, elle eut honte d'elle-même
dans ce combat de générosité, où Palmer se livrait
tout entier sans exiger autre chose que de faire accepter son nom, sa fortune, sa protection et l'affection de sa vie entière. Il donnait tout, et, pour toute
récompense, il la priait de songer à elle-même.

L'espoir revint donc au cœur de Thérèse. Cet
homme qu'elle avait toujours cru positif, et qui
affectait encore naïvement de l'être, se révélait à
elle sous un aspect si imprévu, que son esprit en
était frappé et comme ranimé au milieu de son
agonie. C'était comme un rayon de soleil au sein
d'une nuit qu'elle avait jugé devoir être éternelle.
Au moment où, injuste et désespérée, elle allait
maudire l'amour, il la forçait de croire à l'amour
et de regarder son désastre comme un accident
dont le ciel voulait la dédommager. Palmer, d'une
beauté froide et régulière, se transfigurait à chaque
instant sous le regard étonné, incertain et attendri
de la femme aimée. Sa timidité, qui donnait à ses
premières ouvertures quelque chose de rude, faisait
place à l'expansion, et, pour s'exprimer avec moins
de poésie que Laurent, il n'en arrivait que mieux à
la persuasion.

Thérèse découvrit l'enthousiasme sous cette écorce
un peu âpre de l'obstination, et elle ne put s'empê-

cher de sourire avec attendrissement en voyant **la**
passion avec laquelle il prétendait poursuivre *froidement* le dessein de la sauver. Elle se sentit touchée
et se laissa arracher la promesse qu'il exigeait.

Tout à coup, elle reçut une lettre d'une écriture
inconnue, tant elle était altérée. Elle eut même
peine à déchiffrer la signature. Elle parvint cependant, avec l'aide de Palmer, à lire ces mots :

« J'ai joué, j'ai perdu ; j'ai eu une maîtresse, **elle**
m'a trompé, je l'ai tuée. J'ai pris du poison. Je me
meurs. Adieu, Thérèse.

» Laurent. »

— Partons ! dit Palmer.

— O mon ami, je vous aime ! répondit Thérèse
en se jetant dans ses bras. Je sens maintenant combien vous êtes digne d'être aimé.

Ils partirent à l'instant même. En une nuit, ils
arrivèrent par mer à Livourne, et, le soir, ils étaient
à Florence. Ils trouvèrent Laurent dans une auberge, non pas mourant, mais dans un accès de
fièvre cérébrale si violent, que quatre hommes ne
pouvaient le tenir. En voyant Thérèse, il la reconnut,
et s'attacha à elle en lui criant qu'on voulait l'enterrer
vivant. Il la tenait si fort, qu'elle tomba par terre ,
étouffée. Palmer dut l'emporter de la chambre

évanouie; mais elle y revint au bout d'un instant,
et, avec une persévérance qui tenait du prodige,
elle passa vingt jours et vingt nuits au chevet de
cet homme qu'elle n'aimait plus. Il ne la reconnaissait guère que pour l'accabler d'injures grossières,
et, dès qu'elle s'éloignait un instant, il la rappelait
en disant que sans elle il allait mourir.

Il n'avait heureusement ni tué aucune femme, ni
pris aucun poison, ni peut-être perdu son argent
au jeu, ni rien fait de ce qu'il avait écrit à Thérèse
dans l'invasion du délire et de la maladie. Il ne se
rappela jamais cette lettre, dont elle eût craint de
lui parler; il était assez effrayé du dérangement de
sa raison, quand il lui arrivait d'en avoir conscience. Il eut encore bien d'autres rêves sinistres,
tant que dura sa fièvre. Il s'imagina tantôt que
Thérèse lui versait du poison, tantôt que Palmer lui
mettait des menottes. La plus fréquente et la plus
cruelle de ses hallucinations consistait à voir une
grande épingle d'or que Thérèse détachait de sa
chevelure et lui enfonçait lentement dans le crâne.
Elle avait, en effet, une telle épingle pour retenir
ses cheveux, à la mode italienne. Elle l'ôta, mais il
continua à la voir et à la sentir.

Comme il semblait le plus souvent que sa présence l'exaspérât, Thérèse se plaçait ordinairement

derrière son lit, avec le rideau entre eux; mais, aussitôt qu'il était question de le faire boire, il s'emportait et protestait qu'il ne prendrait rien que de la main de Thérèse.

— Elle seule a le droit de me tuer, disait-il; je lui ai fait tant de mal! Elle me hait, qu'elle se venge! Ne la vois-je pas à toute heure, sur le pied de mon lit, dans les bras de son nouvel amant? Allons, Thérèse, venez donc, j'ai soif : versez-moi le poison.

Thérèse lui versait le calme et le sommeil. Après plusieurs jours d'une exaspération à laquelle les médecins ne croyaient pas qu'il pût résister, et qu'ils notèrent comme un fait anomal, Laurent se calma subitement, et resta inerte, brisé, continuellement assoupi, mais sauvé.

Il était si faible, qu'il fallait le nourrir sans qu'il en eût conscience, et le nourrir à doses si minimes pour que son estomac n'eût pas le moindre travail de digestion à faire, que Thérèse jugea ne devoir pas le quitter un instant. Palmer essaya de lui faire prendre du repos en lui donnant sa parole d'honneur de la remplacer auprès du malade; mais elle refusa, sentant bien que les forces humaines n'étaient pas à l'abri de la surprise du sommeil, et que, puisqu'un miracle se faisait en elle pour l'avertir de chaque minute où elle devait porter la cuiller aux lèvres du malade, sans que jamais elle fût vaincue par la fatigue, c'était elle, non pas un autre, que Dieu avait chargée de sauver cette existence fragile.

C'était elle en effet, et elle la sauva.

Si la médecine, quelque éclairée qu'elle soit, est insuffisante dans des cas désespérés, c'est bien souvent parce que le traitement est presque impossible à observer d'une manière absolue. On ne sait pas assez ce qu'une minute de besoin ou une minute de plénitude peut apporter de perturbation dans une vie chancelante; et le miracle qui manque au salut du moribond, c'est souvent le calme, la ténacité et la ponctualité chez ceux qui le soignent.

Enfin, un matin, Laurent s'éveilla comme d'une léthargie, parut surpris de voir Thérèse à sa droite et Palmer à sa gauche, leur tendit une main à chacun, et leur demanda où il était et d'où il venait.

On le trompa longtemps sur la durée et l'intensité de son mal, car il s'affecta beaucoup en se voyant si maigre et si faible. La première fois qu'il se regarda dans une glace, il se fit peur. Dans les premiers jours de sa convalescence, il demanda Thérèse. On lui répondit qu'elle dormait. Il en fut très-surpris.

— Elle est donc devenue Italienne, dit-il, qu'elle dort dans le jour?

Thérèse dormit vingt-quatre heures de suite. La nature reprit ses droits dès que l'inquiétude fut dissipée.

Peu à peu Laurent apprit à quel point elle s'était dévouée à lui, et il vit sur sa figure les traces de tant de fatigues succédant à tant de douleurs. Comme il était encore trop faible pour s'occuper, Thérèse s'installa près de lui, tantôt lui faisant la lecture, tantôt jouant aux cartes pour l'amuser, tantôt le menant promener en voiture. Palmer était toujours avec eux.

Les forces revenaient à Laurent avec une rapidité aussi extraordinaire que son organisation. Son cerveau cependant n'était pas toujours bien lucide. Un jour, il dit à Thérèse avec humeur, dans un moment où il se trouvait seul avec elle :

— Ah çà! quand donc ce bon Palmer nous fera-t-il le plaisir de s'en aller?

Thérèse vit qu'il y avait une lacune dans sa mémoire, et ne répondit pas. Il fit alors un travail sur lui-même et ajouta :

— Vous me trouvez ingrat, mon amie, de parler ainsi d'un homme qui s'est dévoué à moi presque autant que vous-même; mais enfin je ne suis pas assez vain ou assez simple pour ne pas comprendre

que c'est pour ne pas vous quitter qu'il s'est en-
fermé un mois dans la chambre d'un malade fort
désagréable. Voyons, Thérèse, peux-tu me jurer
que c'est à cause de moi seul?

Thérèse fut blessée de cette question à bout por-
tant, et de ce *tu* qu'elle croyait à jamais retranché
de leur intimité. Elle secoua la tête, et tâcha de
parler d'autre chose. Laurent céda tristement; mais
il y revint le lendemain; et, comme Thérèse, le
voyant assez fort pour se passer d'elle, se disposait
à partir, il lui dit avec une surprise réelle :

— Mais où donc allons-nous, Thérèse? Est-ce que
nous ne sommes pas bien ici?

Il fallait s'expliquer, car il insistait.

— Mon enfant, lui dit Thérèse, vous restez ici : les
médecins disent qu'il vous faut encore une semaine
ou deux avant de pouvoir faire un voyage quelconque sans danger de rechute. Moi, je retourne en
France, puisque j'ai fini mon travail à Gênes, et que
mon intention n'est pas, quant à présent, de voir le
reste de l'Italie.

— Fort bien, Thérèse, tu es libre; mais, si tu
veux retourner en France, je suis libre de le vouloir
aussi. Ne peux-tu m'attendre huit jours? Je suis
sûr qu'il ne m'en faut pas davantage pour être en
état de voyager.

Il mettait tant de candeur dans l'oubli de ses torts, et il était si enfant dans ce moment-là, que Thérèse retint une larme près de couler au souvenir de cette adoption, autrefois si tendre, qu'elle était forcée d'abdiquer.

Elle se remit à le tutoyer sans en avoir conscience, et lui dit, avec le plus de douceur et de ménagement possible, qu'il fallait se quitter pour quelque temps.

— Et pourquoi donc se quitter? s'écria Laurent, est-ce que nous ne nous aimons plus?

— Cela serait impossible, reprit-elle; nous aurons toujours de l'amitié l'un pour l'autre; mais nous nous sommes fait mutuellement beaucoup de peine, et ta santé n'en pourrait supporter davantage à présent. Laissons passer le temps nécessaire pour que tout soit oublié.

— Mais j'ai oublié, moi! s'écria Laurent avec une bonne foi attendrissante à force d'être ingénue. Je ne me souviens d'aucun mal que tu m'aies fait! Tu as toujours été un ange pour moi, et, puisque tu es un ange, tu ne peux pas garder de ressentiment. Il faut me pardonner tout et m'emmener, Thérèse! Si tu me laisses ici, j'y périrai d'ennui!

Et, comme Thérèse montrait une fermeté à laquelle il ne s'attendait pas, il prit de l'humeur et

lui dit qu'elle avait tort de feindre une sévérité que
démentait toute sa conduite.

— Je comprends bien ce que tu veux, lui dit-il.
Tu exiges que je me repente, que j'expie mes torts.
Eh bien, ne vois-tu pas que je les déteste, et ne les
ai-je pas assez expiés en devenant fou pendant huit
ou dix jours? Tu veux des larmes et des serments
comme autrefois? A quoi bon? tu n'y croirais plus.
C'est ma conduite à venir qu'il faut juger, et tu vois
que je ne crains pas l'avenir, puisque je m'attache
à toi. Voyons, ma Thérèse, toi aussi, tu es un enfant, et tu sais bien que souvent je t'ai appelée
comme cela, quand je te voyais faire semblant de
bouder. Penses-tu pouvoir me persuader que tu ne
m'aimes plus, quand tu viens de passer, enfermée ici, un mois sur lequel tu as été vingt nuits
et vingt jours sans te coucher, et presque sans
sortir de ma chambre? Ne vois-je pas, à tes beaux
yeux cerclés de bleu, que tu serais morte à la peine,
s'il eût fallu en passer davantage? On ne fait pas
de pareilles choses pour un homme que l'on n'aime
plus!

Thérèse n'osait prononcer le mot fatal. Elle espérait que Palmer viendrait rompre ce tête-à-tête, et
qu'elle pourrait éviter une scène dangereuse au
convalescent. Ce fut impossible, il se mit en travers

de la porte pour l'empêcher de sortir, tomba à ses
pieds et s'y roula avec désespoir.

— Mon Dieu! lui dit-elle, est-il possible que tu
me croies assez cruelle, assez fantasque pour te refuser un mot que je pourrais te dire? Mais je ne le
peux pas, ce mot ne serait plus la vérité. L'amour
est fini entre nous.

Laurent se releva avec rage. Il ne comprenait pas
qu'il eût pu tuer cet amour auquel il avait prétendu
de pas croire.

— C'est donc Palmer? s'écria-t-il en brisant une
théière avec laquelle il s'était machinalement versé
de la tisane; c'est donc lui? Dites, je le veux, je
veux la vérité! J'en mourrai, je le sais, mais je ne
veux pas être trompé!

— Trompé! dit Thérèse en lui prenant les mains
pour l'empêcher de se les déchirer avec ses ongles;
trompé! de quel mot vous servez-vous là? Est-ce
que je vous appartiens? est-ce que, depuis la première nuit que vous avez passée dehors à Gênes,
après m'avoir dit que j'étais votre supplice et votre
bourreau, nous n'avons pas été étrangers l'un à
l'autre? est-ce qu'il n'y a pas de cela quatre mois et
plus? et croyez-vous que ce temps, passé sans retour de votre part, n'ait pas suffi à me rendre maîtresse de moi-même?

Et, comme elle vit que Laurent, au lieu de s'exaspérer de sa franchise, se calmait et l'écoutait avec une curiosité avide, elle continua :

— Si vous ne comprenez pas le sentiment qu m'a ramenée à votre lit d'agonie et qui m'a retenue jusqu'à ce jour auprès de vous pour achever votre guérison par des soins maternels, c'est que vous n'avez jamais rien compris à mon cœur. Ce cœur-là, Laurent, dit-elle en frappant sa poitrine, n'est ni si fier ni si ardent peut-être que le vôtre ; mais, vous l'avez dit vous-même souvent autrefois, il reste toujours à la même place. Ce qu'il a aimé, il ne peut pas cesser de l'aimer ; mais, ne vous y trompez pas, ce n'est pas de l'amour comme vous l'entendez, comme vous m'en avez inspiré, et comme vous avez la folie d'en attendre encore. Ni mes sens ni ma tête ne vous appartiennent plus. J'ai repris ma personne et ma volonté ; ma confiance et mon enthousiasme ne peuvent plus vous revenir. J'en peux disposer pour qui les mérite, pour Palmer si bon me semble, et vous n'auriez pas une objection à faire, vous qui avez été le trouver un matin pour lui dire :

« — Consolez donc Thérèse, vous me rendrez service ! »

— C'est vrai... c'est vrai ! dit Laurent en joignant

ses mains tremblantes, j'ai dit cela! Je l'avais oublié,
je me le rappelle à présent!

— Ne l'oublie donc plus, dit Thérèse, qui se remit
à lui parler avec douceur en le voyant apaisé, et
sache, mon pauvre enfant, que l'amour est une
fleur trop délicate pour se relever quand on l'a
foulée aux pieds. N'y songe plus avec moi, cherche-
le ailleurs, si cette triste expérience que tu en as
faite t'ouvre les yeux et modifie ton caractère. Tu
le trouveras le jour où tu en seras digne. Quant à
moi, je ne pourrais plus supporter tes caresses, j'en
serais avilie; mais ma tendresse de sœur et de mère
te restera malgré toi et malgré tout. Ceci est autre
chose, c'est de la pitié, je ne te le cache pas, et je
te le dis précisément pour que tu ne songes plus à
reconquérir un amour dont tu serais humilié aussi
bien que moi-même. Si tu veux que cette amitié,
qui t'offense maintenant, te redevienne douce, tu
n'as qu'à la mériter. Jusqu'à présent, tu n'en as pas
eu l'occasion. Voilà qu'elle se présente : profites-en,
quitte-moi sans faiblesse et sans aigreur. Montre-
moi la figure calme et attendrie d'un homme de
cœur, au lieu de cette figure d'enfant qui pleure
sans savoir pourquoi.

— Laisse-moi pleurer, Thérèse, dit Laurent en se
mettant à genoux, laisse-moi laver ma faute dans

mes larmes; laisse-moi adorer cette pitié sainte qui
a survécu en toi à l'amour brisé. Elle ne m'humilie
pas comme tu crois; je sens que j'en deviendrai
digne. N'exige pas que je sois calme, tu sais bien
que je ne peux jamais l'être; mais crois que je
peux devenir bon. Ah! Thérèse, je t'ai connue trop
tard! Pourquoi ne m'as-tu pas parlé plus tôt comme
tu viens de le faire? Pourquoi viens-tu m'accabler
de ta bonté et de ton dévouement, pauvre sœur de
charité qui ne peux plus me rendre le bonheur?
Mais, tu as raison, Thérèse, je méritais ce qui m'arrive, et tu me l'as fait enfin comprendre. La leçon
me servira, je t'en réponds, et, si je peux jamais
aimer une autre femme, je saurai comment il faut
aimer. Je te devrai donc tout, ma sœur, le passé et
l'avenir!

Laurent parlait encore avec effusion lorsque Palmer rentra. Il se jeta à son cou en l'appelant son
frère et son sauveur, et il s'écria en lui montrant
Thérèse :

— Ah! mon ami! vous rappelez-vous ce que vous
me disiez à l'hôtel Meurice, la dernière fois que nous
nous sommes vus à Paris? « Si vous ne croyez pas
pouvoir la rendre heureuse, brûlez-vous la cervelle
ce soir plutôt que de retourner chez elle! » J'aurais
dû le faire, et je ne l'ai pas fait! Et, à présent, re-

gardez-la . elle est plus changée que moi, la pauvre
Thérèse ! Elle a été brisée, et pourtant elle est venue
m'arracher à la mort, quand elle aurait dû me
maudire et m'abandonner !

Le repentir de Laurent était véritable ; Palmer en
fut vivement attendri. A mesure qu'il s'y livrait,
l'artiste l'exprimait avec une éloquence persuasive,
et, quand Palmer se retrouva seul avec Thérèse, il
lui dit :

— Mon amie, ne croyez pas que j'aie souffert de
votre sollicitude pour lui. J'ai bien compris ! Vous
vouliez guérir l'âme et le corps. Vous avez rem-
porté la victoire. Il est sauvé, votre pauvre enfant !
A présent, que voulez-vous faire ?

— Le quitter pour toujours, répondit Thérèse,
ou, du moins, ne le revoir qu'après des années. S'il
retourne en France, je reste en Italie, et, s'il reste
en Italie, je retourne en France. Ne vous ai-je pas
dit que telle était ma résolution ? C'est parce qu'elle
est bien arrêtée que je retardais encore le moment
des adieux. Je savais bien qu'il y aurait une crise
inévitable, et je ne voulais pas le laisser sur cette
crise-là, si elle était mauvaise.

— Y avez-vous bien songé, Thérèse ? dit Palmer
rêveur. Êtes-vous bien sûre de ne pas faiblir au dernier moment ?

— J'en suis sûre.

— Cet homme-là me paraît irrésistible dans la douleur. Il arracherait la pitié des entrailles d'une pierre, et pourtant, Thérèse, si vous lui cédez, vous êtes perdue, et lui avec vous. Si vous l'aimez encore, songez **que** vous ne pouvez le sauver qu'en le quittant!

— Je le sais, répondit Thérèse; mais que me dites-vous donc là, mon ami? Êtes-vous malade, vous aussi? Avez-vous oublié que ma parole vous était engagée?

Palmer lui baisa la main et sour*t*. La paix rentra dans son âme.

Laurent vint leur dire, le lendemain, qu'il voulait aller en Suisse pour achever de se rétablir. Le climat de l'Italie ne lui convenait pas : c'était la vérité. Les médecins lui conseillaient même de ne pas attendre les grandes chaleurs.

De toute façon il fut décidé que l'on se séparerait à Florence. Thérèse n'avait d'autre projet arrêté pour elle-même que d'aller où Laurent n'irait pas; mais, en le voyant si fatigué de la crise de la veille, elle dut lui promettre de passer à Florence encore une semaine, afin de l'empêcher de partir sans avoir recouvré les forces nécessaires.

Cette semaine fut peut-être la meilleure de la **vie**

de Laurent. Généreux, cordial, confiant, sincère, il était entré dans un état de l'âme où il ne s'était jamais senti, même durant les premiers huit jours de son union avec Thérèse. La tendresse l'avait vaincu, pénétré, on peut dire envahi. Il ne quittait pas ses deux amis, se promenant avec eux en voiture aux *Cascines*, aux heures où la foule n'y va pas, mangeant avec eux, se faisant une joie d'enfant d'aller dîner dans la campagne en donnant le bras à Thérèse alternativement avec Palmer, essayant ses forces en faisant un peu de gymnastique avec celui-ci, accompagnant Thérèse avec lui au théâtre, et se faisant tracer par *Dick le grand touriste* l'itinéraire de son voyage en Suisse. C'était une grande question de savoir s'il irait par Milan ou par Gênes. Il se décida enfin pour cette dernière voie, en prenant par Pise et Lucques, et en suivant ensuite le littoral par terre ou par mer, selon qu'il se sentirait fortifié ou affaibli par les premières journées du voyage.

Le jour du départ arriva. Laurent avait fait tous ses préparatifs avec une gaieté mélancolique. Étincelant de plaisanteries sur son costume, sur son bagage, sur la tournure hétéroclite qu'il allait avoir avec un certain manteau imperméable que Palmer l'avait forcé d'accepter et qui était alors une nouveauté dans le commerce, sur le baragouin français

d'un domestique italien que Palmer lui avait choisi
et qui était le meilleur homme du monde; acceptant avec reconnaissance et soumission toutes les
prévisions et toutes les gâteries de Thérèse, il avait
des larmes plein les yeux, tout en riant aux éclats.

La nuit qui précéda le dernier jour, il eut un
léger accès de fièvre. Il en plaisanta. Le voiturin
qui devait le conduire à petites journées était à la
porte de l'hôtel. La matinée était fraîche. Thérèse
s'inquiéta.

— Accompagnez-le jusqu'à la Spezzia, lui dit
Palmer. C'est là qu'il doit s'embarquer, s'il ne sup-
porte pas bien la voiture. C'est là que je vous re-
joindrai le lendemain de son départ. Il vient de me
tomber sur la tête une affaire indispensable qui me
retient ici vingt-quatre heures.

Thérèse, surprise de cette résolution et de cette
proposition, refusa de partir avec Laurent.

— Je vous en supplie, lui dit Palmer avec quelque
vivacité; il m'est impossible d'aller avec vous!

— Fort bien, mon ami, mais il n'est pas nécessaire que j'aille avec lui.

— Si fait, reprit-il, il le **faut**.

Thérèse crut comprendre que Palmer jugeait
cette épreuve nécessaire. Elle s'en étonna et s'en inquiéta.

— Pouvez-vous, lui dit-elle, me donner votre parole d'honneur que vous avez effectivement une affaire importante ici?

— Oui, répondit-il, je vous la donne.

— Eh bien, je reste.

— Non, il faut que vous partiez.

— Je ne comprends pas.

— Je m'expliquerai plus tard, mon amie. Je crois en vous comme en Dieu, vous le voyez bien; ayez confiance en moi. Partez.

Thérèse fit à la hâte un léger paquet qu'elle jeta dans le voiturin, et elle y monta auprès de Laurent, en criant à Palmer :

— J'ai votre parole d'honneur que vous venez me rejoindre dans vingt-quatre heures.

VIII

Palmer, forcé réellement de rester à Florence et d'en éloigner Thérèse, fut frappé d'un coup mortel en la voyant partir. Cependant le danger qu'il redoutait n'existait pas. La chaîne ne pouvait pas être renouée. Laurent ne songea même pas à émouvoir les sens de Thérèse; mais, certain de n'avoir pas perdu son cœur, il résolut de reprendre son estime. Il le résolut, disons-nous? Non, il ne fit aucun calcul, il éprouva tout naturellement le besoin de se relever aux yeux de cette femme qui avait grandi dans son esprit. S'il l'eût implorée en ce moment, elle lui eût résisté sans peine, elle l'eût peut-être méprisé. Il s'en garda bien, ou plutôt il n'y songea pas. Il fut trop bien inspiré pour commettre une pareille faute. Il prit de bonne foi et d'enthousiasme le rôle du cœur brisé, de l'enfant soumis et châtié, si bien qu'au bout du voyage, Thérèse se demandait si ce n'était pas lui la victime de ce fatal amour.

Pendant ces trois jours de tête-à-tête, Thérèse se trouva heureuse auprès de Laurent. Elle voyait s'ouvrir une nouvelle ère de sentiments exquis, une route inexplorée, puisque, dans cette voie, elle avait jusque-là marché seule. Elle savourait la douceur d'aimer sans remords, sans inquiétude et sans combat, un être pâle et faible, qui n'était plus pour ainsi dire qu'une âme, et qu'elle s'imaginait retrouver dès cette vie, dans le paradis des pures essences, comme on rêve de se retrouver après la mort.

Et puis elle avait été profondément froissée et humiliée par lui, brouillée et irritée contre elle-même; cet amour, accepté avec tant de vaillance et

de grandeur, lui avait laissé une flétrissure, comme
eût fait un entraînement de pure galanterie. Il était
venu un moment où elle s'était méprisée de s'être
laissé si grossièrement tromper. Elle se sentait donc
renaître, et elle se réconciliait avec le passé en
voyant pousser sur ce tombeau de la passion ense-
velie une fleur d'amitié enthousiaste plus belle que
la passion, même dans ses meilleurs jours.

C'est le 10 mai qu'ils arrivèrent à la Spezzia, une
petite ville pittoresque à demi génoise et à demi
florentine, au fond d'une rade bleue et unie comme
le plus beau ciel. Ce n'était pas encore la saison des
bains de mer. Le pays était une solitude enchantée,
le temps frais et délicieux. A la vue de cette belle
eau tranquille, Laurent, que la voiture avait un peu
fatigué, se décida pour le voyage par mer. On s'in-
forma des moyens de transport; un petit bateau à
vapeur partait pour Gênes deux fois par semaine.
Thérèse fut contente que le jour du départ ne fût
pas pour le soir même. C'étaient vingt-quatre
heures de repos pour son malade. Elle lui fit retenir une cabine sur ce bateau pour le lendemain
soir.

Laurent, tout affaibli qu'il se sentait encore, ne
s'était jamais si bien porté. Il avait un sommeil et un
appétit d'enfant. Cette douce langueur des pre-

miers jours de la complète guérison jetait son âme
dans un trouble délicieux. Le souvenir de sa vie
passée s'effaçait comme un mauvais rêve. Il se sentait et se croyait transformé radicalement pour toujours. Dans ce renouvellement de sa vie, il n'avait
plus la faculté de souffrir. Il quittait Thérèse avec
une sorte de joie triomphante au milieu de ses
larmes. Cette soumission aux arrêts de la destinée
était à ses yeux une expiation volontaire dont elle
devait lui tenir compte. Il ne l'avait pas provoquée,
mais il l'acceptait au moment où il sentait le prix
de ce qu'il avait méconnu. Il poussait ce besoin de
s'immoler au point de lui dire qu'elle devait aimer
Palmer, qu'il était le meilleur des amis et le plus
grand des philosophes. Puis, il s'écriait tout à
coup :

— Ne me dis rien, chère Thérèse! Ne me parle
pas de lui! Je ne me sens pas encore assez fort
pour t'entendre dire que tu l'aimes. Non, tais-toi!
j'en mourrais!... Mais sache que je l'aime aussi!
Que puis-je te dire de mieux?

Thérèse ne prononça pas une seule fois le nom
de Palmer; et, dans les moments où Laurent, moins
héroïque, la questionnait indirectement, elle lui répondait :

— Tais-toi. J'ai un secret que je te dirai plus tard,

et qui n'est pas ce que tu crois. Tu ne pourrais pas
le deviner, ne cherche pas.

Ils passèrent le dernier jour à parcourir en barque
la rade de la Spezzia. Ils se faisaient mettre à terre
de temps en temps pour cueillir sur les rives de
belles plantes aromatiques qui croissent dans le
sable et jusque dans les premiers remous du flot
indolent et clair. L'ombrage est rare sur ces beaux
rivages d'où s'élancent à pic des montagnes couvertes de buissons en fleur. La chaleur se faisant
sentir, dès qu'ils apercevaient un groupe de pins,
ils s'y faisaient conduire. Ils avaient apporté leur
dîner, qu'ils mangèrent ainsi sur l'herbe, au milieu
des touffes de lavande et de romarin. La journée
passa comme un rêve, c'est-à-dire qu'elle fut courte
comme un instant, et qu'elle résuma pourtant les
plus douces émotions de deux existences.

Cependant le soleil baissait, et Laurent devenait
triste. Il voyait de loin la fumée du *Ferruccio,* le
bateau à vapeur de la Spezzia, que l'on chauffait
pour le départ, et ce nuage noir passait sur son
âme. Thérèse vit qu'il fallait le distraire jusqu'au
dernier moment, et elle demanda au batelier ce
qu'il y avait encore à voir dans la baie.

— Il y a, répondit-il, l'île Palmaria et la carrière
de marbre *portor.* Si vous voulez y aller, vous pour-

Gravure extraite du Tour du Monde (Hachette et Cⁱᵉ, éditeurs).

L'ILE PALMARIA

rez vous y embarquer. Le vapeur y passe pour
prendre la mer, car il s'arrête en face, à Porto-
Venere, pour recevoir des passagers ou des mar-
chandises. Vous aurez tout le temps de gagner son
bord. Je réponds de tout.

Les deux amis se firent conduire à l'île Palmaria.

C'est un bloc de marbre à pic sur la mer et qui
s'abaisse en pente douce et fertile du côté du golfe.
Il y a de ce côté quelques habitations à mi-côte et
deux villas sur le rivage. Cette île est plantée,
comme une défense naturelle, à l'entrée du golfe,
dont la passe est fort étroite entre l'île et le petit
port jadis consacré à Vénus. De là le nom de Porto-
Venere.

Rien dans l'affreuse bourgade ne justifie ce nom
poétique ; mais sa situation sur les rochers nus,
battus de flots agités, car ce sont les premiers flots
de la véritable mer qui s'engouffrent dans la passe,
est des plus pittoresques. On ne saurait imaginer
un décor plus frappant pour caractériser un nid de
pirates. Les maisons, noires et misérables, rongées
par l'air salin, s'échelonnent, démesurément hautes,
sur le roc inégal. Pas une vitre qui ne soit brisée à
ces petites fenêtres, qui semblent des yeux inquiets
occupés à guetter une proie à l'horizon. Pas un mur

qui ne soit dépouillé de son ciment, tombant en grandes plaques comme des voiles déchirées par la tempête. Pas une ligne d'aplomb dans ces constructions appuyées les unes contre les autres et près de crouler toutes ensemble. Tout cela monte jusqu'à l'extrémité du promontoire, où tout cesse brusquement, et que terminent un vieux fort tronqué et l'aiguille d'un petit clocher planté en vigie en face de l'immensité. Derrière ce tableau, qui forme un plan détaché sur les eaux marines, s'élèvent d'énormes rochers d'une teinte livide, dont la base, irisée par les reflets de la mer, semble plonger dans quelque chose d'indécis et d'impalpable comme la couleur du vide.

C'est de la carrière de marbre de l'île Palmaria, de l'autre côté de l'étroite passe, que Laurent et Thérèse contemplaient cet ensemble pittoresque. Le soleil couchant jetait sur les premiers plans un ton rougeâtre qui confondait en une seule masse, homogène d'aspect, les rochers, les vieux murs et les ruines, à ce point que tout, l'église même, semblait taillé dans le même bloc, tandis que les grands rochers du dernier plan baignaient dans une lumière d'un vert glauque.

Laurent fut frappé de ce spectacle, et, oubliant tout, il l'embrassa d'un regard de peintre où Thérèse vit rayonner, comme dans un miroir, tous les feux du ciel embrasé.

— Dieu merci! pensa-t-elle, voilà enfin l'artiste qui se réveille!

En effet, depuis sa maladie, Laurent n'avait pas eu une pensée pour son art.

La carrière n'offrant que l'intérêt d'un moment, celui de voir de gros blocs d'un beau marbre noir veiné de jaune d'or, Laurent voulut gravir la pente rapide de l'île pour regarder de haut la pleine mer, et il s'avança, sous un bois de pins assez peu praticable, jusqu'à une corniche de lichens où il se vit tout à coup comme perdu dans l'espace. Le rocher surplombait la mer, qui avait rongé sa base et qui s'y brisait avec un bruit formidable. Laurent, qui ne croyait pas cette côte si escarpée, fut saisi d'un tel vertige, que, sans Thérèse, qui l'avait suivi et qui le contraignit de glisser tout de son long en arrière, il se serait laissé tomber dans le gouffre.

En ce moment, elle le vit pris de terreur et l'œil hagard, comme elle l'avait vu dans la forêt de ***.

— Qu'est-ce donc? lui dit-elle. Voyons, est-ce encore un rêve?

— Non! non! s'écria-t-il en se relevant et en s'attachant à elle comme s'il eût cru se retenir à une force immuable; ce n'est plus le rêve, c'est la réalité! C'est la mer, l'affreuse mer qui va m'emporter tout à l'heure! c'est l'image de la vie où je vais retomber! c'est l'abîme qui va se creuser entre nous! c'est le bruit monotone, infatigable, odieux que j'allais écouter la nuit dans la rade de Gênes, et qui me hurlait le blasphème aux oreilles! c'est cette houle brutale que je m'exerçais à dompter dans une barque, et qui me portait fatalement vers un abîme plus profond et plus implacable encore que celui des eaux! Thérèse, Thérèse, sais-tu ce que tu fais en me jetant en proie à ce monstre qui est là, et qui ouvre déjà sa gueule hideuse pour dévorer ton pauvre enfant?

— Laurent! lui dit-elle en lui secouant le bras, Laurent, m'entends-tu?

Il parut s'éveiller dans un autre monde en reconnaissant la voix de Thérèse; car, en l'interpellant, il s'était cru seul, et il se retourna avec surprise en voyant que l'arbre auquel il se cramponnait n'était autre chose que le bras tremblant et fatigué de son amie.

— Pardon! pardon! lui dit-il, c'est un dernier accès, ce n'est rien. Partons!

Et il descendit précipitamment le versant qu'il avait monté avec elle.

Le Ferruccio arrivait à toute vapeur du fond de la Spezzia.

— Mon Dieu, le voilà! dit-il. Qu'il va vite! s'il pouvait sombrer avant d'être ici!

— Laurent! reprit Thérèse d'un ton sévère.

— Oui, oui, ne crains rien, mon amie, me voilà tranquille. Ne sais-tu pas qu'à présent il suffit d'un regard de toi pour que j'obéisse avec joie? Allons, la barque! Allons, c'en est fait! Je suis calme, je suis content! Donne-moi ta main, Thérèse. Tu vois, je ne t'ai pas demandé un seul baiser depuis trois jours de tête-à-tête! Je ne te demande que cette main loyale. Souviens-toi du jour où tu m'as dit : « N'oublie jamais qu'avant d'être ta maîtresse, j'ai été ton amie! » Eh bien, voilà ce que tu souhaitais, je ne te suis plus rien, mais je suis à toi pour la vie!...

Il s'élança dans la barque, croyant que Thérèse resterait sur le rivage de l'île, et que cette barque reviendrait la prendre quand il serait remonté à bord du *Ferruccio*; mais elle sauta auprès de lui. Elle voulait s'assurer, disait-elle, que le domestique qui devait accompagner Laurent, et qui s'était embarqué avec les paquets à la Spezzia, n'avait rien oublié de ce qui était nécessaire à son maître pour le voyage.

Elle profita donc du temps d'arrêt que faisait le petit *steamer* devant Porto-Venere, pour monter a

bord avec Laurent. Vicentino, le domestique en
question, les y attendait. On se souvient que c'était
un homme de confiance choisi par M. Palmer. Thérèse le prit à l'écart.

— Vous avez la bourse de votre maître? lui dit-
elle. Je sais qu'il vous a chargé de veiller à tous les
frais du voyage. Combien vous a-t-il confié?

— Deux cents *lire* florentines, signora; mais je
pense qu'il a sur lui son portefeuille.

Thérèse avait examiné les poches des habits de
Laurent pendant qu'il dormait. Elle avait trouvé le
portefeuille, elle le savait à peu près vide. Laurent
avait dépensé beaucoup à Florence; les frais de sa
maladie avaient été très-considérables. Il avait remis à Palmer le reste de sa petite fortune, en le
chargeant de faire ses comptes, et il ne les avait pas
regardés. En fait de dépense, Laurent était un véritable enfant, qui ne savait encore le prix de rien à
l'étranger, pas même la valeur des monnaies des
diverses provinces. Ce qu'il avait confié à Vicentino lui paraissait devoir durer longtemps, et il n'y
avait pas de quoi gagner la frontière pour un homme
qui n'avait pas la moindre notion de prévoyance.

Thérèse remit à Vicentino tout ce qu'elle possédait en ce moment en Italie, et même sans garder
ce qui lui était nécessaire pour elle-même pendant

quelques jours; car, en voyant Laurent s'approcher,
elle n'eut pas le temps de reprendre quelques pièces
d'or dans le rouleau qu'elle glissa précipitamment
au domestique, en lui disant :

— Voilà ce qu'il avait dans ses poches; il est
fort distrait, il aime mieux que vous vous en char
giez.

Et elle se retourna vers l'artiste pour lui donner
une dernière poignée de main. Elle le trompait
sans remords cette fois. Elle l'avait vu irrité et
désespéré lorsqu'elle avait autrefois voulu payer
ses dettes; maintenant, elle n'était plus pour lui
qu'une mère, elle avait le droit d'agir comme elle
le faisait.

Laurent n'avait rien vu.

— Encore un moment, Thérèse! lui dit-il d'une
voix étranglée par les larmes. On sonnera une cloche
pour avertir ceux qui ne sont pas du voyage de descendre à leurs barques.

Elle passa son bras sous le sien et alla voir sa cabine, qui était assez commode pour dormir, mais
qui sentait le poisson d'une manière révoltante. Thérèse chercha son flacon pour le lui laisser; mais elle
l'avait perdu sur le rocher de Palmaria.

— De quoi vous inquiétez-vous? lui dit-il, attendri de toutes ses gâteries. Donnez-moi une de ces

lavandes sauvages que nous avons cueillies ensemble
là-bas, dans les sables.

Thérèse avait mis ces fleurs dans le corsage de sa
robe ; c'était comme un gage d'amour à lui laisser.
Elle trouva quelque chose d'indélicat ou tout au
moins d'équivoque dans cette idée, et son instinct
de femme s'y refusa ; mais, comme elle se penchait
sur la bande du *steamer,* elle vit, dans une des
barques d'attente attachées à l'escale, un enfant
qui présentait aux passagers de gros bouquets de
violettes. Elle chercha dans sa poche une dernière
pièce de monnaie qu'elle y trouva avec joie et
qu'elle jeta au petit marchand, pendant que celui-
ci lui lançait son plus beau bouquet par-dessus le
bord ; elle le reçut adroitement et le répandit dans
la cabine de Laurent, qui comprit la suprême pudeur de son amie, mais qui ne sut jamais que ces
violettes étaient payées avec la seule et dernière
obole de Thérèse.

Un jeune homme dont les habits de voyage et la
tournure aristocratique contrastaient avec ceux des
passagers, presque tous marchands d'huile d'olive
ou petits négociants côtiers, passa auprès de Laurent, et, l'ayant regardé, lui dit :

— Tiens ! c'est vous !

Ils se serrèrent la main avec cette parfaite froi-

deur de geste et de physionomie qui est le cachet
des gens du bon ton. C'était pourtant un de ces
anciens compagnons de plaisir que Laurent avait
appelés, en parlant d'eux à Thérèse dans ses jours
d'ennui, ses meilleurs, ses seuls amis. Il ajoutait
dans ces moments-là : « Les gens de ma classe! »
car il n'avait jamais de dépit contre Thérèse sans se
rappeler qu'il était gentilhomme.

Mais Laurent était bien amendé, et, au lieu de se
réjouir de cette rencontre, il donna intérieurement
au diable ce témoin importun de son dernier adieu
à Thérèse. M. de Vérac, c'était le nom de l'ancien
ami, connaissait Thérèse pour lui avoir été présenté
par Laurent à Paris, et, l'ayant respectueusement
saluée, il lui dit qu'il avait bien bonne chance de
rencontrer sur ce pauvre petit *Ferruccio* deux compagnons de voyage comme elle et Laurent.

— Mais je ne suis pas des vôtres, répondit-elle ;
je reste ici, moi.

— Comment, ici? Où? A Porto-Venere?

— En Italie.

— Bah! alors Fauvel va faire vos commissions à
Gênes, et il revient demain?

— Non! dit Laurent impatienté de cette curiosité,
qui lui parut indiscrète : je vais en Suisse, et mademoiselle Jacques n'y va pas. Cela vous étonne? Eh

bien, sachez que mademoiselle Jacques me quitte,
et que j'en ai beaucoup de chagrin. Comprenez-
vous?

— Non! dit Vérac en souriant; mais je ne suis
pas forcé...

— Si fait; il faut comprendre ce qui est, reprit Laurent avec une vivacité un peu altière; j'ai mérité
ce qui m'arrive, et je m'y soumets, parce que mademoiselle Jacques, sans tenir compte de mes torts,
a daigné être une sœur et une mère pour moi dans
une maladie mortelle que je viens de faire; donc,
je lui dois autant de reconnaissance que de respect
et d'amitié.

Vérac fut très-surpris de ce qu'il entendait. C'é-
tait une histoire qui pour lui ne ressemblait à rien.
Il s'éloigna par discrétion, après avoir dit à Thérèse
que rien de beau ne l'étonnait de sa part; mais il
observa du coin de l'œil les adieux des deux amis.
Thérèse, debout sur l'escale, pressée et poussée par
les indigènes qui s'embrassaient tumultueusement
et bruyamment au son de la cloche du départ, donna
un baiser maternel au front de Laurent. Ils pleu-
raient tous deux; puis elle descendit dans la barque,
et se fit aborder à l'informe et sombre escalier de
roches plates qui donnait entrée à la bourgade de
Porto-Venere.

Laurent s'étonna de la voir prendre cette direction au lieu de retourner à la Spezzia :

— Ah! pensa-t-il en fondant en larmes, Palmer
est là sans doute qui l'attend!

Mais, au bout de dix minutes, comme *le Ferruccio,*
après avoir pris la mer avec quelque effort, tournait en face du promontoire, Laurent, en jetant une
dernière fois les yeux vers ce triste rocher, vit, sur
la plate-forme du vieux fort ruiné, une silhouette
dont le soleil dorait encore la tête et les cheveux
agités par le vent : c'était la chevelure blonde de
Thérèse et sa forme adorée. Elle était seule. Laurent lui tendit les bras avec transport; puis il joignit
les mains en signe de repentir, et ses lèvres mur-
murèrent deux mots que la brise emporta :

— Pardon! pardon!

M. de Vérac regardait Laurent avec stupeur, et
Laurent, l'homme le plus chatouilleux de la terre à
l'endroit du ridicule, ne se souciait pas du regard
de son ancien compagnon de débauche. Il mettait
même une sorte d'orgueil à le braver en ce moment.

Quand la côte eût disparu dans la brume du soir,
Laurent se trouva assis sur un banc auprès de
Vérac.

— Ah çà! lui dit celui-ci, contez-moi donc cette

étrange aventure! Vous m'en avez trop dit pour me
laisser en si beau chemin : tous vos amis de Paris,
je pourrais dire tout Paris, puisque vous êtes un
homme célèbre, va me demander quel dénoûment
a eu votre liaison avec mademoiselle Jacques, qui
est trop en vue aussi pour ne pas exciter la curiosité.
Que répondrai-je?

— Que vous m'avez vu fort triste et fort sot. Ce
que je vous ai dit se résume en trois paroles. Faut-
il vous les redire?

— C'est donc vous qui l'avez abandonnée le premier? J'aime mieux cela pour vous!

— Oui, je vous entends, c'est un ridicule que
d'être trahi, c'est une gloire que d'avoir pris les
devants. C'est comme cela que je raisonnais autrefois avec vous, c'était notre code; mais j'ai tout à
fait changé de notions sur tout cela depuis que j'ai
aimé. J'ai trahi, j'ai été quitté, j'en suis au désespoir : donc, nos anciennes théories n'avaient pas le
sens commun. Trouvez dans cette science de la vie
que nous avons pratiquée ensemble un argument
qui me débarrasse de mon regret et de ma souffrance, et je dirai que vous avez raison.

— Je ne chercherai pas d'arguments, mon cher,
la souffrance ne se raisonne pas. Je vous plains,
puisque vous voilà malheureux; seulement, je me

demande s'il existe une femme qui mérite d'être
tant pleurée, et si mademoiselle Jacques n'eût pas
mieux fait de vous pardonner une infidélité que de
vous renvoyer désolé comme vous voilà. Pour une
mère, je la trouve dure et vindicative!

— C'est que vous ne savez pas combien j'ai été
coupable et absurde. Une infidélité! elle me l'eût
pardonnée, j'en suis sûr; mais des injures, des reproches,... pis que cela, Vérac! je lui ai dit le mot
qu'une femme qui se respecte ne peut pas oublier :
Vous m'ennuyez!

— Oui, le mot est dur, surtout quand il est vrai.
Mais s'il ne l'était pas? si c'était un simple moment
d'humeur?

— Non! c'était de la lassitude morale. Je n'aimais plus! Ou, tenez, c'était pis; je n'ai jamais pu
l'aimer quand elle était à moi. Retenez cela, Vérac,
riez si bon vous semble, mais retenez-le pour votre
gouverne. Il est fort possible qu'un beau matin vous
vous réveilliez harassé de faux plaisirs et violem-
ment épris d'une femme honnête. Cela peut vous
arriver tout comme à moi, car je ne vous crois pas
plus débauché que je ne l'ai été. Eh bien, quand
vous aurez vaincu la résistance de cette femme, il
vous arrivera probablement ce qui m'est arrivé :
c'est qu'ayant pris la funeste habitude de faire l'a-

mour avec des femmes que l'on méprise, vous soyez condamné à retomber dans ces besoins de liberté farouche dont l'amour élevé a horreur. Alors vous vous sentirez comme un animal sauvage dompté par un enfant et toujours prêt à le dévorer pour rompre sa chaîne. Et, un jour que vous aurez tué le faible gardien, vous vous enfuirez tout seul, rugissant de joie et secouant la crinière ; mais alors.. alors les bêtes du désert vous feront peur, et, pour avoir connu la cage, vous n'aimerez plus la liberté. Si peu et si mal que votre cœur eût accepté le lien, il le regrettera dès qu'il l'aura brisé, et il se trouvera saisi de l'horreur de la solitude, sans pouvoir faire un choix entre l'amour et le libertinage. C'est là un mal que vous ne connaissez pas encore. Que Dieu vous préserve de le connaître ! Et, en attendant, moquez-vous comme je faisais, moi ! Cela n'empêchera pas votre jour de venir, si la débauche n'a pas encore fait de vous un cadavre !

M. de Vérac laissa couler en souriant ce torrent d'idéal qu'il écoutait comme une cavatine bien chantée au Théâtre-Italien. Laurent était sincère à coup sûr ; mais peut-être son auditeur avait-il raison de ne pas attacher trop d'importance à son désespoir.

Gravure extraite du Tour du Monde (Hachette et Cie, éditeurs).

L'HOTEL DE LA CROIX DE MALTE

A LA SPEZZIA

IX

Quand Thérèse eut perdu de vue *le Ferruccio,* **il**
faisait nuit. Elle avait renvoyé la barque qu'elle avait
prise le matin et payée d'avance à la Spezzia. Au
moment où le batelier l'avait ramenée du bateau à
vapeur à Porto-Venere, elle avait remarqué qu'il
était ivre ; elle avait craint de revenir seule avec cet
homme, et, comptant trouver quelque autre barque
sur cette côte, elle l'avait congédié.

Mais, quand elle songea au retour, elle s'avisa du
dénûment absolu où elle se trouvait. Rien n'était
plus simple pourtant que de retourner à l'hôtel de
la Croix de Malte, à la Spezzia, où elle était descen-
due la veille avec Laurent, d'y faire payer le bateau
qui l'y conduirait, et d'attendre là l'arrivée de Palmer ; mais cette idée de n'avoir pas une obole et
d'être forcée de devoir à Palmer son déjeuner du
lendemain lui causa une répugnance, puérile peut-
être, mais insurmontable, dans les termes où elle se
trouvait avec lui. A cette répugnance se joignait une
inquiétude assez vive sur les causes de sa conduite

avec elle. Elle avait remarqué la tristesse déchirante
de son regard lorsqu'elle était partie de Florence.
Elle ne pouvait s'empêcher de croire qu'un obstacle
à leur mariage s'était élevé tout à coup, et elle voyait
dans ce mariage tant d'inconvénients réels pour
Palmer, qu'elle jugeait ne devoir pas essayer de
lutter contre l'obstacle, de quelque part qu'il pût
venir. Thérèse obéit à une solution toute d'instinct,
qui était de rester jusqu'à nouvel ordre à Porto-
Venere. Elle avait, dans le petit paquet qu'elle avait
pris à tout hasard avec elle, de quoi passer, n'importe où, quatre ou cinq jours. En fait de bijoux,
elle avait une montre et une chaîne d'or ; c'était un
gage qu'elle pouvait laisser jusqu'à ce qu'elle eût
reçu l'argent de son travail, qui devait être arrivé à
Gênes sous forme de mandat sur un banquier. Elle
avait chargé Vicentino de prendre ses lettres à la
poste restante de Gênes et de les lui envoyer à la
Spezzia.

Il s'agissait de passer la nuit quelque part, et
l'aspect de Porto-Venere n'était pas engageant. Ces
hautes maisons qui plongent, du côté de la passe
de mer, jusqu'au bord de l'eau, sont, dans l'intérieur de la ville, tellement de niveau avec le sommet
du rocher, qu'il faut se baisser en plusieurs endroits pour passer sous l'auvent de leurs toits, pro-

jetés jusque vers le milieu de la rue. Cette rue
étroite et rapide, toute pavée en dalles brutes, était
encombrée d'enfants, de poules et de grands vases
de cuivre placés sous les angles irréguliers formés
par les toits, à l'effet de recevoir l'eau de pluie durant la nuit. Ces vases sont le thermomètre de la
localité : l'eau douce y est si rare, qu'aussitôt qu'un
nuage paraît dans la direction du vent, les ména-
gères s'empressent de placer tous les récipients pos-
sibles devant leur porte, afin de ne rien perdre du
bienfait que le ciel leur envoie.

En passant devant ces portes béantes, Thérèse
avisa un intérieur qui lui parut plus propre que les
autres, et d'où s'exhalait une odeur d'huile un peu
moins âcre. Il y avait sur le seuil une pauvre femme
dont la figure douce et honnête lui inspira confiance, et justement cette femme la prévint en lui
parlant italien ou quelque chose d'approchant. Thérèse put donc s'entendre avec cette bonne femme,
qui lui demandait d'un air obligeant si elle cherchait quelqu'un. Elle entra, regarda le local, et demanda si l'on pouvait disposer d'une chambre pour
la nuit.

— Oui, certainement, d'une chambre meilleure
que celle-ci, et où vous serez plus tranquille que
dans l'auberge, où vous entendriez les mariniers

chanter toute la nuit! Mais je ne suis pas aubergiste, et, si vous ne voulez pas que j'aie des que-
relles, vous direz tout haut demain dans la rue que
vous me connaissiez avant de venir ici.

— Soit, dit Thérèse, montrez-moi cette chambre.

— On lui fit monter quelques marches, et elle se
trouva dans une pièce vaste et misérable d'où l'œil
embrassait un immense panorama sur la mer et sur
le golfe ; elle prit cette chambre en amitié à première vue, sans trop savoir pourquoi, si ce n'est
qu'elle lui fit l'effet d'un refuge contre des liens
qu'elle ne voulait pas être forcée d'accepter. C'est
de là qu'elle écrivit le lendemain à sa mère :

« Ma chère bien-aimée, me voilà tranquille depuis douze heures et en pleine possession de mon
libre arbitre pour... je ne sais combien de jours ou
d'années! Tout a été remis en question en moi-
même, et vous allez être juge de la situation.

» Ce fatal amour qui vous effrayait tant n'est pas
renoué et ne le sera pas. Sur ce point, soyez en
paix. J'ai suivi mon malade, et je l'ai embarqué
hier au soir. Si je n'ai pas sauvé sa pauvre âme, et
je n'ose guère m'en flatter, du moins je l'ai amendée,
et j'y ai fait entrer pour quelques instants la douceur de l'amitié. Si j'avais voulu l'en croire, il était

pour jamais guéri de ses orages; mais je voyais bien, à ses contradictions et à ses retours vers moi, qu'il y avait encore en lui ce qui fait le fond de sa nature, et ce que je ne saurais bien définir qu'en l'appelant l'amour de ce qui n'est pas.

» Hélas! oui, cet enfant voudrait avoir pour maîtresse quelque chose comme la Vénus de Milo, animée du souffle de ma patronne sainte Thérèse, ou plutôt il faudrait que la même femme fut aujourd'hui Sapho et demain Jeanne d'Arc. Malheur à moi d'avoir pu croire qu'après m'avoir ornée dans son imagination de tous les attributs de la Divinité, il n'ouvrirait pas les yeux le lendemain! Il faut que, sans m'en douter, je sois bien vaine, pour avoir pu accepter la tâche d'inspirer un culte! Mais non, je ne l'étais pas, je vous le jure! Je ne songeais pas à moi; le jour où je me suis laissé porter sur cet autel, je lui disais : « Puisqu'il faut absolument que tu m'a- » dores au lieu de m'aimer, ce qui me vaudrait bien » mieux, adore-moi, hélas! sauf à me briser demain! »

» Il m'a brisée! mais de quoi puis-je me plaindre? Je l'avais prévu, et je m'y étais soumise d'avance.

» Pourtant j'ai été faible, indignée et infortunée, quand cet affreux moment est venu; mais le courage a repris le dessus, et Dieu m'a permis de guérir plus vite que je n'espérais.

» Maintenant, c'est de Palmer qu'il faut que je vous parle. Vous voulez que je l'épouse, il le veut; et moi aussi, je l'ai voulu! le veux-je encore? Que vous dirais-je, ma bien-aimée? Il me vient encore des scrupules et des craintes. Il y a peut-être de sa faute. Il n'a pas pu ou il n'a pas voulu passer avec moi les derniers moments que j'ai passés avec Laurent : il m'a laissée seule avec lui trois jours, trois jours que je savais être et qui ont été sans danger pour moi; mais lui, Palmer, le savait-il et pouvait-il en répondre? ou, ce qui serait pis, s'est-il dit qu'il fallait savoir à quoi s'en tenir? Il y a eu là, de sa part, je ne sais quel désintéressement romanesque ou quelle discrétion exagérée qui ne peut partir que d'un bon sentiment chez un tel homme, mais qui m'a cependant donné à réfléchir.

» Je vous ai écrit ce qui se passait entre nous; il semblait qu'il se fût fait un devoir sacré de me réhabiliter, par le mariage, des affronts que je venais de subir. J'ai senti, moi, l'enthousiasme de la reconnaissance et les attendrissements de l'admiration. J'ai dit oui, j'ai promis d'être sa femme, et encore aujourd'hui je sens que je l'aime autant que je puis désormais aimer.

» Cependant aujourd'hui j'hésite, parce qu'il me semble qu'il se repent. Est-ce que je rêve? Je n'en

sais rien; mais pourquoi n'a-t-il pas pu me suivre
ici? Quand j'ai appris la terrible maladie de mon
pauvre Laurent, il n'a pas attendu que je lui dise :
« Je pars pour Florence; » il m'a dit : « Nous par-
» tons! » Les vingt nuits que j'ai passées au chevet de
Laurent, il les a passées dans la chambre voisine, et
il ne m'a jamais dit : « Vous vous tuez! » mais seulement : « Reposez-vous un peu afin de pouvoir
» continuer. » Jamais je n'ai vu en lui l'ombre de la
jalousie. Il semblait qu'à ses yeux je n'en pusse jamais trop faire pour sauver ce fils ingrat que nous
avions comme adopté à nous deux. Il sentait bien,
ce noble cœur, que sa confiance et sa générosité
augmentaient mon amour pour lui, et je lui savais
un gré infini de le comprendre. Par là, il me relevait à mes propres yeux, et il me rendait fière de
lui appartenir.

» Eh bien donc, pourquoi ce caprice ou cette im-
possibilité au dernier moment? Un obstacle imprévu? Avec la volonté dont je le sais doué, je ne
crois guère aux obstacles; il semble plutôt qu'il
ait voulu m'éprouver. Cela m'humilie, je l'avoue.
Hélas! je suis devenue affreusement susceptible depuis que je suis déchue! N'est-ce pas dans l'ordre?
lui qui comprenait tout, pourquoi n'a-t-il pas compris cela?

» Ou bien peut-être a-t-il fait un retour sur lui-même et s'est-il dit enfin tout ce que je lui disais dans le principe pour l'empêcher de songer à moi : qu'y aurait-il là d'étonnant? J'avais toujours connu Palmer pour un homme prudent et raisonnable. En découvrant en lui des trésors d'enthousiasme et de foi, j'ai été bien surprise. Ne pourrait-il pas être un de ces caractères qui s'exaltent en voyant souffrir, et qui se mettent à aimer passionnément les victimes? C'est un instinct naturel aux gens forts, c'est la sublime pitié des cœurs heureux et purs! Il y a eu des moments où je me disais cela pour me réconcilier avec moi-même, quand j'aimais Laurent, puisque c'est sa souffrance, avant tout et plus que tout, qui m'avait attachée à lui!

» Tout ce que je vous dis là, chère bien-aimée, je n'oserais pourtant le dire à Richard Palmer, s'il était là! Je craindrais que mes doutes ne lui fissent un chagrin affreux, et me voilà bien embarrassée, car ces doutes, je les ai malgré moi, et j'ai peur, sinon pour aujourd'hui, du moins pour demain. Ne va-t-il pas se couvrir de ridicule en épousant une femme qu'il aime, dit-il, depuis dix ans, à qui il n'en a jamais dit le premier mot, et qu'il se décide à attaquer le jour où il la trouve sanglante et brisée sous les pieds d'un autre homme?

» Je suis ici dans un affreux et magnifique petit
port de mer où j'attends assez passivement le mot
de ma destinée. Peut-être Palmer est-il à la Spezzia,
à trois lieues d'ici. C'est là que nous nous étions
donné rendez-vous. Et moi, comme une boudeuse,
ou plutôt comme une peureuse, je ne peux pas me
décider à aller lui dire : « Me voilà! » Non, non!
s'il doute de moi, rien n'est plus possible entre
nous! J'ai pardonné à l'autre cinq ou six outrages
par jour. A celui-ci je ne pourrais passer l'ombre
d'un soupçon. Est-ce de l'injustice? Non! il me faut
désormais un amour sublime ou rien! Ai-je donc
cherché le sien? Il me l'a imposé en me disant :
« Ce sera le ciel! » *L'autre* m'avait bien dit que ce
serait peut-être l'enfer qu'il m'apportait! Il ne m'a
pas trompée. Eh bien, il ne faut pas que Palmer me
trompe en se trompant lui-même; car, après cette
nouvelle erreur, il ne me resterait plus qu'à nier
tout, à me dire que, comme Laurent, j'ai à jamais
perdu par ma faute le droit de croire, et je ne sais
pas si avec cette certitude-là je supporterais la vie,
moi!

» Pardon, ma bien-aimée, mes agitations vous
font du mal, j'en suis sûre, bien que vous disiez
qu'il vous les faut! N'ayez du moins pas d'inquiétude pour ma santé ; je me porte à merveille, j'ai

sous les yeux la plus belle mer, et sur la tête le plus beau ciel qui se puissent imaginer. Je ne manque de rien, je suis chez de braves gens, et peut-être demain vous écrirai-je que mes incertitudes sont évanouies. Aimez toujours votre Thérèse, qui vous adore. »

Palmer était, en effet, à la Spezzia depuis la veille. Il était arrivé à dessein juste une heure après le départ du *Ferruccio*. Ne trouvant pas Thérèse à *la Croix de Malte,* et apprenant qu'elle avait dû embarquer Laurent à l'entrée du golfe, il attendit son retour. Il vit revenir seul à neuf heures le batelier qu'elle avait pris le matin, et qui appartenait à l'hôtel. Le brave garçon n'était pas sujet à s'enivrer. Il avait été *surpris* par une bouteille de chypre que Laurent, après avoir dîné sur l'herbe avec Thérèse, lui avait donnée, et qu'il avait bue pendant la station des deux amis à l'île de Palmaria, si bien qu'il se souvenait assez bien d'avoir conduit le *signore* et la *signora* à bord du *Ferruccio,* mais nullement d'avoir conduit ensuite la *signora* à Porto-Venere.

Si Palmer l'eût interrogé avec calme, il eût bientôt découvert que les idées du barcarolle n'étaient pas très-nettes sur le dernier point; mais Palmer, avec son air grave et impassible, était très-irritable et très-passionné. Il crut que Thérèse était partie avec Laurent, partie en rougissant, et sans oser ou sans vouloir lui faire l'aveu de la vérité. Il se le tint pour dit, et rentra à l'hôtel, où il passa une nuit terrible.

Ce n'est pas l'histoire de Richard Palmer que nous nous sommes proposé d'écrire. Nous avons intitulé notre récit *Elle et lui,* c'est-à-dire Thérèse et Laurent. Nous ne dirons donc de Palmer que ce qu'il est nécessaire d'en dire pour faire comprendre les événements auxquels il se trouva mêlé, et nous pensons que son caractère sera suffisamment expliqué par sa conduite. Hâtons-nous de dire seulement en trois mots que Richard était aussi ardent que romanesque, qu'il avait beaucoup d'orgueil, l'orgueil du bien et du beau, mais que la force de son caractère n'était pas toujours à la hauteur de l'idée qu'il s'en était faite, et qu'en voulant s'élever sans cesse au-dessus de la nature humaine, il caressait un rêve généreux, mais peut-être irréalisable en amour.

Il se leva de bonne heure et se promena au bord du golfe, en proie à des pensées de suicide, dont le détourna cependant une sorte de mépris pour Thérèse; puis la fatigue d'une nuit d'agitations reprit ses droits et lui donna les conseils de la raison. Thérèse était femme, et il n'eût pas dû la soumettre à une épreuve dangereuse. Eh bien, puisqu'il en était ainsi, puisque Thérèse, placée si haut dans son estime, avait été vaincue par une passion déplorable après des promesses sacrées, il ne fallait plus croire à aucune femme, et aucune femme ne méritait le sacrifice de la vie d'un galant homme. Palmer en était là, lorsqu'il vit aborder près du lieu où il se trouvait un élégant canot noir, monté par un officier de marine. Les huit rameurs qui faisaient rapidement glisser la longue et mince embarcation sur le flot tranquille relevèrent leurs rames blanches en signe de respect avec une précision militaire ; l'officier mit pied à terre et se dirigea vers Richard, qu'il avait reconnu de loin.

C'était le capitaine Lawson, commandant la frégate américaine *l'Union*, en station depuis un an dans le golfe. On sait que les puissances maritimes envoient stationner, pour plusieurs mois ou plusieurs années, des navires destinés à protéger leurs relations commerciales dans les différents parages du globe.

Lawson était l'ami d'enfance de Palmer, qui avait donné à Thérèse une lettre de recommandation pour lui, dans le cas où elle voudrait visiter le navire en parcourant la rade.

Palmer pensa que Lawson allait lui parler d'elle, mais il n'en fut rien. Il n'avait reçu aucune lettre,

il n'avait vu personne venant de sa part. Il l'emmena
déjeuner à son bord et Richard se laissa faire.
L'Union quittait la station à la fin du printemps;
Palmer caressa l'idée de profiter de l'occasion pour
retourner en Amérique. Tout lui semblait rompu
entre Thérèse et lui ; pourtant il résolut de rester à
la Spezzia, la vue de la mer ayant toujours eu sur
lui une influence fortifiante dans les moments difficiles de sa vie.

Il y était depuis trois jours, habitant le navire
américain beaucoup plus que l'hôtel de *la Croix de
Malte,* s'efforçant de reprendre goût aux études sur
la navigation, qui avaient rempli la majeure partie
de sa vie, lorsqu'un jeune enseigne raconta un matin
à déjeuner, moitié riant, moitié soupirant, qu'il
était tombé amoureux depuis la veille, et que l'objet de sa passion était un problème sur lequel il
voudrait avoir l'avis d'un homme du monde comme
M. Palmer.

C'était une femme qui paraissait avoir de vingt-
cinq à trente ans. Il ne l'avait vue qu'à une fenêtre
où elle était assise, faisant de la dentelle. La grosse
dentelle de coton est l'ouvrage des femmes du
peuple sur toute la côte génoise. C'était autrefois
une branche de commerce que les métiers ont
ruinée, mais qui sert encore d'occupation et de petit

profit aux femmes et aux filles du littoral. Donc, celle dont le jeune enseigne était épris appartenait à la classe des artisanes, non-seulement par ce genre de travail, mais encore par la pauvreté du gîte où il l'avait aperçue. Cependant la coupe de sa robe noire et la distinction de ses traits lui causaient du doute. Elle avait des cheveux ondés qui n'étaient ni bruns ni blonds, des yeux rêveurs, un teint pâle. Elle avait très-bien vu que, de l'auberge où il s'était réfugié contre la pluie, le jeune officier la contemplait avec curiosité. Elle n'avait daigné ni l'encourager, ni se soustraire à ses regards. Elle lui avait offert l'image désespérante de l'indifférence personnifiée.

Le jeune marin raconta encore qu'il avait interrogé l'aubergiste de Porto-Venere. Celle-ci lui avait répondu que l'étrangère était là depuis trois jours, chez une vieille femme de l'endroit qui la faisait passer pour sa nièce et qui mentait probablement, car c'était une vieille intrigante qui louait une mauvaise chambre au détriment de l'auberge attitrée et patentée, et qui se mêlait d'attirer et de nourrir les voyageurs apparemment, mais qui devait les nourrir bien mal, car elle n'avait rien, et, pour ce, méritait le mépris des gens établis et des voyageurs qui se respectent.

En raison de ce discours, le jeune enseigne n'avait rien eu de plus pressé que d'aller chez la vieille et de lui demander à loger pour un de ses amis qu'il attendait, espérant, à la faveur de cette histoire, la faire causer et savoir quelque chose sur le compte de cette inconnue ; mais la vieille avait été impénétrable et même incorruptible.

Le portrait que le marin faisait de cette jeune inconnue éveilla l'attention de Palmer. Ce pouvait être celui de Thérèse ; mais que faisait-elle et pourquoi se cachait-elle à Porto-Venere ? Sans doute, elle n'y était pas seule ; Laurent devait être caché dans quelque autre coin. Palmer agita en lui-même la question de savoir s'il s'en irait en Chine pour n'être pas témoin de son malheur. Pourtant il prit le parti le plus raisonnable, qui était de savoir à quoi s'en tenir.

Il se fit conduire aussitôt à Porto-Venere et n'eut pas de peine à y découvrir Thérèse, logée et occupée ainsi qu'on le lui avait raconté. L'explication fut vive et franche. Tous deux étaient trop sincères pour se bouder ; aussi tous deux s'avouèrent-ils qu'ils avaient eu beaucoup d'humeur l'un contre l'autre, Palmer pour n'avoir pas été averti par Thérèse du lieu de sa retraite, Thérèse pour n'avoir pas été mieux cherchée et plus tôt retrouvée par Palmer.

— Mon amie, dit celui-ci, vous semblez me reprocher surtout de vous avoir comme abandonnée
à un danger. Ce danger, moi, je n'y croyais pas !

— Vous aviez raison, et je vous en remercie.
Alors pourquoi étiez-vous triste et comme désespéré en me voyant partir? et comment se fait-il
qu'en arrivant ici, vous n'ayez pas su découvrir où
j'étais dès le premier jour? Vous avez donc supposé
que j'étais partie, et qu'il était inutile de me chercher?

— Écoutez-moi, dit Palmer éludant la question,
et vous verrez que j'ai eu, depuis quelques jours,
bien des amertumes qui ont pu me faire perdre la
tête. Vous comprendrez aussi pourquoi, vous ayant
connue toute jeune, et pouvant prétendre à vous
épouser, j'ai passé à côté d'un bonheur dont le regret et le rêve ne m'ont jamais quitté. J'étais dès
lors l'amant d'une femme qui s'est jouée de moi de
mille manières. Je me croyais, je me suis cru, pendant dix ans, en devoir de la relever et de la protéger. Enfin elle a mis le comble à son ingratitude et
à sa perfidie, et j'ai pu l'abandonner, l'oublier, et
disposer de moi-même. Eh bien, cette femme que
je croyais en Angleterre, je l'ai retrouvée à Florence
au moment où Laurent devait partir. Abandonnée
d'un nouvel amant qui m'avait succédé, elle voulait

et comptait me reprendre : tant de fois déjà elle
m'avait trouvé généreux ou faible ! Elle m'écrivait
une lettre de menaces, et, feignant une jalousie absurde, elle prétendait venir vous insulter en ma
présence. Je la savais femme à ne reculer devant
aucun scandale, et je ne voulais, pour rien au
monde, que vous fussiez seulement témoin de ses
fureurs. Je ne pus la décider à ne pas se montrer,
qu'en lui promettant d'avoir une explication avec
elle le jour même. Elle demeurait précisément dans
l'hôtel où nous logions auprès de notre malade, et,
quand le voiturin qui devait emmener Laurent arriva devant la porte, elle était là, résolue à faire un
esclandre. Son thème odieux et ridicule était de
crier, devant tous les gens de l'hôtel et de la rue,
que je partageais ma nouvelle maîtresse avec Laurent de Fauvel. Voilà pourquoi je vous fis partir
avec lui, et pourquoi je restai, afin d'en finir avec
cette folle sans vous compromettre, et sans vous
exposer à la voir ou à l'entendre. A présent, ne dites
plus que j'ai voulu vous soumettre à une épreuve
en vous laissant seule avec Laurent. J'ai assez souffert de cela, mon Dieu, ne m'accusez pas ! Et, quand
je vous ai crue partie avec lui, toutes les furies de
l'enfer se sont mises après moi.

— Et voilà ce que je vous reproche, dit Thérèse,

— Ah! que voulez-vous! s'écria Palmer, j'ai été
si odieusement trompé dans ma vie! Cette misérable femme avait remué en moi tout un monde
d'amertume et de mépris.

— Et ce mépris a rejailli sur moi?

— Oh! ne dites pas cela, Thérèse!

— Moi aussi pourtant, reprit-elle, j'ai été bien
trompée, et je croyais en vous quand même.

— Ne parlons plus de cela, mon amie, je regrette
d'avoir été forcé de vous confier mon passé. Vous
allez croire qu'il peut réagir sur mon avenir, et que,
comme Laurent, je vous ferai payer les trahisons
dont j'ai été abreuvé. Voyons, voyons, ma chère
Thérèse, chassons ces tristes pensées. Vous êtes ici
dans un endroit à donner le *spleen*. La barque nous
attend; venez vous établir à la Spezzia.

— Non, dit Thérèse, je reste ici, moi.

— Comment? qu'est-ce donc? du dépit entre
nous?

— Non, non, mon cher Dick, reprit-elle en lui
tendant la main : avec vous, je n'en veux jamais
avoir. Oh! faites, je vous en supplie, que notre
affection soit un idéal de sincérité, car j'y veux,
quant à moi, faire tout ce qui est possible à une
âme croyante; mais je ne vous savais pas jaloux,
vous l'avez été et vous en convenez. Eh bien, sachez

qu'il n'est pas en mon pouvoir de ne pas souffrir cruellement de cette jalousie. C'est tellement le contraire de ce que vous m'aviez promis, que je me demande où nous allons maintenant, et pourquoi il faut qu'au sortir d'un enfer, j'entre dans un purgatoire, moi qui n'aspirais qu'au repos et à la solitude.

» Ces nouveaux tourments qui semblent se préparer, ce n'est pas pour moi seule que je les redoute: s'il était possible qu'en amour l'un des deux fût heureux quand l'autre souffre, la route du dévouement serait toute tracée et facile à suivre ; mais il n'en est pas ainsi, vous le voyez bien : je ne puis avoir un instant de douleur que vous ne le ressentiez. Me voilà donc entraînée à gâter votre vie, moi qui voulais rendre la mienne inoffensive, et je commence à faire un malheureux ! Non, Palmer, croyez-moi ; nous pensions nous connaître, et nous ne nous connaissions pas. Ce qui m'avait charmé en vous, c'est une disposition d'esprit que vous n'avez déjà plus, la confiance. Ne comprenez-vous pas qu'avilie comme je l'étais il me fallait cela pour vous aimer, et rien autre chose ? Si je subissais maintenant votre affection avec des taches et des faiblesses, avec des doutes et des orages, ne seriez-vous pas en droit de vous dire que je fais un calcul en vous épousant? Oh ! ne dites pas que cette idée ne vous viendra ja-

mais; elle vous viendra malgré vous. Je sais trop
comment d'un soupçon on passe à un autre, et
quelle pente rapide nous emporte d'un premier dés-
enchantement à un dégoût injurieux! Or, moi, tenez, j'en ai assez bu, de ce fiel! je n'en veux plus,
et je ne m'en fais pas accroire, je ne suis plus capable de subir ce que j'ai subi; je vous l'ai dit dès
le premier jour, et, si vous l'avez oublié, moi, je
m'en souviens. Éloignons donc cette idée de mariage, ajouta-t-elle, et restons amis. Je reprends
provisoirement ma parole, jusqu'à ce que je puisse
compter sur votre estime, telle que je croyais la
posséder. Si vous ne voulez pas vous soumettre à
une épreuve, quittons-nous tout de suite. Quant à
moi, je vous jure que je ne veux rien vous devoir,
pas même le plus léger service, dans la position où
je suis. Cette position, je veux vous la dire, car il
faut que vous compreniez ma volonté. Je me trouve
ici logée et nourrie sur parole, car je n'ai absolument rien, j'ai tout confié à Vicentino pour les frais
du voyage de Laurent; mais il se trouve que je sais
faire de la dentelle plus vite et mieux que les femmes du pays, et, en attendant que je reçoive de
Gênes l'argent qui m'est dû, je peux gagner ici, au
jour le jour, de quoi, sinon récompenser, du moins
défrayer ma bonne hôtesse de la très-frugale nour-

riture qu'elle me fournit. Je n'éprouve ni humiliations, ni souffrance de cet état de choses, et il faut qu'il dure jusqu'à ce que mon argent arrive. Je verrai alors quel parti j'ai à prendre. Jusque-là, retournez à la Spezzia, et venez me voir quand vous voudrez ; je ferai de la dentelle, tout en causant avec vous.

Palmer dut se soumettre, et il se soumit de bonne grâce. Il espérait regagner la confiance de Thérèse, et il sentait bien l'avoir ébranlée par sa faute.

X

Quelques jours après, Thérèse reçut une lettre de Genève. Laurent s'y accusait par écrit de tout ce dont il s'était accusé en paroles, comme s'il eût voulu consacrer ainsi le témoignage de son repentir.

« Non, disait-il, je n'ai pas su te mériter. J'ai été indigne d'un amour si généreux, si pur et si désintéressé. J'ai lassé ta patience, ô ma sœur, ô ma mère! Les anges aussi se fussent lassés de moi! Ah! Thé-

rèse, à mesure que je reviens à la santé et à la vie,
mes souvenirs s'éclaircissent, et je regarde dans mon
passé comme dans un miroir qui me montre le
spectre d'un homme que j'ai connu, mais que je ne
comprends plus. A coup sûr, ce malheureux était
en démence ; ne penses-tu pas, Thérèse, que, marchant vers cette épouvantable maladie physique
dont tu m'as sauvé par miracle, j'ai pu, trois et
quatre mois d'avance, être sous le coup d'une maladie morale qui m'ôtait la conscience de mes paroles et de mes actions ? Oh ! si cela était, n'aurais-
tu pas dû me pardonner ?... Mais ce que je dis là,
hélas ! n'a pas le sens commun. Qu'est-ce que le mal,
sinon une maladie morale ? Celui qui tue son père
ne pourrait-il pas invoquer la même excuse que
moi ? Le bien, le mal, voici la première fois que
cette notion me tourmente. Avant de te connaître,
et de te faire souffrir, ma pauvre bien-aimée, je n'y
avais jamais songé. Le mal était pour moi un monstre
de bas étage, la bête apocalyptique qui souille de
ses embrassements hideux le rebut des hommes
dans les bas-fonds infects de la société ; le mal
pouvait-il approcher de moi, l'homme de la vie élé-
gante, le *beau* de Paris, le noble fils des Muses ! Ah !
imbécile que j'étais, je me figurais donc, parce que
j'avais la barbe parfumée et les mains bien gantées,

que mes caresses purifiaient la grande prostituée
des nations, l'orgie, ma fiancée, qui m'avait lié à
elle d'une chaîne aussi noble que celle qui lie les
forçats dans les bagnes? Et je t'ai immolée, ma pauvre douce maîtresse, à mon brutal égoïsme, et, après
cela, j'ai relevé la tête en disant : «C'était mon droit,
» elle m'appartenait; rien ne saurait être mal de ce
» que j'ai le droit de faire! » Ah! malheureux, malheureux que je suis! j'ai été criminel; et je ne m'en suis
pas douté! Il m'a fallu, pour le comprendre, te perdre, toi mon seul bien, le seul être qui m'eût jamais
aimé et qui fût capable d'aimer l'enfant ingrat et
insensé que j'étais! C'est seulement quand j'ai vu
mon ange gardien se voiler la face et reprendre son
vol vers les cieux, que j'ai compris que j'étais à jamais seul et abandonné sur la terre! »

Une longue partie de cette première lettre était
écrite sur un ton d'exaltation dont la sincérité se
trouvait confirmée par des détails de réalité et un
brusque changement de ton, caractéristique chez
Laurent.

« Croirais-tu qu'en arrivant à Genève, la première
chose que j'aie faite avant de songer à t'écrire, c'est
d'aller acheter un gilet? Oui, un gilet d'été, fort joli,

ma foi, et très-bien coupé, que j'ai trouvé chez un
tailleur français, rencontre agréable pour un voya-
geur pressé de quitter cette ville d'horlogers et de
naturalistes? Me voilà donc courant les rues de Genève, enchanté de mon gilet neuf, et m'arrêtant
devant la boutique d'un libraire où une certaine
édition de Byron, reliée avec un grand goût, me paraissait une tentation irrésistible. Que lire en voyage?
Je ne peux pas souffrir les livres de voyage précisément, à moins qu'ils ne parlent de pays où je ne
pourrai jamais aller. J'aime mieux les poëtes, qui
vous promènent dans le monde de leurs rêves, et je
me suis payé cette édition. Et puis j'ai suivi au
hasard une très-jolie fille court vêtue qui passait
devant moi, et dont la cheville me paraissait un
chef-d'œuvre d'emmanchement. Je l'ai suivie en
pensant beaucoup plus à mon gilet qu'à elle. Tout
à coup elle a pris à droite, et moi à gauche sans
m'en apercevoir, et je me suis trouvé de retour à
mon hôtel, où, en voulant serrer mon livre de nouveau dans ma malle, j'ai retrouvé les violettes dou-
bles que tu avais semées dans ma cabine du *Ferruccio*
au moment de nos adieux. Je les avais ramassées
une à une avec soin, et je les gardais comme une
relique ; mais voilà qu'elles m'ont fait pleurer
comme une gouttière, et, en regardant mon gilet

neuf, qui avait été le principal événement de ma
matinée, je me suis dit :

» —Voilà pourtant l'enfant que cette pauvre femme
a aimé ! »

Ailleurs, il disait :

« Tu m'as fait promettre de soigner ma santé, en
me disant : « Puisque c'est moi qui te l'ai rendue,
» elle m'appartient un peu, et j'ai le droit de te dé-
» fendre de la perdre. » Hélas ! ma Thérèse, que veux-
tu donc que j'en fasse, de cette maudite santé qui
commence à m'enivrer comme le vin nouveau ? Le
printemps fleurit, et c'est la saison d'aimer, je le
veux bien ; mais dépend-il de moi d'aimer ? Tu n'as
pu m'inspirer le véritable amour, toi, et tu crois
que je rencontrerai une femme capable de faire le
miracle que tu n'as pas fait ? Où la trouverai-je, cette
magicienne ? Dans le monde ? Non, certes : il n'y a
là que des femmes qui ne veulent rien risquer ou
rien sacrifier. Elles ont bien raison certainement, et
tu pourrais leur dire, ma pauvre amie, que ceux
à qui l'on se sacrifie ne le méritent guère ; mais
moi, ce n'est pas ma faute si je ne peux pas plus
me résoudre à partager avec un mari qu'avec un
amant. Aimer une demoiselle ? l'épouser alors ? Oh !
pour le coup, Thérèse, tu ne peux pas penser à cela

sans rire... ou sans trembler. Moi, enchaîné de par la loi, quand je ne peux pas seulement l'être par ma propre volonté !

» J'ai eu jadis un ami qui aimait une grisette et qui se croyait heureux. J'ai fait la cour à cette fidèle amante, et je l'ai eue pour une perruche verte que son amant ne voulait pas lui donner. Elle disait naïvement : « Dame ! c'est sa faute, à *lui* ; que ne » me donnait-il cette perruche ! » Et, depuis ce jour-là, je me suis promis de ne jamais aimer une femme entretenue, c'est-à-dire un être qui a envie de tout ce que son amant ne lui donne pas.

» Alors, en fait de maîtresse, je ne vois plus qu'une aventurière, comme on en rencontre sur les chemins, et qui sont toutes nées princesses, mais qui ont eu *des malheurs*. Trop de malheurs, merci ! Je ne suis pas assez riche pour combler les abîmes de ces passés-là. — Une actrice en renom ? Cela m'a tenté souvent ; mais il faudrait que ma maîtresse renonçât au public, et c'est là un amant que je ne me sens pas la force de remplacer. Non, non, Thérèse, je ne peux pas aimer, moi ! Je demande trop, et je demande ce que je ne sais pas rendre ; donc, il faudra bien que je retourne à mon ancienne vie. J'aime mieux cela, parce que ton image ne sera jamais souillée en moi par une comparaison possi-

ble. Pourquoi ma vie ne s'arrangerait-elle pas ainsi :
des femmes pour les sens et une maîtresse pour
mon âme? Il ne dépend ni de toi, ni de moi, Thérèse, que tu ne sois pas cette maîtresse, cet idéal
rêvé, perdu, pleuré, et rêvé plus que jamais. Tu ne
peux t'en offenser, je ne t'en dirai jamais rien. Je
t'aimerai dans le secret de ma pensée sans que personne le sache, et sans qu'aucune autre femme
puisse jamais dire : « Je l'ai remplacée, cette
» Thérèse. »

» Mon amie, il faut que tu m'accordes une faveur
que tu m'as refusée pendant ces derniers jours si
doux et si chers que nous avons passés ensemble :
c'est de me parler de Palmer. Tu as cru que cela
me ferait encore du mal. Eh bien, tu t'es trompée.
Cela m'aurait tué lorsque pour la première fois je
t'ai questionnée avec emportement sur son compte :
j'étais encore malade et un peu fou ; mais, quand la
raison m'est revenue, quand tu m'as laissé deviner
le *secret* que tu n'étais pas forcée de me confier,
j'ai senti, au milieu de ma douleur, qu'en acceptant
ton bonheur je réparais toutes mes fautes. J'ai examiné attentivement votre manière d'être ensemble :
j'ai vu qu'il t'aimait passionnément et qu'il me té-
moignait pourtant la tendresse d'un père. Cela,
vois-tu, Thérèse, m'a bouleversé. Je n'avais pas

l'idée de cette générosité, de cette grandeur dans l'amour. Heureux Palmer! comme il est sûr de toi, lui! comme il te comprend, comme il te mérite par conséquent! Cela m'a rappelé le temps où je te disais : « Aimez Palmer, vous me ferez bien plaisir! » Ah! quel odieux sentiment j'avais alors dans l'âme! Je voulais être délivré de ton amour, qui m'accablait de remords, et pourtant, si alors tu m'avais répondu : « Eh bien, je l'aime!... » je t'aurais tuée?

» Et lui, ce bon grand cœur, il t'aimait déjà, et il n'a pas craint de se consacrer à toi au moment où peut-être tu m'aimais encore! Moi, en pareille circonstance, je n'aurais jamais osé me risquer. J'avais une trop belle dose de cet orgueil que nous portons si fièrement, nous autres hommes du monde, et qui a été si bien inventé par les sots pour nous empêcher de vouloir conquérir le bonheur à nos risques et périls, ou de savoir seulement le ressaisir quand il nous échappe.

» Oui, je veux me confesser jusqu'au bout, ma pauvre amie. Quand je te disais : *Aimez Palmer*, je croyais quelquefois que tu l'aimais déjà, et c'est là ce qui achevait de m'éloigner de toi. Il y a eu, dans les derniers temps, bien des heures où j'ai été prêt à me jeter à tes pieds; j'étais arrêté par cette idée : « Il est trop tard, elle en aime un autre. Je l'ai voulu,

» mais elle n'eût pas dû le vouloir. Donc, elle **est**
» indigne de moi ! »

» Voilà comme je raisonnais dans ma folie, et
pourtant, j'en suis sûr à présent, si j'étais revenu à
toi sincèrement, quand même tu aurais commencé
à aimer Dick, tu me l'aurais sacrifié. Tu aurais recommencé ce martyre que je t'imposais. Allons,
j'ai bien fait, n'est-ce pas, de m'enfuir ? Je le sentais
en te quittant ! Oui, Thérèse, c'est là ce qui m'a
donné la force de me sauver à Florence sans te dire
un seul mot. Je sentais que je t'assassinais jour par
jour, et que je n'avais plus d'autre manière de réparer mes torts que de te laisser seule auprès d'un
homme qui t'aimait véritablement.

» C'est encore là ce qui a soutenu mon courage à
la Spezzia, durant cette journée où j'aurais encore
pu tenter d'obtenir ma grâce ; mais cette détestable
pensée ne m'est pas venue, je t'en fais le serment,
mon amie. Je ne sais pas si tu avais dit à ce batelier
de ne pas nous perdre de vue ; mais c'était bien
inutile, va ! Je me serais jeté dans la mer plutôt que
de vouloir trahir la confiance que Palmer me témoi-
gnait en nous laissant ensemble.

» Dis-le-lui donc, à lui, que je l'aime véritablement, autant que je puis aimer. Dis-lui que c'est à
lui, autant qu'à toi, que je dois de m'être condamné

et exécuté comme j'ai fait. J'ai bien souffert, mon
Dieu, pour accomplir ce suicide du vieil homme !
Mais je suis fier de moi-même à présent. Tous mes
anciens amis jugeraient que j'ai été un sot ou un
lâche de ne pas tâcher de tuer mon rival en duel,
sauf à abandonner ensuite, en lui crachant au visage, la femme qui m'avait trahi ! Oui, Thérèse, c'est
ainsi que, moi-même, j'eusse probablement jugé
chez un autre la conduite que j'ai pourtant tenue
vis-à-vis de toi et de Palmer avec autant de résolution que de joie. C'est que je ne suis pas une
brute, Dieu merci ! je ne vaux rien ; mais je comprends le peu que je vaux, et je me rends justice.

» Parle-moi donc de Palmer et ne crains pas que
j'en souffre ; loin de là, ce sera ma consolation dans
mes heures de spleen. Ce sera ma force aussi : car
ton pauvre enfant est encore bien faible, et, quand
il se met à penser à ce qu'il eût pu être et à ce qu'il
est maintenant pour toi, sa tête s'égare encore. Mais
dis-moi que tu es heureuse et je me dirai avec orgueil : « J'aurais pu troubler, disputer et peut-être
» détruire ce bonheur ; je ne l'ai pas fait. Il est
» donc un peu mon ouvrage, et j'ai droit mainte-
» nant à l'amitié de Thérèse. »

Thérèse répondit avec tendresse à son pauvre en-

fant. C'est sous ce titre qu'il était désormais enseveli et comme embaumé dans le sanctuaire du
passé... Thérèse aimait Palmer, du moins elle voulait ou croyait l'aimer. Il ne lui semblait pas qu'elle
pût jamais regretter le temps où, tous les matins,
elle s'éveillait, disait-elle, en regardant si la maison
n'allait pas lui tomber sur la tête.

Et pourtant quelque chose lui manquait, et je ne
sais quelle tristesse s'était emparée d'elle depuis
qu'elle habitait ce livide rocher de Porto-Venere.
C'était comme un détachement de la vie qui, par
moment, n'était pas sans charme pour elle; mais
c'était quelque chose de morne et d'abattu qui
n'était pas dans son caractère et qu'elle ne s'expliquait pas à elle-même.

Il lui fut impossible de faire ce que Laurent lui
demandait à propos de Palmer : elle lui en fit briè-
vement le plus grand éloge et lui dit de sa part les
choses les plus affectueuses ; mais elle ne put se résoudre à le prendre pour confident de leur intimité.
Elle répugnait à faire part de sa véritable situation,
c'est-à-dire à confier des engagements sur lesquels
elle ne s'était pas dit à elle-même son dernier mot.
Et, quand même elle eût été fixée, n'eût-il pas été
trop tôt pour dire à Laurent : « Vous souffrez encore, tant pis pour vous! moi, je me marie! »

L'argent qu'elle attendait n'arriva qu'au bout de quinze jours. Elle fit de la dentelle pendant quinze jours avec une persévérance qui désolait Palmer. Lorsqu'elle se vit enfin à la tête de quelques billets de banque, elle paya largement sa bonne hôtesse et se permit de sortir avec Palmer pour se promener autour du golfe ; mais elle désira rester à Porto-Venere encore quelque temps, sans trop pouvoir expliquer pourquoi elle tenait à cette morne et misérable résidence.

Il est des situations morales qui se sentent mieux qu'elles ne se définissent. C'est avec sa mère que Thérèse venait à bout, dans ses lettres, de s'épancher.

« Je suis encore ici, lui écrivait-elle au mois de juillet, en dépit d'une chaleur dévorante. Je me suis attachée comme un coquillage à ce rocher où jamais un arbre n'a pu songer à pousser, mais où soufflent des brises énergiques et vivifiantes. Ce climat est dur mais sain, et la vue continuelle de la mer, que je ne pouvais souffrir autrefois, m'est devenue en quelque sorte nécessaire. Le pays que j'ai derrière moi, et qu'en moins de deux heures je peux gagner en barque, était ravissant au printemps. En s'enfonçant dans les terres au fond du golfe, à deux ou

trois lieues de la côte, on découvre les sites les plus
étranges. Il y a une certaine région de terrains déchirés par je ne sais quels anciens tremblements de
terre, qui présente les accidents les plus bizarres.
C'est une suite de collines de sable rouge recou-
vertes de pins et de bruyères, s'échelonnant les unes
sur les autres, et offrant sur leurs crêtes d'assez
larges voies naturelles qui tout à coup tombent à pic
dans les abîmes et vous laissent fort embarrassé de
continuer. Si l'on revient sur ses pas et que l'on se
trompe dans le dédale des petits sentiers battus par
les pieds des troupeaux, on arrive à d'autres
abîmes, et nous sommes restés quelquefois, Palmer
et moi, des heures entières sur ces sommets boisés,
sans retrouver le chemin qui nous y avait amenés.
De là, on plonge sur une immensité de pays cultivé,
coupé de place en place avec une sorte de régularité
par ces accidents étranges, et au delà de cette immensité se déploie l'immensité bleue de la mer. De
ce côté-là, il semble que l'horizon n'ait pas de limites.
Du côté du nord et de l'est, ce sont les Alpes Maritimes, dont les crêtes, hardiment dessinées, étaient
encore couvertes de neige quand je suis arrivée ici.

» Mais il n'est plus question de ces savanes de
cistes en fleurs et de ces arbres de bruyère blanche
qui répandaient un parfum si frais et si fin aux pre-

miers jours de mai. C'était alors un paradis terrestre : ces bois étaient pleins de faux ébéniers,
d'arbres de Judée, de genêts odorants et de cytises
étincelant comme de l'or au milieu des noirs buissons de myrte. A présent, tout est brûlé, les pins
exhalent une odeur âcre, les champs de lupin, si
fleuris et si parfumés naguère, n'offrent plus que
des tiges coupées, noires comme si le feu y avait
passé ; les moissons enlevées, la terre fume au soleil de midi, et il faut se lever de grand matin pour
se promener sans souffrir. Or, comme il faut d'ici
quatre heures au moins, tant en barque que sur les
pieds, pour gagner la partie boisée du pays, le retour n'est pas agréable, et toutes les hauteurs qui
entourent immédiatement le golfe, magnifiques de
formes et d'aspect, sont si nues, que c'est encore à
Porto-Venere et dans l'île Palmaria que l'on peut respirer le mieux.

» Et puis il y a un fléau à la Spezzia : ce sont les
moustiques engendrés par les eaux stagnantes d'un
petit lac voisin et des immenses marécages que la
culture dispute aux eaux de la mer. Ici, ce n'est pas
l'eau des terres qui nous gêne : nous n'avons que la
mer et le rocher, pas d'insectes par conséquent,
pas un brin d'herbe ; mais quels nuages d'or et de
pourpre, quelles tempêtes sublimes, quels calmes

solennels! La mer est un tableau qui change de couleur et de sentiment à chaque minute du jour et de la nuit. Il y a ici des gouffres remplis de clameurs dont vous ne pouvez vous représenter l'effroyable variété; tous les sanglots du désespoir, toutes les imprécations de l'enfer s'y sont donné rendez-vous, et, de ma petite fenêtre, j'entends dans la nuit ces voix de l'abîme qui tantôt rugissent une bacchanale sans nom, tantôt chantent des hymnes sauvages encore redoutables dans leur plus grand apaisement.

» Eh bien, j'aime tout cela maintenant, moi qui avais les goûts champêtres et l'amour des petits coins verts et tranquilles. Est-ce parce que j'ai pris dans ce fatal amour l'habitude des orages et le besoin du bruit? Peut-être! Nous sommes de si étranges créatures, nous autres femmes! Il faut que je vous le confesse, ma bien-aimée, j'ai passé bien des jours avant de m'habituer à me passer de mon supplice. Je ne savais que faire de moi, n'ayant plus personne à servir et à soigner. Il eût fallu que Palmer fût un peu insupportable; mais, voyez l'injustice, dès qu'il a fait mine de l'être, je me suis révoltée, et, à présent qu'il est redevenu bon comme un ange, je ne sais plus à qui m'en prendre de l'épouvantable ennui qui m'envahit par moments. Hélas! oui, c'est

comme cela!... Dois-je vous le dire? Non, je ferais
mieux de ne pas le savoir moi-même, ou, si je le
sais, de ne pas vous affliger de ma folie. Je voulais
ne vous parler que du pays, de mes promenades,
de mes occupations, de ma triste chambre sous les
toits, ou plutôt sur les toits, et où je me plais à être
seule, ignorée, oubliée du monde, sans devoirs,
sans clients, sans affaires, sans autre travail que celui qui me plaît. Je fais poser des petits enfants, et
je m'amuse à composer des groupes; mais tout cela
ne vous suffit pas, et, si je ne vous dis pas où j'en
suis de mon cœur et de ma volonté, vous serez encore plus inquiète. Eh bien, sachez-le, je suis bien
décidée à épouser Palmer et je l'aime; mais je n'ai
pas encore pu me résoudre à fixer l'époque du mariage, je crains pour lui et pour moi-même le lendemain de cette union indissoluble. Je ne suis plus
dans l'âge des illusions, et, après une vie comme la
mienne, on a cent ans d'expérience et, par conséquent, de terreurs! Je me suis crue absolument dé-
tachée de Laurent, je l'étais absolument en effet à
Gênes, le jour où il me dit que j'étais son fléau, l'as-
sassin de son génie et de sa gloire. A présent, je ne
me sens plus si indépendante de lui; depuis sa ma
ladie, son repentir et les lettres adorables de douceur et d'abnégation qu'il m'a écrites pendant ces

deux derniers mois, je sens qu'un grand devoir
m'attache encore à ce malheureux enfant, et je ne
voudrais pas le froisser par un abandon complet.
C'est pourtant ce qui peut arriver au lendemain de
mon mariage. Palmer a eu un moment de jalousie,
et ce moment peut revenir le jour où il aura le droit
de me dire : *Je veux !* Je n'aime plus Laurent, ma
bien-aimée, je vous le jure, j'aimerais mieux mourir que d'avoir de l'amour pour lui ; mais, le jour
où Palmer voudra briser l'amitié qui a survécu en
moi à cette malheureuse passion, peut-être n'ai-
merai-je plus Palmer.

» Tout cela, je le lui ai dit ; il le comprend, car il
se pique d'être un grand philosophe, et il persiste à
croire que ce qui lui paraît juste et bon aujourd'hui
ne changera jamais d'aspect à ses yeux. Moi aussi,
je le crois, et cependant je lui demande de laisser
couler les jours, sans les compter, sur la situation
calme et douce où nous voici. J'ai des accès de
spleen, il est vrai ; mais, par nature, Palmer n'est pas
très-clairvoyant et je peux les lui cacher. Je peux
avoir devant lui ce que Laurent appelait ma figure
d'oiseau malade, sans qu'il en soit effarouché. Si le
mal futur se borne à ceci, que je pourrai avoir les
nerfs irrités et l'esprit assombri sans qu'il s'en aper-
çoive et s'en affecte, nous pourrons vivre ensemble

aussi heureux que possible. S'il se mettait à scruter
mes regards distraits, à vouloir percer le voile de
mes rêveries, à faire enfin tous les cruels enfantil-
lages dont m'accablait Laurent dans mes heures de
défaillance morale, je ne me sens plus de force à
lutter, et j'aimerais mieux que l'on me tuât tout de
suite, ce serait plus tôt fait. »

Thérèse reçut de Laurent à la même époque une
lettre si ardente, qu'elle en fut inquiète. Ce n'était
plus l'enthousiasme de l'amitié, c'était celui de
l'amour. Le silence que Thérèse avait gardé sur ses
relations avec Palmer avait rendu à l'artiste l'espoir
de renouer avec elle. Il ne pouvait plus vivre sans
elle ; il avait fait de vains efforts pour retourner à
la vie de plaisir. Le dégoût l'avait saisi à la gorge.

« Ah ! Thérèse, lui disait-il, je t'ai reproché autrefois d'aimer trop chastement et d'être plus faite
pour le couvent que pour l'amour. Comment ai-je
pu blasphémer ainsi ? Depuis que je cherche à me
rattacher au vice, c'est moi qui me sens redevenir
chaste comme l'enfance, et les femmes que je vois
me disent que je suis bon à faire un moine. Non,
non, je n'oublierai jamais ce qu'il y avait entre nous
de plus que l'amour, cette douceur maternelle qui

me couvait durant des heures entières d'un sourire attendri et placide, ces épanchements du cœur, ces aspirations de l'intelligence, ce poëme à deux dont nous étions les auteurs et les personnages sans y songer. Thérèse, si tu n'es pas à Palmer, tu ne peux être qu'à moi ! Avec quel autre retrouveras-tu ces émotions ardentes, ces attendrissements profonds ? Tous nos jours ont-ils donc été mauvais ? N'y en a-t-il pas eu de beaux ? Et, d'ailleurs, est-ce le bonheur que tu cherches, toi, la femme dévouée ? Peux-tu te passer de souffrir pour quelqu'un, et ne m'as-tu pas appelé quelquefois, quand tu me pardonnais mes folies, ton cher supplice et ton tourment nécessaire ? Souviens-toi, souviens-toi, Thérèse ! Tu as souffert, et tu vis. Moi, je t'ai fait souffrir, et j'en meurs ! N'ai-je pas assez expié ? Voilà trois mois d'agonie pour mon âme !... »

Puis venaient des reproches. Thérèse lui en avait dit trop ou trop peu. Les expressions de son amitié étaient trop vives si ce n'était que de l'amitié, trop froides et trop prudentes si c'était de l'amour. Il fallait qu'elle eût le courage de le faire vivre ou mourir.

Thérèse se décida à lui répondre qu'elle aimait Palmer, et qu'elle comptait l'aimer toujours, sans

pourtant parler du projet de mariage qu'elle ne
pouvait se résoudre à regarder comme une résolution arrêtée. Elle adoucit autant qu'elle put le
coup que cet aveu devait porter à l'orgueil de
Laurent.

« Sache bien, lui dit-elle, que ce n'est pas, comme
tu le prétendais, pour te *punir,* que j'ai donné mon
cœur et ma vie à un autre. Non, tu étais pleinement
pardonné le jour où j'ai répondu à l'affection de
Palmer, et la preuve, c'est que j'ai couru à Florence
avec lui. Crois-tu donc, mon pauvre enfant, qu'en
te soignant comme j'ai fait durant ta maladie, je ne
fusse réellement là qu'une sœur de charité? Non,
non, ce n'était pas le devoir qui m'enchaînait à ton
chevet, c'était la tendresse d'une mère. Est-ce qu'une
mère ne pardonne pas toujours? Eh bien, il en sera
toujours ainsi, vois-tu! Toutes les fois que, sans
manquer à ce que je dois à Palmer, je pourrai te
servir, te soigner et te consoler, tu me retrouveras.
C'est parce que Palmer ne s'y oppose pas que j'ai pu
l'aimer, et que je l'aime. S'il m'eût fallu passer de
tes bras dans ceux de ton ennemi, j'aurais eu horreur de moi; mais ç'a été le contraire. C'est en nous
jurant l'un à l'autre de veiller toujours sur toi, de ne
t'abandonner jamais, que nos mains se sont unies. »

Thérèse montra cette lettre à Palmer, qui en fut vivement ému et voulut écrire de son côté à Laurent, pour lui faire les mêmes promesses de sollicitude constante et d'affection vraie.

Laurent fit attendre une nouvelle lettre de lui. Il avait recommencé un rêve qu'il voyait s'envoler sans retour. Il s'en affecta vivement d'abord; mais il résolut de secouer ce chagrin qu'il ne se sentait pas la force de porter. Il se fit en lui une de ces révolutions soudaines et complètes qui étaient tantôt le fléau, tantôt le salut de sa vie, et il écrivit à Thérèse :

« Sois bénie, ma sœur adorée; je suis heureux, je suis fier de ton amitié fidèle, et celle de Palmer m'a touché jusqu'aux larmes. Que ne parlais-tu plus tôt, méchante? je n'aurais pas tant souffert. Que me fallait-il, en effet? Te savoir heureuse, et rien de plus. C'est parce que je t'ai crue seule et triste que je revenais me mettre à tes pieds pour te dire : « Eh » bien, puisque tu souffres, souffrons ensemble. Je » veux partager tes tristesses, tes ennuis et ta soli- » tude. » N'était-ce pas mon devoir et mon droit? — Mais tu es heureuse, Thérèse, et moi aussi par conséquent! Je te bénis de me l'avoir dit. Me voilà donc enfin délivré des remords qui me rongeaient le

cœur ! Je veux marcher la tête haute, aspirer l'air
à pleine poitrine et me dire que je n'ai pas souillé
et gâté la vie de la meilleure des amies ? Ah ! je suis
plein d'orgueil de sentir en moi cette joie généreuse,
au lieu de l'affreuse jalousie qui me torturait autrefois !

» Ma chère Thérèse, mon cher Palmer, vous êtes
mes deux anges gardiens. Vous m'avez porté bonheur. Grâce à vous enfin, je sens que j'étais né pour
autre chose que la vie que j'ai menée. Je renais, je
sens l'air du ciel descendre dans mes poumons,
avides d'une pure atmosphère. Mon être se transforme. Je vais aimer !

» Oui, je vais aimer, j'aime déjà!... J'aime une
belle et pure enfant qui n'en sait rien encore, et
auprès de qui je trouve un plaisir mystérieux à
garder le secret de mon cœur, et à paraître et à me
faire aussi naïf, aussi gai, aussi enfant qu'elle-même.
Ah ! qu'ils sont beaux, ces premiers jours d'une
émotion naissante ! N'y a-t-il pas quelque chose de
sublime et d'effrayant dans cette idée : je vais me
trahir, c'est-à-dire je vais me donner ! demain, ce
soir peut-être, je ne m'appartiendrai plus ?

» Réjouis-toi, ma Thérèse, de ce denoûment de
la triste et folle jeunesse de ton pauvre enfant. Dis-
toi que ce renouvellement d'un être qui semblait

perdu et qui , au lieu de ramper dans la fange ,
ouvre ses ailes comme un oiseau, est l'ouvrage de
ton amour, de ta douceur, de ta patience, de ta
colère, de ta rigueur, de ton pardon et de ton amitié ! Oui, il a fallu toutes les péripéties d'un drame
intime où j'ai été vaincu pour m'amener à ouvrir
les yeux. Je suis ton œuvre, ton fils, ton travail et
ta récompense, ton martyre et ta couronne. Bénis-
sez-moi tous les deux, mes amis, et priez pour moi,
je vais aimer ! »

Tout le reste de la lettre était ainsi. En recevant
cet hymne de joie et de reconnaissance, Thérèse
sentit pour la première fois son propre bonheur
complet et assuré. Elle tendit les deux mains à Palmer et lui dit :

— Ah çà ! où et quand nous marions-nous ?

XI

Il fut décidé que le mariage aurait lieu en Amérique. Palmer se faisait une joie suprême de présenter Thérèse à sa mère et de recevoir sous les

yeux de celle-ci la bénédiction nuptiale. La mère
de Thérèse ne pouvait se promettre le bonheur d'y
assister, quand même la cérémonie aurait lieu en
France. Elle en était dédommagée par la joie qu'elle
éprouvait à voir sa fille engagée à un homme raisonnable et dévoué. Elle ne pouvait souffrir Laurent,
et elle avait toujours tremblé que Thérèse ne re-
tombât sous son joug.

L'Union faisait ses apprêts de départ. Le capitaine
Lawson offrait d'emmener Palmer et sa fiancée.
C'était une fête à bord, de penser qu'on ferait la tra-
versée avec ce couple aimé. Le jeune enseigne ré-
parait son impertinente entreprise par l'attitude la
plus respectueuse et par l'estime la plus sincère pour
Thérèse.

Thérèse, ayant tout préparé pour s'embarquer le
18 août, reçut une lettre de sa mère, qui la suppliait
de venir d'abord à Paris, ne fût-ce que pour vingt-
quatre heures. Elle devait y venir elle-même pour
des affaires de famille. Qui savait quand Thérèse
pourrait revenir d'Amérique? Cette pauvre mère
n'était pas heureuse par ses autres enfants, que
l'exemple d'un père défiant et irrité rendait insoumis
et froids envers elle. Aussi elle adorait Thérèse, qui
seule avait été vraiment pour elle une fille tendre et
une amie dévouée. Elle voulait la bénir et l'embras-

ser, peut-être pour la dernière fois, car elle se sentait vieille avant l'âge, malade et fatiguée d'une vie sans sécurité et sans expansion.

Palmer fut plus contrarié de cette lettre qu'il ne voulut l'avouer. Bien qu'il eût toujours admis avec une apparente satisfaction la certitude d'une amitié durable entre lui et Laurent, il n'avait pas cessé d'être inquiet malgré lui des sentiments qui pouvaient se réveiller dans le cœur de Thérèse lorsqu'elle le reverrait. A coup sûr, il ne s'en rendait pas compte quand il proclamait le contraire ; mais il s'en aperçut quand le canon du navire américain fit retentir les échos du golfe de la Spezzia de ses adieux répétés durant toute la journée du 18 août.

Chacune de ces explosions le faisait tressaillir, et, à la dernière, il se tordit les mains jusqu'à les faire craquer.

Thérèse s'en étonna. Elle n'avait plus rien pressenti des anxiétés de Palmer depuis l'explication qu'ils avaient eue ensemble au commencement de leur séjour en ce pays.

— Mon Dieu, qu'est-ce donc ? s'écria-t-elle en le regardant avec attention. Quel pressentiment avez-vous ?

— Oui ! c'est cela, répondit Palmer à la hâte. C'est un pressentiment... pour Lawson, mon ami

d'enfance. Je ne sais pourquoi... Oui, oui, c'est un
pressentiment!

— Vous croyez qu'un malheur lui arrivera en
mer?

— Peut-être? Qui sait? Enfin vous n'y serez pas
exposée, grâce au ciel, puisque nous allons à Paris.

— *L'Union* passe à Brest et s'y arrête quinze jours.
C'est là que nous irons nous embarquer?

— Oui, oui, sans doute, si d'ici là il n'arrive pas
une catastrophe.

Et Palmer resta triste et accablé, sans que Thérèse devinât ce qui se passait en lui. Comment l'eût-
elle deviné? Laurent était aux eaux de Baden. Palmer le savait bien, et Laurent était occupé aussi de
projets de mariage, comme il l'avait écrit.

Ils partirent le lendemain en poste, et, sans s'arrêter nulle part, ils rentrèrent en France par Turin
et le mont Cénis.

Ce voyage fut d'une tristesse extraordinaire. Palmer voyait partout des signes de malheur; il avouait
des superstitions et des faiblesses d'esprit qui n'é-
taient nullement dans son caractère. Lui, si calme
et si facile à servir, il s'abandonnait à des colères
inouïes contre les postillons, contre les routes, contre les douaniers, contre les passants. Thérèse ne
l'avait jamais vu ainsi. Elle ne put se défendre de le

lui dire. Il lui répondit un mot insignifiant, mais avec une expression de visage si sombre et un accent de dépit si marqué, qu'elle eut peur de lui de l'avenir par conséquent.

Il y a une destinée implacable pour certaines existences. Pendant que Thérèse et Palmer rentraient en France par le mont Cénis, Laurent y rentrait par Genève. Il arriva à Paris quelques heures avant eux, préoccupé d'un vif souci. Il avait enfin découvert que, pour le faire voyager pendant quelques mois, Thérèse s'était dépouillée en Italie de tout ce qu'elle possédait alors, et il avait appris (car tout se découvre tôt ou tard), d'une personne qui avait passé à la Spezzia à cette époque, que mademoiselle Jacques vivait à Porto-Venere dans un état de gêne extraordinaire, et faisait de la dentelle pour payer un logement de six livres par mois.

Humilié et repentant, irrité et désolé, il voulait savoir à quoi s'en tenir sur la situation présente de Thérèse. Il la savait trop fière pour vouloir rien accepter de Palmer, et il se disait avec vraisemblance que, si elle n'avait pas été payée de ses travaux à Gênes, elle avait dû faire vendre ses meubles à Paris.

Il courut aux Champs-Élysées, frémissant de trouver des inconnus installés dans cette chère pe-

tite maison dont il n'approchait qu'avec un violent
battement de cœur. Comme il n'y avait pas de por-
tier, il dut sonner à la grille du jardin, sans savoir
quelle figure allait venir lui répondre. Il ignorait
le prochain mariage de Thérèse, il ignorait même
qu'elle fût libre de se marier. Une dernière lettre
qu'elle lui avait écrite à ce sujet était arrivée à
Baden le lendemain de son départ.

Sa joie fut extrême de voir la porte ouverte par
la vieille Catherine. Il lui sauta au cou ; mais tout
aussitôt il devint triste en voyant la figure conster-
née de cette bonne femme.

— Et que venez-vous faire ici? lui dit-elle avec
humeur. Vous savez donc que mademoiselle arrive
aujourd'hui ? Ne pouvez-vous la laisser tranquille ?
Venez-vous encore faire on malheur? On m'avait
dit que vous vous étiez quittés, et j'en étais contente ; car, après vous avoir aimé, je vous détestais.
Je voyais bien que vous étiez l'*auteur* de ses embar-
ras et de ses peines. Allons, allons, ne restez pas ici
à l'attendre, à moins que vous n'ayez juré de la faire
mourir !

— Vous dites qu'elle arrive aujourd'hui ! s'écria
Laurent à plusieurs reprises.

C'est tout ce qu'il avait entendu de la mercuriale
de la vieille servante. Il entra dans l'atelier de Thé-

rèse, dans le petit salon lilas et jusque dans la chambre à coucher, soulevant les toiles grises que Catherine avait étendues partout pour garantir les meubles. Il les regardait un à un, tous ces petits meubles curieux et charmants, objets d'art et de goût que Thérèse avait payés de son travail ; aucun ne manquait. Rien ne paraissait changé dans la situation que Thérèse s'était faite à Paris, et Laurent répétait d'un air un peu égaré en regardant Catherine, qui le suivait pas à pas d'un air soucieux :

— Elle arrive aujourd'hui !

En disant qu'il aimait une belle enfant d'un amour pur et blond comme elle, Laurent s'était vanté. Il avait pensé dire la vérité en écrivant à Thérèse avec l'exaltation à laquelle il s'abandonnait pour lui parler de lui-même, et qui contrastait si étrangement avec le ton moqueur et froid qu'il se croyait obligé de porter dans le monde. La déclaration qu'il avait dû faire à la jeune fille objet de ses rêves, il ne l'avait pas faite. Un oiseau ou un nuage qui avait passé le soir dans le ciel avait suffi pour déranger le fragile édifice de bonheur et d'expansion éclos le matin dans cette imagination d'enfant et de poëte. La peur d'être ridicule s'était emparée de lui, ou bien la crainte de guérir de son invincible et fatale passion pour Thérèse.

Il était là, ne répondant rien à Catherine, qui, pressée de tout préparer pour l'arrivée de sa chère maîtresse, se décida à le laisser seul. Laurent était en proie à une agitation inouïe. Il se demandait pourquoi Thérèse revenait à Paris sans l'en avoir averti. Y venait-elle en secret avec Palmer, ou bien avait-elle fait comme Laurent lui-même? Lui avait-elle annoncé un bonheur qui n'existait pas encore, et dont la pensée était déjà évanouie? Ce brusque et mystérieux retour ne cachait-il pas une rupture avec Dick?

Laurent s'en réjouissait et s'en effrayait à la fois. Mille idées, mille émotions se contrariaient dans sa tête et dans ses nerfs. Il y eut un moment où il oublia insensiblement la réalité et se persuada que ces meubles couverts de toile grise étaient des tombes dans un cimetière. Il avait toujours eu horreur de la mort, et, malgré lui, il y pensait sans cesse. Il la voyait autour de lui sous toutes les formes. Il se crut entouré de linceuls, et se leva avec effroi en s'écriant :

— Qui est donc mort? Est-ce Thérèse? est-ce Palmer? Je le vois, je le sens, quelqu'un est mort dans la région où je viens de rentrer!... Non, c'est toi, répondit-il en se parlant à lui-même, c'est toi qui as vécu dans cette maison les seuls jours de ta vie, et qui y rentres inerte, abandonné, oublié comme un cadavre !

Catherine revint sans qu'il y fît attention, enleva les toiles, épousseta les meubles, ouvrit toutes grandes les croisées, qui étaient fermées. ainsi que les persiennes, et mit des fleurs dans les grands vases de Chine posés sur les consoles dorées. Puis elle s'approcha de lui et lui dit :

— Eh bien, voyons, que faites-vous ici ?

Laurent sortit de son rêve, et, regardant autour de lui avec égarement, il vit les fleurs répétées dans les glaces, les meubles de Boule brillant au soleil, et tout cet air de fête qui avait succédé, comme par magie, à l'aspect funèbre de l'absence, qui ressemble tant en effet à la mort.

Son hallucination prit un autre cours.

— Ce que je fais ici ? dit-il en souriant d'un air sombre ; oui, qu'est-ce que je fais ici ? C'est fête aujourd'hui chez Thérèse, c'est un jour d'ivresse et d'oubli. C'est un rendez-vous d'amour que la maitresse du logis a donné, et certes ce n'est pas moi qu'elle attend, moi, un mort ! Qu'est-ce qu'un cadavre a à voir dans cette chambre de noces ? Aussi que va-t-elle dire en me voyant là ? Elle dira comme toi, pauvre vieille, elle me dira : « Va-t'en ! ta place est dans un cercueil ! »

Laurent parlait comme dans la fièvre. Catherine eut pitié de lui.

— Il est fou, pensa-t-elle, il l'a toujours été.

Et, comme elle songeait à ce qu'elle lui dirait pour le renvoyer avec douceur, elle entendit qu'une voiture s'arrêtait dans la rue. Dans sa joie de revoir Thérèse, elle oublia Laurent et courut ouvrir.

Palmer était à la porte avec Thérèse ; mais, pressé de se débarrasser de la poussière du voyage et ne voulant pas laisser à Thérèse l'ennui de faire décharger la chaise de poste chez elle, il y remonta aussitôt, et donna l'ordre qu'on le conduisît à l'hôtel *Meurice,* en disant à Thérèse qu'il lui apporterait ses malles dans deux heures et viendrait dîner avec elle.

Thérèse embrassa sa bonne Catherine, et, tout en lui demandant comment elle s'était portée en son absence, elle entra dans la maison avec cette curiosité impatiente, inquiète ou joyeuse, que l'on éprouve instinctivement à revoir un lieu où l'on a longtemps vécu, si bien que Catherine n'eut pas le loisir de lui dire que Laurent était là, et qu'elle le surprit pâle, absorbé et comme pétrifié sur le sofa du salon. Il n'avait entendu ni la voiture, ni le bruit des portes ouvertes précipitamment. Il était encore plongé dans ses rêveries lugubres, quand il la vit devant lui. Il poussa un cri terrible, s'élança vers elle pour l'embrasser, et tomba suffoqué, presque évanoui à ses pieds.

Il fallut lui ôter sa cravate, et lui faire respirer de l'éther; il étouffait, et les battements de son cœur étaient si violents, que tout son corps en était ébranlé comme de commotions électriques. Thérèse, effrayée de le voir ainsi, crut qu'il était retombé malade. Cependant la fraîcheur de la jeunesse lui revint bientôt, et elle remarqua qu'il avait engraissé. Il lui jura mille fois qu'il ne s'était jamais mieux porté, et qu'il était heureux de la voir embellie et de lui retrouver l'œil pur comme elle l'avait le premier jour de leur amour. Il se mit à genoux devant elle et lui baisa les pieds pour lui témoigner son respect et son adoration. Ses effusions étaient si vives, que Thérèse en fut inquiète et crut devoir se hâter de lui rappeler son prochain départ et son prochain mariage avec Palmer.

— Quoi? qu'est-ce que c'est? qu'est-ce que tu dis? s'écria Laurent, pâle comme si la foudre fût tombée à ses pieds. Départ! mariage!... Comment? pourquoi? Est-ce que je rêve encore? est-ce que tu as dit ces mots-là?

— Oui, répondit-elle, je te les dis. Je te les avais écrits; tu n'as donc pas reçu ma lettre?

— Départ! mariage! répétait Laurent; mais tu disais autrefois que c'était impossible! Souviens-toi! Il y a eu des jours où je regrettais de ne pouvoir faire taire les gens qui te déchiraient, en te donnant mon nom et ma vie entière. Et toi, tu disais : « Jamais, jamais, tant que cet homme vivra! » Il est donc mort? ou bien tu aimes Palmer comme tu ne m'as jamais aimé, puisque tu braves pour lui des scrupules que je trouvais fondés et un scandale affreux que je crois inévitable?

— Le comte de *** n'est plus, et je suis libre.

Laurent fut si étourdi de cette révélation, qu'il oublia tous ses projets d'amitié fraternelle et désintéressée. Ce que Thérèse avait prévu à Gênes se réalisa dans les conditions les plus singulièrement déchirantes. Laurent se fit une idée exaltée du bonheur qu'il eût pu goûter en devenant le mari de Thérèse, et il versa des torrents de larmes sans qu'aucune parole de raison et de remontrance eût prise sur son âme troublée et désespérée. Sa douleur était si énergiquement exprimée et ses larmes si vraies, que Thérèse ne put se soustraire à l'émotion d'une scène pathétique et navrante. Elle n'avait jamais pu voir souffrir Laurent sans ressentir toutes les pitiés de la maternité grondeuse, mais vaincue. Elle essaya en vain de retenir ses propres larmes.

Ce n'étaient pas des larmes de regret, elle ne s'abusait pas sur ce vertige que Laurent éprouvait, et qui n'était autre chose qu'un vertige; mais il agissait sur ses nerfs, et les nerfs d'une femme comme elle, c'étaient les propres fibres de son cœur, froissées par une souffrance qu'elle ne s'expliquait pas.

Elle réussit enfin à le calmer, et, en lui parlant avec douceur et tendresse, à lui faire accepter son mariage comme la plus sage et la meilleure solution pour elle et pour lui-même. Laurent en convenait avec un triste sourire.

— Oui, certes, disait-il, j'eusse fait un mari détestable, et *lui,* il te rendra heureuse! Le ciel te devait cette récompense et ce dédommagement. Tu as bien raison de l'en remercier et de trouver que cela nous préserve, toi d'une existence misérable, moi de remords pires que les anciens. C'est parce que tout cela est si vrai, si sage, si logique et si bien arrangé que je suis si malheureux!

Et il recommençait à sangloter.

Palmer rentra sans qu'on l'eût entendu venir. Il était, en effet, sous le coup d'un pressentiment terrible, et, sans rien préméditer, il venait comme un jaloux en défiance, sonnant à peine et marchant sans faire crier les parquets. Il s'arrêta à la porte du salon et reconnut la voix de Laurent.

— Ah! j'en étais bien sûr! se dit-il en déchirant
le gant qu'il s'était réservé de mettre justement à
cette porte, apparemment pour se donner le temps
de la réflexion avant d'entrer. Il crut devoir frapper.

— Entrez! cria vivement Thérèse, étonnée que
quelqu'un lui fît cette insulte de frapper à la porte
de son salon.

En voyant que c'était Palmer, elle pâlit. Ce qu'il
venait de faire était plus éloquent que bien des paroles, il la soupçonnait.

Palmer vit cette pâleur, et n'en put comprendre
la véritable cause. Il vit aussi que Thérèse avai
pleuré, et la physionomie décomposée de Laurent
acheva de le troubler lui-même. Le premier regard
qu'échangèrent involontairement ces deux hommes
fut un regard de haine et de provocation; puis ils
marchèrent l'un sur l'autre, incertains s'ils se ten-
draient la main ou s'ils s'étrangleraient.

Laurent fut en ce moment le meilleur et le plus
sincère des deux, car il avait des mouvements spon-
tanés qui rachetaient toutes ses fautes. Il ouvrit les
bras et embrassa Palmer avec effusion, sans lui cacher ses larmes, qui recommençaient à l'étouffer.

— Qu'est-ce donc? lui dit Palmer en regardant
Thérèse.

— Je ne sais, répondit-elle avec fermeté; je viens

de lui dire que nous partons pour nous marier. Il **en** prend du chagrin. Il croit apparemment que nous allons l'oublier. Dites-lui, Palmer, que, de loin comme de près, nous l'aimerons toujours.

— C'est un enfant gâté ! reprit Palmer. Il devrait savoir que je n'ai qu'une parole, et que je veux votre bonheur avant tout. Faudra-t-il donc que nous l'emmenions en Amérique pour qu'il cesse de s'affliger et de vous faire pleurer, Thérèse ?

Ces paroles furent dites d'un ton indéfinissable. C'était l'accent de l'amitié paternelle, mêlé de je ne sais quelle aigreur profonde et invincible.

Thérèse comprit. Elle demanda son châle et son chapeau en disant à Palmer :

— Nous allons dîner *au cabaret*. Catherine n'attendait que moi, et il n'y aurait pas ici de quoi dîner pour nous deux.

— Vous voulez dire pour nous trois, reprit Palmer, toujours moitié amer, moitié tendre.

— Mais, moi, je ne dîne pas avec vous, répondit Laurent, qui comprit enfin ce qui se passait dans l'esprit de Palmer. Je vous quitte ; je reviendrai vous dire adieu. Quel jour partez-vous ?

— Dans quatre jours, dit Thérèse.

— Au moins ! ajouta Palmer en la regardant d'une manière étrange ; mais ce n'est pas une raison pour

que nous ne dînions pas tous trois ensemble aujour-
d'hui. Laurent, faites-moi ce plaisir. Nous irons aux
Frères-Provençaux, et, de là, nous ferons un tour en
voiture au bois de Boulogne. Cela nous rappellera
Florence et les *Cascine*. Voyons, je vous prie.

— Je suis engagé, dit Laurent.

— Eh bien, dégagez-vous, reprit Palmer. Voilà du
papier et des plumes ! Écrivez, écrivez, je vous prie !

Palmer parlait d'un ton si décidé, qu'il en était
absolu. Laurent crut se rappeler que c'était son accent de rondeur accoutumé. Thérèse eût voulu qu'il
refusât, et d'un regard elle eût pu le lui faire comprendre ; mais Palmer ne la perdait pas de vue, et il
paraissait en train d'interpréter toutes choses d'une
manière funeste.

Laurent était très-sincère. Quand il mentait, il
était sa première dupe. Il se crut assez fort pour
braver cette situation délicate, et il eut l'intention
droite et généreuse de rendre à Palmer sa confiance
d'autrefois. Malheureusement, lorsque l'esprit humain, emporté par de grandes aspirations, a gravi
de certains sommets, s'il est pris de vertige, il ne
descend plus, il se précipite. C'est ce qui arrivait à
Palmer. Homme de cœur et de loyauté entre tous,
il avait eu l'ambition de vouloir dominer les émotions intérieures d'une situation trop délicate. Ses

forces le trahissaient; qui pourrait l'en blâmer? Et il s'élançait dans l'abîme , entraînant Thérèse et Laurent lui-même avec lui. Qui ne les plaindrait tous trois? Tous trois avaient rêvé d'escalader le ciel et d'atteindre ces régions sereines où les passions n'ont plus rien de terrestre; mais cela n'est pas donné à l'homme : c'est déjà beaucoup pour lui de se croire un instant capable d'aimer sans trouble et sans méfiance.

Le dîner fut d'une tristesse mortelle; bien que Palmer, qui s'était emparé du rôle d'amphitryon, prît à cœur de faire servir à ses convives les mets et les vins les plus recherchés, tout leur parut amer, et Laurent, après de vains efforts pour se trouver dans la situation d'esprit qu'il avait savourée doucement à Florence au lendemain de sa maladie entre ces deux personnes, refusa de les suivre au bois de Boulogne. Palmer, qui, pour s'étourdir, avait bu un peu plus que de coutume, insista d'une manière impatientante pour Thérèse.

— Voyons, dit-elle, ne vous obstinez pas ainsi. Laurent a raison de refuser; au bois de Boulogne, dans votre calèche découverte, nous serons en vue, et nous pouvons rencontrer des gens qui nous connaissent. Ils ne sont pas obligés de savoir dans quelle position exceptionnelle nous nous trouvons tous les trois, et pourraient bien penser, sur le compte de chacun de nous, des choses assez fâcheuses.

— Eh bien, rentrons chez vous, dit Palmer; j'irai ensuite me promener seul, j'ai besoin de prendre l'air.

Laurent s'esquiva en voyant que c'était comme un parti pris chez Palmer de le laisser seul avec Thérèse, apparemment pour les surveiller ou les surprendre. Il rentra chez lui fort triste, en se disant que Thérèse n'était peut-être pas heureuse, et un peu content aussi malgré lui de pouvoir se dire que Palmer n'était pas au-dessus de la nature humaine, comme il se l'était imaginé, et comme Thérèse le lui avait dépeint dans ses lettres.

Nous passerons rapidement sur les huit jours qui suivirent, huit jours qui firent, d'heure en heure, tomber plus bas l'héroïque roman rêvé plus ou moins fortement par ces trois malheureux amis. La plus illusionnée avait été Thérèse, puisque, après des craintes et des prévisions assez sages, elle s'était résolue à engager sa vie, et que, quelles que fussent désormais les injustices de Palmer, elle devait e voulait lui tenir parole.

Palmer l'en dégagea tout d'un coup, après une série de soupçons plus outrageants par le silence que ne l'avaient été toutes les injures de Laurent.

Un matin, Palmer, après avoir passé la nuit caché dans le jardin de Thérèse, allait se retirer lorsqu'elle parut auprès de la grille, et l'arrêta.

— Eh bien, lui dit-elle, vous avez veillé là pendant six heures, et je vous voyais de ma chambre. Êtes-vous bien convaincu que personne n'est venu chez moi cette nuit ?

Thérèse était irritée, et cependant, en provoquant l'explication que lui refusait Palmer, elle espérait encore le ramener à la confiance ; mais il en jugea autrement.

— Je vois, Thérèse, lui dit-il, que vous êtes lasse de moi, puisque vous exigez une confession après laquelle je serai méprisable à vos yeux. Il ne vous en eût pas coûté beaucoup cependant de les fermer sur une faiblesse dont je ne vous ai pas beaucoup importunée. Que ne me laissiez-vous souffrir en silence ? Vous ai-je injuriée et obsédée de sarcasmes amers, moi ? Vous ai-je écrit des volumes d'outrages pour venir le lendemain pleurer à vos pieds et vous faire des protestations délirantes, sauf à recommencer à vous torturer le lendemain ? Vous ai-je seulement adressé une question indiscrète ? Que ne dormiez-vous tranquillement cette nuit, pendant que j'étais assis sur ce banc sans troubler votre repos par des cris et des larmes ? Ne pouvez-vous me pardonner une souffrance dont je rougis peut-être, et que j'ai du moins l'orgueil de vouloir et de savoir cacher? Vous avez pardonné bien plus à quelqu'un qui n'avait pas le même courage.

— Je ne lui ai rien pardonné, Palmer, puisque je l'ai quitté sans retour. Quant à cette souffrance que vous avouez, et que vous croyez cacher si bien, sachez qu'elle est claire comme le jour à mes yeux, et que j'en souffre plus que vous-même. Sachez qu'elle m'humilie profondément, et que, venant d'un homme fort et réfléchi comme vous, elle me blesse cent fois plus que les outrages d'un enfant en délire.

— Oui, oui, c'est vrai, reprit Palmer. Ainsi vous voilà froissée par ma faute et à jamais irritée contre moi! Eh bien, Thérèse, tout est fini entre nous. Faites pour moi ce que vous avez fait pour Laurent : gardez-moi votre amitié.

— Ainsi vous me quittez?

— Oui, Thérèse; mais je n'oublie pas que, quand vous avez daigné vous engager à moi, j'avais mis mon nom ma fortune et ma considération à vos pieds. Je n'ai qu'une parole, et je tiendrai ce que je vous ai promis; marions-nous ici, sans bruit et sans joie, acceptez mon nom et la moitié de mes revenus, et après...

— Après? dit Thérèse.

— Après, je partirai, j'irai embrasser ma mère...
et vous serez libre !

— Est-ce une menace de suicide que vous me
faites là ?

— Non, sur l'honneur! Le suicide est une lâcheté,
surtout quand on a une mère comme la mienne. Je
voyagerai, je recommencerai le tour du monde, et
vous n'entendrez plus parler de moi !

Thérèse fut révoltée d'une telle proposition.

— Ceci, Palmer, lui dit-elle, me paraîtrait une
mauvaise plaisanterie, si je ne vous connaissais pour
un homme sérieux. J'aime à croire que vous ne me
jugez pas capable d'accepter ce nom et cet argent
que vous m'offrez comme la solution d'un cas de
conscience. Ne revenez jamais sur une pareille proposition, j'en serais offensée.

— Thérèse! Thérèse! s'écria Palmer avec violence
en lui serrant le bras jusqu'à le meurtrir, jurez-moi,
sur le souvenir de l'enfant que vous avez perdu, que
vous n'aimez plus Laurent, et je tombe à vos pieds
pour vous supplier de me pardonner mon injustice.

Thérèse retira son bras meurtri et le regarda en
silence. Elle était offensée jusqu'au fond de l'âme
du serment qu'on lui demandait, et elle en trouvait

la formule plus cruelle et plus brutale encore que
le mal physique qu'elle venait de subir.

— Mon enfant, s'écria-t-elle enfin avec des sanglots étouffés, je te jure, à toi qui es dans le ciel,
qu'aucun homme n'avilira plus ta pauvre mère!

Elle se leva et rentra dans sa chambre, où elle
s'enferma. Elle se sentait tellement innocente envers
Palmer, qu'elle ne pouvait accepter de descendre à
une justification, comme une femme coupable. Et
puis elle voyait un avenir horrible avec un homme
qui savait si bien couver une jalousie profonde, et
qui, après avoir par deux fois provoqué ce qu'il
croyait être un danger pour elle, lui faisait un crime
de sa propre imprudence. Elle songeait à l'affreuse
existence de sa mère avec un mari jaloux du passé,
et elle se disait avec raison qu'après le malheur
d'avoir subi une passion comme celle de Laurent,
elle avait été insensée de croire au bonheur avec un
autre homme.

Palmer avait un fonds de raison et de fierté qui ne
lui permettait pas non plus d'espérer de rendre
Thérèse heureuse après une scène comme celle qui
venait de se passer. Il sentait que sa jalousie ne
guérirait pas, et il persistait à la croire fondée. Il
écrivit à Thérèse :

« Mon amie, pardonnez-moi si je vous ai affligée;

mais il m'est impossible de ne pas reconnaître que j'allais vous entraîner dans un abîme de désespoir. Vous aimez Laurent, vous l'avez toujours aimé malgré vous, et vous l'aimerez peut-être toujours. C'est votre destinée. J'ai voulu vous y soustraire, vous le vouliez aussi. Je reconnais encore qu'en acceptant mon amour vous étiez sincère, et que vous avez fait tout votre possible pour y répondre. Je me suis fait, moi, beaucoup d'illusions; mais, chaque jour, depuis Florence, je les sentais s'échapper. S'il eût persisté à être ingrat, j'étais sauvé; mais son repentir et sa reconnaissance vous ont attendrie. Moimême, j'en ai été touché, et je me suis pourtant efforcé de me croire tranquille. C'était en vain. Il y a eu dès lors entre vous deux, à cause de moi, des douleurs que vous ne m'avez jamais racontées, mais que j'ai bien devinées. Il reprenait son ancien amour pour vous, et vous, tout en vous défendant, vous regrettiez de m'appartenir. Hélas! Thérèse, c'est alors pourtant que vous eussiez dû reprendre votre parole. J'étais prêt à vous la rendre. Je vous laissais libre de partir avec lui de la Spezzia : que ne l'avez vous fait?

» Pardonnez-moi, je vous reproche d'avoir beaucoup souffert pour me rendre heureux et pour vous rattacher à moi. J'ai bien lutté aussi, je vous jure!

Et à présent, si vous voulez encore accepter mon
dévouement, je suis prêt à lutter et à souffrir encore. Voyez si vous voulez souffrir vous-même, et
si, en me suivant en Amérique, vous espérez guérir
de cette malheureuse passion qui vous menace d'un
avenir déplorable. Je suis prêt à vous emmener ;
mais ne parlons plus de Laurent, je vous en supp-
plie, et ne me faites pas un crime d'avoir deviné la
vérité. Restons amis, venez demeurer chez ma mère,
et si, dans quelques années, vous ne me trouvez pas
indigne de vous, acceptez mon nom et le séjour de
l'Amérique, sans aucune pensée de revenir jamais
en France.

» J'attendrai votre réponse huit jours à Paris.

» RICHARD. »

Thérèse rejeta une offre qui blessait sa fierté. Elle
aimait encore Palmer, et cependant elle se sentait
si offensée d'être reçue à merci sans avoir rien à se
reprocher, qu'elle lui cacha le déchirement de son
âme. Elle sentait aussi qu'elle ne pouvait reprendre
aucune espèce de lien avec lui sans faire durer un
supplice qu'il n'avait plus la force de dissimuler, et
que leur vie serait désormais une lutte ou une amertume de tous les instants. Elle quitta Paris avec Catherine sans dire à personne où elle allait, et s'en-

ferma dans une petite maison de campagne qu'elle
loua, pour trois mois, en province.

XII

Palmer partit pour l'Amérique , emportant avec
dignité une blessure profonde, mais ne pouvant ad-
mettre qu'il se fût trompé. Il avait dans l'esprit une
obstination qui réagissait parfois sur son caractère,
mais seulement pour lui faire accomplir résolûment
tel ou tel acte, et non pour persister dans une voie
douloureuse et vraiment difficile. Il s'était cru capable de guérir Thérèse de son fatal amour, et, par
sa foi exaltée, imprudente si l'on veut, il avait fait
ce miracle ; mais voilà qu'il en perdait le fruit au
moment de le recueillir, parce qu'au moment de la
dernière épreuve la foi lui manquait.

Il faut bien dire aussi que la plus mauvaise circonstance possible pour établir un lien sérieux, c'est
de vouloir trop vite posséder une âme qui vient
d'être brisée. L'aurore d'une pareille union se présente avec des illusions généreuses ; mais la jalousie
rétrospective est un mal incurable et engendre des

orages que la vieillesse même ne dissipe pas toujours.

Si Palmer eût été un homme vraiment fort, ou si
sa force eût été plus calme et mieux raisonnée, il
eût pu sauver Thérèse des désastres qu'il pressen-
tait pour elle. Il l'eût dû peut-être, car elle s'était
confiée à lui avec une sincérité et un désintéressement dignes de sollicitude et de respect; mais beaucoup d'hommes qui ont l'aspiration et l'illusion de
la force n'ont que de l'énergie, et Palmer était de
ceux sur lesquels on peut se tromper longtemps.
Tel qu'il était, il méritait à coup sûr les regrets de
Thérèse. On verra bientôt qu'il était capable des
mouvements les plus nobles et des actions les plus
courageuses. Tout son tort était d'avoir cru à la durée inébranlable de ce qui était chez lui un effort
spontané de la volonté.

Laurent ignora d'abord le départ de Palmer pour
l'Amérique ; il fut consterné de trouver Thérèse partie aussi sans recevoir ses adieux. Il n'avait reçu
d'elle que trois lignes :

« Vous avez été le seul confident en France de
mon mariage projeté avec Palmer. Ce mariage est
rompu. Gardez-nous-en le secret. Je pars. »

En écrivant ce peu de mots glacés à Laurent,

Thérèse éprouvait une sorte d'amertume contre lui. Ce fatal enfant n'était-il pas la cause de tous les malheurs et de tous les chagrins de sa vie?

Elle sentit pourtant bientôt que cette fois son dépit était injuste. Laurent s'était admirablement conduit avec Palmer et avec elle durant ces malheureux huit jours qui avaient tout perdu. Après la première émotion, il avait accepté la situation avec une grande candeur, et il avait fait tout son possible pour ne pas porter ombrage à Palmer. Il n'avait pas cherché une seule fois à tirer parti auprès de Thérèse des injustices de son fiancé. Il n'avait cessé de parler de lui avec respect et amitié. Par un bizarre concours de circonstances morales, c'est lui qui cette fois avait eu le beau rôle. Et puis Thérèse ne pouvait s'empêcher de reconnaître que, si Laurent était parfois insensé jusqu'à en être atroce, rien de petit et de bas ne pouvait approcher de sa pensée.

Durant les trois mois qui suivirent le départ de Palmer, Laurent continua à se montrer digne de l'amitié de Thérèse. Il avait su découvrir sa retraite, et il ne fit rien pour l'y troubler. Il lui écrivit pour se plaindre doucement de la froideur de son adieu, pour lui reprocher de n'avoir pas eu confiance en lui dans ses chagrins, de ne l'avoir pas traité comme son frère; « n'était-il pas créé et mis au monde

pour la servir, la consoler, la venger au besoin ? »
Puis venaient des questions auxquelles Thérèse était
bien forcée de répondre. Palmer l'avait-il outragée?
Fallait-il aller lui en demander raison?

« Ai-je fait quelque imprudence qui t'ait blessée?
as-tu quelque chose à me reprocher? Je ne le
croyais pas, mon Dieu! Si je suis la cause de ta douleur, gronde-moi, et, si je n'y suis pour rien, dis-
moi que tu me permets de pleurer avec toi. »

Thérèse justifia Richard sans vouloir rien expliquer. Elle défendit à Laurent de lui parler de Palmer. Dans sa généreuse résolution de ne pas laisser
une tache sur le souvenir de son fiancé, elle laissa
croire que la rupture venait d'elle seule. C'était
peut-être rendre à Laurent des espérances qu'elle
n'avait jamais voulu lui laisser ; mais il est des
situations où, quoi qu'on fasse, on commet des
maladresses, et où l'on court fatalement à sa
perte.

Les lettres de Laurent furent d'une douceur et
d'une tendresse infinies. Laurent écrivait sans art,
sans prétention, et souvent sans goût et sans correc-
tion. Il était tantôt emphatique de bonne foi et tantôt trivial sans pruderie. Avec tous leurs défauts, ses
lettres étaient dictées par une conviction qui les
rendait irrésistiblement persuasives, et on y sentait

à chaque mot le feu de la jeunesse et la séve bouil-
lante d'un artiste de génie.

En outre, Laurent se remit à travailler avec ardeur, avec la résolution de ne jamais retomber dans
le désordre. Son cœur saignait des privations que
Thérèse avait souffertes pour lui donner le mouvement, le bon air et la santé du voyage en Suisse. Il
était résolu à s'acquitter au plus vite.

Thérèse sentit bientôt que l'affection de son *pauvre enfant,* comme il s'intitulait toujours, lui était
douce, et que, si elle pouvait continuer ainsi, elle
serait le plus pur et le meilleur sentiment de sa vie

Elle l'encouragea par des réponses toutes maternelles à persévérer dans la voie de travail où il se
disait rentré pour toujours. Ces lettres furent
douces, résignées et d'une tendresse chaste ; mais
Laurent y vit percer une tristesse mortelle. Thérèse
avouait être un peu malade, et il lui venait des
idées de mort dont elle riait avec une mélancolie
navrante. Elle était réellement malade. Sans amour
et sans travail, l'ennui la dévorait. Elle avait emporté une petite somme qui était le reste de ce
qu'elle avait gagné à Gênes, et elle l'économisait
strictement pour rester à la campagne le plus longtemps possible. Elle avait pris Paris en horreur. Et
puis peut-être avait-elle senti peu à peu quelque

désir et en même temps quelque frayeur de revoir Laurent changé, soumis et amendé de toutes façons, comme il se montrait dans ses lettres.

Elle espérait qu'il se marierait; puisqu'il en avait eu une fois la velléité, cette bonne pensée pouvait revenir. Elle l'y encourageait. Il disait tantôt oui et tantôt non. Thérèse attendait toujours qu'aucune trace de l'ancien amour ne reparût dans les lettres de Laurent : il revenait bien toujours un peu, mais c'était avec une délicatesse exquise désormais, et ce qui dominait ces retours à un sentiment mal étouffé, c'était une tendresse suave, une sensibilité expansive, une sorte de piété filiale enthousiaste.

Quand l'hiver fut venu, Thérèse, se voyant au bout de ses ressources, fut forcée de revenir à Paris, où étaient sa clientèle et ses devoirs vis-à-vis d'elle-même. Elle cacha son retour à Laurent, ne voulant pas le revoir trop vite ; mais, par je ne sais quelle divination, il passa dans la rue peu fréquentée où était la petite maison. Il vit les contrevents ouverts et entra, ivre de joie. C'était une joie naïve et presque enfantine, qui eût rendu ridicule et *bégueule* toute attitude de méfiance et de réserve. Il laissa dîner Thérèse, en la suppliant de venir le soir chez lui pour voir un tableau qu'il venait de finir et sur lequel il voulait absolument son avis avant de le

livrer. C'était vendu et payé; mais, si elle lui faisait
quelque critique, il y travaillerait encore quelques
jours. Ce n'était plus le temps déplorable où Thérèse « ne s'y connaissait pas, où elle avait le jugement étroit et réaliste des peintres de portrait, où
elle était incapable de comprendre une œuvre d'imagination, » etc. Elle était maintenant « sa muse et
sa puissance inspiratrice. Sans le secours de son divin souffle, il ne pouvait rien. Avec ses conseils et
ses encouragements, son talent, à lui, tiendrait toutes
ses promesses. »

Thérèse oublia le passé, et, sans être trop enivrée
du présent, elle ne crut pas devoir refuser ce qu'un
artiste ne refuse jamais à un confrère. Elle prit une
voiture après son dîner et alla chez Laurent.

Elle trouva l'atelier illuminé et le tableau magni-
fiquement éclairé. C'était une belle et bonne chose
que ce tableau. Cet étrange génie avait la faculté de
faire, en se reposant, des progrès rapides que ne
font pas toujours ceux qui travaillent avec persévérance. Il y avait eu, par suite de ses voyages et de
sa maladie, une lacune d'un an dans son travail, et
il semblait que, par la seule réflexion, il se fût dé-
barrassé des défauts de sa première exubérance. En
même temps, il avait acquis des qualités nouvelles
qu'on n'eût pas cru appartenir à sa nature, la cor-

rection du dessin, la suavité des types, le charme de l'exécution, tout ce qui devait plaire désormais au public sans démériter auprès des artistes.

Thérèse fut attendrie et ravie. Elle lui exprima vivement son admiration. Elle lui dit tout ce qu'elle jugea propre à faire dominer chez lui le noble orgueil du talent sur tous les mauvais entraînements du passé. Elle ne trouva aucune critique à faire et lui défendit même de rien retoucher.

Laurent, modeste en ses manières et en son langage, avait plus d'orgueil que Thérèse ne voulait lui en donner. Il était, au fond du cœur, enivré de ses éloges. Il sentait bien que, de toutes les personnes capables de l'apprécier, elle était la plus ingénieuse et la plus attentive. Il sentait aussi revenir impérieusement ce besoin qu'il avait d'elle pour partager ses tourments et ses joies d'artiste, et cet espoir de devenir un maître, c'est-à-dire un homme, qu'elle seule pouvait lui rendre dans ses défaillances.

Quand Thérèse eut longtemps contemplé le tableau, elle se retourna pour voir une figure que Laurent la priait de regarder, en lui disant qu'elle en serait encore plus contente; mais, au lieu d'une toile, Thérèse vit sa mère debout et souriante sur le seuil de la chambre de Laurent.

Madame C.... était venue à Paris, ne sachant pas
au juste le jour où Thérèse y reviendrait. Cette fois
elle y était attirée par des affaires sérieuses : son fils
se mariait, et M. C.... était lui-même à Paris depuis
quelque temps. La mère de Thérèse, sachant par
elle qu'elle avait renoué sa correspondance avec
Laurent et craignant l'avenir, était venue le surprendre pour lui dire tout ce qu'une mère peut dire
à un homme pour l'empêcher de faire le malheur
de sa fille.

Laurent était doué de l'éloquence du cœur. Il
avait rassuré cette pauvre mère, et il l'avait retenue
en lui disant :

— Thérèse va venir, c'est à vos pieds que je veux
lui jurer d'être toujours pour elle ce qu'elle voudra, son frère ou son mari, mais, dans tous les cas,
son esclave.

Ce fut une bien douce surprise pour Thérèse de
trouver là sa mère, qu'elle ne s'attendait pas à voir
sitôt. Elles s'embrassèrent en pleurant de joie. Laurent les conduisit dans un petit salon rempli de
fleurs, où le thé était servi avec luxe. Laurent était
riche, il venait de gagner dix mille francs. Il était
heureux et fier de pouvoir restituer à Thérèse tout
ce qu'elle avait dépensé pour lui. Il fut adorable
dans cette soirée ; il gagna le cœur de la fille et la

confiance de la mère, et il eut pourtant la délicatesse de ne pas dire un mot d'amour à Thérèse. Loin
de là, en baisant les mains unies ensemble de ces
deux femmes, il s'écria avec sincérité que c'était là
le plus beau jour de sa vie, et que jamais, en tête-
à-tête avec Thérèse, il ne s'était senti si heureux et
si content de lui-même.

Ce fut madame C... la première qui, au bout de
quelques jours, parla de mariage à Thérèse. Cette
pauvre femme, qui avait tout sacrifié à la considération extérieure, qui, malgré ses chagrins domes-
tiques, croyait avoir bien fait, ne pouvait supporter
l'idée de voir sa fille délaissée par Palmer, et elle
pensait que désormais Thérèse devait avoir raison
du monde en faisant un autre choix. Laurent était
tout à fait célèbre et en vogue. Jamais mariage
n'avait paru mieux assorti. Le jeune et grand artiste était corrigé de ses travers. Thérèse avait sur
lui une influence qui avait dominé les plus grandes
crises de sa pénible transformation. Il avait pour
elle un attachement invincible. C'était devenu un
devoir pour tous deux de renouer pour toujours une
chaîne qui n'avait jamais été complétement brisée,
et qui, quelque effort qu'ils fissent désormais, ne
pouvait jamais l'être.

Laurent excusait ses torts dans le passé par un

raisonnement très-spécieux. Thérèse, disait-il, l'a-
vait gâté dans le principe par trop de douceur et de
résignation. Si, dès sa première ingratitude, elle se
fût montrée offensée, elle l'eût corrigé de la mauvaise habitude, contractée avec les mauvaises
femmes, de céder à ses emportements et à ses caprices. Elle lui eût enseigné le respect que l'on doit
à la femme qui s'est donnée par amour.

Et puis une autre considération que faisait encore
valoir Laurent pour se disculper, et qui semblait
plus sérieuse, était celle-ci, que déjà il avait fait en-
trevoir dans ses lettres :

— Probablement, lui disait-il, j'étais malade sans
le savoir quand, pour la première fois, j'ai été coupable envers toi. Une fièvre cérébrale, cela semble
tomber sur vous comme la foudre, et pourtant il
n'est pas possible de croire que, chez un homme
jeune et fort, il ne se soit pas opéré, peut-être longtemps à l'avance, une crise terrible où sa raison ait
été déjà troublée, et contre laquelle sa volonté n'ait
pas pu réagir. N'est-ce pas ce qui s'est passé en moi,
ma pauvre Thérèse, à l'approche de cette maladie
où j'ai failli succomber? Ni toi ni moi ne pouvions
nous en rendre compte, et, quant à moi, il m'arrivait souvent de m'éveiller le matin et de songer à
tes douleurs de la veille sans pouvoir distinguer la

réalité de mes rêves de la nuit. Tu sais bien que je
ne pouvais pas travailler, que le lieu où nous étions
m'inspirait une aversion maladive, que déjà, dans
la forêt de ***, j'avais eu une hallucination extraordinaire; enfin que, quand tu me reprochais doucement certains mots cruels et certaines accusations
injustes, je t'écoutais d'un air hébété, croyant que
c'était toi-même qui avais rêvé tout cela. Pauvre
femme! c'est moi qui t'accusais d'être folle! Tu vois
bien que j'étais fou, et ne peux-tu pardonner des
torts involontaires? Compare ma conduite après ma
maladie avec ce qu'elle était auparavant! N'était-ce
pas comme un réveil de mon âme? Ne m'as-tu pas
trouvé tout à coup aussi confiant, aussi soumis,
aussi dévoué que j'étais sceptique, irascible, égoïste,
avant cette crise qui me rendait à moi-même? Et,
depuis ce moment, as-tu quelque chose à me reprocher? N'avais-je pas accepté ton mariage avec Palmer comme un châtiment qui m'était bien dû? Tu
m'as vu mourir de douleur à l'idée de te perdre
pour toujours : t'ai-je dit un mot contre ton fiancé?
Si tu m'eusses ordonné de courir après lui et même
de me brûler la cervelle pour te le ramener, je
l'eusse fait, tant mon âme et ma vie t'appartiennent!
Est-ce là ce que tu veux encore? Dis un mot, et,
si mon existence te gêne et te perd, je suis prêt à

la supprimer. Dis un mot, Thérèse, et tu n'entendras plus jamais parler de ce malheureux qui n'a rien à faire au monde que de vivre ou de mourir pour toi.

Le caractère de Thérèse s'était affaibli dans ce double amour, qui, en somme, n'avait été que deux actes du même drame; sans cet amour froissé et brisé, jamais Palmer n'eût songé à l'épouser, et l'effort qu'elle avait fait pour s'engager à lui n'était peut-être qu'une réaction du désespoir. Laurent n'avait jamais disparu de sa vie, puisque le thème de persuasion que Palmer avait dû employer pour la convaincre était un retour perpétuel sur cette funeste liaison qu'il voulait lui faire oublier, et qu'il était fatalement entraîné à lui rappeler sans cesse.

Et puis le retour à l'amitié après la rupture avait été pour Laurent un véritable retour à la passion, tandis que, pour Thérèse, ç'avait été une nouvelle phase de dévouement plus délicat et plus tendre que l'amour même. Elle avait souffert de l'abandon de Palmer, mais sans lâcheté. Elle avait encore de la force contre l'injustice, et l'on peut même dire que toute sa force était là. Elle n'était pas la femme éternellement souffrante et plaintive des inutiles regrets et des incurables désirs. Il se faisait en elle

de puissantes réactions, et son intelligence, qui était
assez développée, l'y aidait naturellement. Elle se
faisait une haute idée de la liberté morale, et, quand
l'amour et la foi d'autrui lui faisaient banqueroute,
elle avait le juste orgueil de ne pas disputer lambeau par lambeau le pacte déchiré. Elle se plaisait
même alors à l'idée de rendre généreusement et
sans reproche l'indépendance et le repos à qui les
réclamait.

Mais elle était devenue beaucoup moins forte que
dans sa première jeunesse, en ce sens qu'elle avait
recouvré le besoin d'aimer et de croire, longtemps
assoupi en elle par un désastre exceptionnel. Elle
s'était longtemps imaginé qu'elle vivrait ainsi, et
que l'art serait son unique passion. Elle s'était
trompée, et elle ne pouvait plus se faire d'illusions
sur l'avenir. Il lui fallait aimer, et son plus grand
malheur, c'est qu'il lui fallait aimer avec douceur,
avec abnégation, et satisfaire à tout prix cet élan
maternel qui était comme une fatalité de sa nature
et de sa vie. Elle avait pris l'habitude de souffrir
pour quelqu'un, elle avait besoin de souffrir encore,
et, si ce besoin étrange, mais bien caractérisé chez
certaines femmes et même chez certains hommes,
ne l'avait pas rendue aussi miséricordieuse envers
Palmer qu'envers Laurent, c'est parce que Palmer

lui avait semblé trop fort pour avoir besoin lui-même de son dévouement. Palmer s'était donc trompé en lui offrant un appui et une consolation. Il avait manqué à Thérèse de se croire nécessaire à cet homme, qui voulait qu'elle ne songât qu'à elle-même.

Laurent, plus naïf, avait ce charme particulier dont elle était fatalement éprise, la faiblesse ! Il ne s'en cachait pas, il proclamait cette touchante infirmité de son génie avec des transports de sincérité et des attendrissements inépuisables. Hélas! il se trompait aussi. Il n'était pas plus réellement faible que Palmer n'était réellement fort. Il avait ses heures, il parlait toujours comme un enfant du ciel, et, dès que sa faiblesse avait vaincu, il reprenait sa force pour faire souffrir, comme font tous les enfants que l'on adore.

Laurent était voué à une fatalité inexorable. Il le disait lui-même dans ses moments de lucidité. Il semblait que, né du commerce de deux anges, il eût sucé le lait d'une furie, et qu'il lui en fût resté dans le sang un levain de rage et de désespoir. Il était de ces natures plus répandues qu'on ne pense dans l'espèce humaine et dans les deux sexes, qui, avec toutes les sublimités de l'idée et tous les élans du cœur, ne peuvent arriver à l'apogée de leurs fa-

cultés sans tomber aussitôt dans une sorte d'épilep-
sie intellectuelle.

Et puis, tout aussi bien que Palmer, il voulait en-
treprendre l'impossible, qui est de prétendre greffer
le bonheur sur le désespoir et de goûter les joies
célestes de la foi conjugale et de l'amitié sainte sur
les ruines d'un passé fraîchement dévasté. Il eût
fallu du repos à ces deux âmes saignantes des blessures qu'elles avaient reçues : Thérèse en demandait avec l'angoisse d'un affreux pressentiment ; mais
Laurent croyait avoir vécu dix siècles durant les dix
mois de leur séparation , et il devenait malade de
l'excès d'un désir de l'âme, qui eût dû effrayer Thérèse plus qu'un désir des sens.

C'est par la nature de ce désir que malheureusement elle se laissa rassurer. Laurent semblait être
régénéré au point d'avoir réintégré l'amour moral
à la place qu'il doit occuper en première ligne, et il
se retrouvait seul avec Thérèse , sans l'inquiéter
comme autrefois de ses transports. Il savait, durant
des heures entières, lui parler avec l'affection la plus
sublime, lui qui s'était cru longtemps muet, disait-il,
et qui sentait enfin son génie se dilater et prendre son
vol dans une région supérieure ! Il s'imposait à l'avenir de Thérèse en lui montrant sans cesse qu'elle
avait à remplir envers lui une tâche sacrée, celle

de le soustraire aux entraînements de la jeunesse, aux mauvaises ambitions de l'âge mûr et à l'égoïsme dépravé de la vieillesse. Il lui parlait de lui-même et toujours de lui-même : pourquoi non ? Il en parlait si bien ! Par elle, il serait un grand artiste, un grand cœur, un grand homme ; elle lui devait cela, parce qu'elle lui avait sauvé la vie ! Et Thérèse, avec la fatale simplicité des cœurs aimants, arrivait à trouver ce raisonnement irréfutable et à se faire un devoir de ce qui avait été d'abord imploré comme un pardon.

Thérèse arriva donc à renouer cette fatale chaîne ; elle eut seulement l'heureuse inspiration d'ajourner le mariage, voulant éprouver la résolution de Laurent sur ce point, et craignant pour lui seul l'engagement irrévocable. S'il ne se fût agi que d'elle, l'imprudente se fût liée sans retour.

Le premier bonheur de Thérèse n'avait pas duré *toute une semaine,* comme dit tristement une chanson gaie ; le second ne dura pas vingt-quatre heures. Les réactions de Laurent étaient soudaines et violentes, en raison de la vivacité de ses joies. Nous disons ses réactions, Thérèse disait ses *rétractations,* et c'était le mot véritable. Il obéissait à cet inexorable besoin que certains adolescents éprouvent de tuer ou de détruire ce qui leur plaît jusqu'à la passion. On a remarqué ces cruels instincts chez des hommes de caractères très-différents, et l'histoire les a qualifiés d'instincts pervers : il serait plus juste de les qualifier d'instincts pervertis soit par une maladie du cerveau contractée dans le milieu où ces hommes sont nés, soit par l'impunité, mortelle à la raison, que certaines situations leur ont assurée dès leurs premiers pas dans la vie. On a vu de jeunes rois égorger des biches qu'ils semblaient chérir, pour le seul plaisir de voir palpiter leurs entrailles. Les hommes de génie sont aussi des rois dans le milieu où ils se développent; ce sont même des rois très-absolus, et que leur pouvoir enivre. Il en est que la soif de dominer torture, et que la joie d'une domination assurée exalte jusqu'à la fureur.

Tel était Laurent, en qui certes deux hommes bien distincts se combattaient. L'on eût dit que deux âmes, s'étant disputé le soin d'animer son corps, se livraient une lutte acharnée pour se chasser l'une 'autre. Au milieu de ces souffles contraires, l'infortuné perdait son libre arbitre, et tombait épuisé chaque jour sur la victoire de l'ange ou du démon qui se l'arrachaient.

Et, quand il s'analysait lui-même, il semblait parfois lire dans un livre de magie et donner avec une

effrayante et magnifique lucidité la clef de ces mys-
térieuses conjurations dont il était la proie.

— Oui, disait-il à Thérèse, je subis le phénomène
que les thaumaturges appelaient la *possession*. Deux
esprits se sont emparés de moi. Y en a-t-il réellement un bon et un mauvais? Non, je ne le crois
pas : celui qui t'effraye, le sceptique, le violent, le
terrible, ne fait le mal que parce qu'il n'est pas le
maître de faire le bien comme il l'entendrait. Il voudrait être calme, philosophe, enjoué, tolérant ;
l'autre ne veut pas qu'il en soit ainsi. Il veut faire
son état de bon ange : il veut être ardent, enthousiaste, exclusif, dévoué, et, comme son contraire le
raille, le nie et le blesse, il devient sombre et cruel
à son tour, si bien que deux anges qui sont en moi
arrivent à enfanter un démon.

Et Laurent disait et écrivait à Thérèse sur ce bizarre sujet des choses aussi belles qu'effrayantes,
qui paraissaient être vraies et ajouter de nouveaux
droits à l'impunité qu'il semblait s'être réservée vis-
à-vis d'elle.

Tout ce que Thérèse avait craint de souffrir à
cause de Laurent en devenant la femme de Palmer,
elle eut à le souffrir à cause de Palmer en redeve-
nant la compagne de Laurent. L'horrible jalousie
rétrospective, la pire de toutes, parce qu'elle se

prend à tout sans pouvoir s'assurer de rien, rongea le cœur et brisa le cerveau du malheureux artiste. Le souvenir de Palmer devint pour lui un spectre, un vampire. Sa pensée s'acharna à vouloir que Thérèse lui rendît compte de tous les détails de sa vie à Gênes et à Porto-Venere, et, comme elle s'y refusait, il l'accusa d'avoir cherché dès lors à *le tromper*. Oubliant qu'à cette époque Thérèse lui avait écrit : *J'aime Palmer*, et qu'un peu plus tard elle lui avait écrit : *Je l'épouse*, il lui reprochait d'avoir toujours tenu d'une main sûre et perfide la chaîne d'espoir et de désir qui l'attachait à elle. Thérèse lui remit sous les yeux toute leur correspondance, et il reconnut qu'elle lui avait dit en temps et lieu tout ce que la loyauté lui prescrivait de dire pour le détacher d'elle. Il s'apaisa et convint qu'elle avait ménagé sa passion mal éteinte avec une excessive délicatesse, lui disant peu à peu toute la vérité à mesure qu'il se montrait disposé à la recevoir sans douleur, et aussi à mesure qu'elle-même avait pu prendre confiance dans l'avenir où Palmer l'entraînait. Il reconnut qu'elle ne lui avait jamais fait l'ombre d'un mensonge, même lorsqu'elle avait refusé de s'expliquer, et qu'au lendemain de sa maladie, lorsqu'il se faisait encore illusion sur une réconciliation impossible, elle lui avait dit : « Tout est fini entre nous. Ce que j'ai résolu et accepté pour moi-même est mon secret, et tu n'as pas le droit de m'interroger. »

— Oui, oui, tu as raison, s'écria Laurent. J'étais injuste, et ma fatale curiosité est une torture que je suis vraiment criminel de vouloir te faire partager. Oui, pauvre Thérèse, je te fais subir d'humiliants interrogatoires, à toi qui ne me devais que l'oubli, et qui m'accordes un pardon généreux! Je change les rôles : j'instruis ton procès, et j'oublie que c'est moi le coupable et le condamné! Je cherche d'une main impie à arracher les voïles de pudeur dont ton âme a le droit et sans doute aussi le devoir de s'envelopper pour tout ce qui tient à tes relations avec Palmer. Eh bien, je te remercie de ton fier silence. Je t'en estime d'autant plus. Il me prouve que jamais tu n'as laissé Palmer t'interroger sur les mystères de nos douleurs et de nos joies. Et je le comprends maintenant : non-seulement une femme ne doit pas ces confidences intimes à son amant, mais encore elle se doit de les lui refuser. L'homme qui les demande avilit celle qu'il aime. Il exige d'elle une lâcheté, en même temps qu'il la souille dans sa pensée, en associant son image à celle de tous les fantômes qui l'obsèdent. Oui, Thérèse, tu as raison : il faut travailler soi-même à entretenir la pureté de son idéal, et, moi, je m'évertue sans cesse à le profaner et à l'arracher du temple que je lui avais bâti!

Il semblait qu'après de telles explications, et lorsque Laurent se disait prêt à le signer de son sang et de ses larmes, le calme dût renaître et le bonheur commencer. Il n'en était pas ainsi. Laurent, dévoré d'une secrète rage, revenait le lendemain à ses questions, à ses outrages, à ses sarcasmes. Des nuits entières se passaient en discussions déplorables, où il semblait qu'il eût absolument besoin de travailler son propre génie à coups de fouet, de le blesser, de le torturer pour le rendre fécond en malédictions d'une effroyable éloquence, et pour faire atteindre à Thérèse et à lui les dernières limites du désespoir. Après ces orages, il semblait qu'il n'y eût plus qu'à se tuer ensemble. Thérèse s'y attendait toujours et se tenait prête, car elle prenait la vie en horreur; mais Laurent n'avait pas encore cette pensée. Accablé de lassitude, il s'endormait, et son bon ange semblait revenir pour bercer son sommeil et mettre sur ses traits le divin sourire des visions célestes.

Règle invariable, inouïe, mais absolue dans cette étrange organisation : le sommeil changeait toutes ses résolutions. S'il s'endormait le cœur plein de tendresse, il s'éveillait l'esprit avide de combat et de meurtre, et réciproquement, s'il était parti la veille en maudissant, il accourait le lendemain pour bénir.

Trois fois Thérèse le quitta et s'enfuit loin de Paris ; trois fois il courut après elle et la força de pardonner à son désespoir, car aussitôt qu'il l'avait perdue, il l'adorait et recommençait à l'implorer avec toutes les larmes d'un repentir exalté.

Thérèse fut à la fois misérable et sublime dans cet enfer où elle s'était replongée en fermant les yeux et en faisant le sacrifice de sa vie. Elle poussa le dévouement jusqu'à des immolations qui faisaient frémir ses amis, et qui lui valurent quelquefois le blâme, presque le mépris des gens fiers et sages, qui ne savent pas ce que c'est que d'aimer.

Et, d'ailleurs, cet amour de Thérèse pour Laurent était incompréhensible pour elle-même. Elle n'y était pas entraînée par les sens, car Laurent, souillé par la débauche où il se replongeait pour tuer un amour qu'il ne pouvait éteindre par sa volonté, lui était devenu un objet de dégoût pire qu'un cadavre. Elle n'avait plus de caresses pour lui, et il n'osait plus lui en demander. Elle n'était plus vaincue et dominée par le charme de son éloquence et par les grâces enfantines de ses repentirs. Elle ne pouvait

plus croire au lendemain ; et les attendrissements
splendides qui les avaient tant de fois réconciliés
n'étaient plus pour elle que les effrayants symptô-
mes de la tempête et du naufrage.

Ce qui l'attachait à lui, c'était cette immense pitié
dont on contracte l'impérieuse habitude avec les
êtres à qui l'on a beaucoup pardonné. Il semble que
le pardon engendre le pardon jusqu'à la satiété,
jusqu'à la faiblesse imbécile. Quand une mère s'est
dit que son enfant est incorrigible, et qu'il faut qu'il
meure ou qu'il tue, elle n'a plus rien à faire qu'à
l'abandonner ou à tout accepter. Thérèse s'était trompée toutes les fois qu'elle avait cru guérir Laurent
par l'abandon. Il est bien vrai qu'alors il redevenait
meilleur, mais c'était à la condition d'espérer son
pardon. Quand il ne l'espérait plus, il se jetait à
corps perdu dans la paresse et le désordre. Elle revenait alors pour l'en tirer, et elle réussissait à le
faire travailler pendant quelques jours. Mais combien elle payait cher ce peu de bien qu'elle parvenait à lui faire ! Quand il revenait au dégoût d'une
vie normale, il n'avait pas assez d'invectives pour
lui reprocher de vouloir faire de lui « ce que *sa patronne Thérèse Levasseur* avait fait de Jean-Jacques, »
c'est-à-dire, selon lui, « un idiot et un maniaque. »

Et pourtant, dans cette pitié de Thérèse qu'il im-

plorait si ardemment pour s'en offenser aussitôt
qu'elle lui était rendue, il y avait un respect enthousiaste et peut-être même un peu fanatique pour le
génie de l'artiste. Cette femme, qu'il accusait d'être
bourgeoise et inintelligente quand il la voyait travailler à son bien-être à lui avec candeur et persévérance, elle était grandement artiste, au moins dans
son amour, puisqu'elle acceptait la tyrannie de
Laurent comme étant de droit divin, et lui sacrifiait
sa propre fierté, son propre travail, et ce qu'une
autre moins dévouée eût peut-être appelé sa propre
gloire.

Et lui, l'infortuné, il voyait et comprenait ce dévouement, et, lorsqu'il s'apercevait de son ingratitude, il était dévoré de remords qui le brisaient. Il
lui eût fallu une maîtresse insouciante et robuste
qui se fût moquée de ses colères comme de ses repentirs, qui n'eût souffert de rien, pourvu qu'elle le
dominât. Telle n'était pas Thérèse. Elle se mourait
de fatigue et de chagrin, et, en la voyant dépérir,
Laurent cherchait dans le suicide de son intelligence,
dans le poison de l'ivresse, l'oubli momentané de
ses propres larmes.

XIII

Un soir, il lui fit une si longue et si incompréhensible querelle, qu'elle ne l'entendit plus et s'as-
soupit sur son fauteuil. Au bout de quelques instants, un léger frôlement lui fit ouvrir les yeux.
Laurent jeta convulsivement par terre quelque chose
de brillant : c'était un poignard. Thérèse sourit et
referma les yeux. Elle comprenait faiblement, et
comme à travers le voile d'un rêve, qu'il avait
songé à la tuer. En ce moment tout était indifférent
à Thérèse. Se reposer de vivre et de penser, que
ce fût sommeil ou mort, elle laissait le choix à la
destinée.

C'était la mort qu'elle méprisait. Laurent crut que
c'était lui, et, se méprisant lui-même, il la quitta
enfin.

Trois jours après, Thérèse, décidée à faire un em-
prunt qui lui permît un voyage sérieux, une absence
réelle (cette vie de déchirements et de bourrasques
tuait son travail et ruinait son existence), alla au
quai aux Fleurs et acheta un rosier blanc, qu'elle

envoya à Laurent sans donner son nom au porteur.
C'était son adieu. En rentrant chez elle, elle y trouva
un rosier blanc anonyme : c'était aussi l'adieu de
Laurent. Tous deux partaient, tous deux restèrent.
La coïncidence de ces rosiers blancs émut Laurent
jusqu'aux larmes. Il courut chez Thérèse, et la trouva
achevant ses paquets. Sa place était retenue dans le
courrier pour six heures du soir. Celle de Laurent
l'était aussi dans la même voiture. Tous deux avaient
pensé revoir l'Italie l'un sans l'autre.

— Eh bien, partons ensemble! s'écria-t-il.

— Non, je ne pars plus, répondit-elle.

— Thérèse, lui dit-il, nous aurons beau vouloir!
ce lien atroce qui nous unit ne se rompra jamais.
C'est folie d'y songer encore. Mon amour a résisté à
tout ce qui peut briser un sentiment, à tout ce qui
peut tuer une âme. Il faut que tu m'aimes comme
je suis, ou que nous mourrions ensemble. Veux-tu
m'aimer?

— Je le voudrais en vain, je ne peux plus, dit
Thérèse. Je sens mon cœur épuisé : je crois qu'il
est mort.

— Eh bien, veux-tu mourir?

— Il m'est indifférent de mourir, tu le sais; mais
je ne veux ni de ta vie ni de ta mort avec moi.

— Ah ! oui, tu crois à l'éternité du *moi!* Tu ne

veux pas me retrouver dans l'autre vie! Pauvre
martyre, je comprends cela!

— Nous ne nous retrouverons pas, Laurent, j'en
ai la certitude. Chaque âme va vers son foyer d'at-
traction. Le repos m'appelle, et, toi, tu seras toujours et partout attiré par la tempête.

— C'est-à-dire que tu n'as pas mérité l'enfer, toi!

— Tu ne l'as pas mérité non plus. Tu auras un
autre ciel, voilà tout!

— En ce monde, qu'est-ce qui m'attend, si tu
me quittes?

— La gloire quand tu ne chercheras plus l'amour.

Laurent devint pensif. Il répéta machinalement
plusieurs fois : « La gloire! » puis il s'agenouilla
devant la cheminée en tisonnant, comme il avait
coutume de faire quand il voulait être seul avec
lui-même. Thérèse sortit pour décommander son
départ. Elle savait bien que Laurent l'eût suivie.

Quand elle rentra, elle le trouva très-calme et
très-enjoué.

— Ce monde, lui dit-il, n'est qu'une plate comé-
die; mais pourquoi vouloir s'élever au-dessus de
lui, puisque nous ne savons pas ce qu'il y a plus
haut, et même s'il y a quelque chose? La gloire,
dont tu ris intérieurement, je le sais fort bien...

— Je ne ris pas de celle des autres...

— Qui, les autres?

— Ceux qui y croient et qui l'aiment.

— Dieu sait si j'y crois, Thérèse, et si je ne m'en moque pas comme d'une farce! Mais on peut bien aimer une chose dont on sait le peu de valeur. On aime un cheval quinteux qui vous casse le cou, le tabac qui vous empoisonne, une mauvaise pièce qui vous fait rire, et la gloire qui n'est qu'une mascarade! La gloire! qu'est-ce pour un artiste vivant? Des articles de journaux qui vous éreintent et qui font parler de vous, et puis des éloges que personne ne lit, car le public ne s'amuse que des critiques acerbes, et, quand on porte son idole aux nues, il ne s'en soucie plus du tout. Et puis des groupes qui se pressent et se succèdent devant une toile peinte, et puis des commandes monumentales qui vous transportent de joie et d'ambition, et qui vous laissent moitié mort de fatigue sans avoir réalisé votre idée... Et puis... l'Institut... une réunion de gens qui vous détestent, et qui eux-mêmes...

Ici Laurent se livra aux plus amers sarcasmes, et termina son dithyrambe en disant :

— N'importe! voilà la gloire de ce monde! On crache dessus, mais on ne peut s'en passer, puisqu'il n'y a rien de mieux!

Leur entretien se prolongea ainsi jusqu'au soir,

railleur, philosophique, et peu à peu tout à fait im-
personnel. On eût dit, à les entendre et à les voir,
deux paisibles amis qui ne s'étaient jamais brouillés.
Cette situation étrange s'était répétée plusieurs fois
au beau milieu de leur grande crise : c'est que,
quand leurs cœurs se taisaient, leurs intelligences
se convenaient et s'entendaient encore.

Laurent eut faim et demanda à dîner avec Thérèse.

— Et votre départ? lui dit-elle. Voici l'heure qui
approche.

— Puisque vous ne partez plus, vous!

— Je partirai si vous restez.

— Eh bien, je partirai, Thérèse. Adieu!

Il sortit brusquement et revint au bout d'une
heure.

— J'ai manqué le courrier, dit-il, ce sera pour
demain. Vous n'avez pas encore dîné?

Thérèse, préoccupée, avait oublié son repas sur
la table.

— Ma chère Thérèse, lui dit-il, accordez-moi une
dernière grâce; venez dîner avec moi quelque part,
et allons ce soir ensemble à quelque spectacle. Je
veux redevenir votre ami, rien que votre ami. Ce
sera ma guérison et notre salut à tous les deux.
Éprouvez-moi. Je ne serai plus ni jaloux, ni exi-

geant, ni même amoureux. Tenez, sachez-le, j'ai une autre maîtresse, une jolie petite femme du monde, menue comme une fauvette, blanche et fine comme un brin de muguet. C'est une femme mariée. Je suis l'ami de son amant, que je trompe. J'ai deux rivaux, deux dangers de mort à braver chaque fois que j'obtiens un tête-à-tête. C'est fort piquant, et c'est là tout le secret de mon amour. Donc, mes sens et mon imagination sont satisfaits de ce côté-là; c'est mon cœur tout seul et l'échange de mes idées avec les vôtres que je vous offre.

— Je les refuse, dit Thérèse.

— Comment! vous aurez la vanité d'être jalouse d'un être que vous n'aimez plus?

— Certes, non! Je n'ai plus ma vie à donner, et je ne comprends pas une amitié comme celle que vous me demandez sans un dévouement exclusif. Venez me voir comme mes autres amis, je le veux bien; mais ne me demandez plus d'intimité particulière, même apparente.

— Je comprends, Thérèse; vous avez un autre amant!

Thérèse leva ses épaules et ne répondit rien. Il mourait d'envie qu'elle se vantât d'un caprice, comme il venait de le faire vis-à-vis d'elle. Sa force abattue se ranimait et avait besoin d'un combat. Il

17

attendait avec anxiété qu'elle répondît à son défi
pour l'accabler de reproches et de dédains, et lui
déclarer peut-être qu'il venait d'inventer cette maîtresse pour la forcer à se trahir elle-même. Il ne
comprenait plus la force d'inertie de Thérèse. Il aimait mieux se croire haï et trompé qu'importun ou
indifférent.

Elle le lassa par son mutisme.

— Bonsoir, lui dit-il. Je vais dîner, et, de là, au
bal de l'Opéra, si je ne suis pas trop gris.

Thérèse, restée seule, creusa, pour la millième
fois en elle-même, l'abîme de cette mystérieuse destinée. Que lui manquait-il donc pour être une des
plus belles destinées humaines? La raison.

— Mais qu'est-ce donc que la raison? se demandait
Thérèse, et comment le génie peut-il exister sans
elle? Est-ce parce qu'il est une si grande force qu'il
peut la tuer et lui survivre? Ou bien la raison n'est-
elle qu'une faculté isolée dont l'union avec le reste
des facultés n'est pas toujours nécessaire?

Elle tomba dans une sorte de rêverie métaphy-
sique. Il lui avait toujours semblé que la raison était
un ensemble d'idées et non pas un détail; que
toutes les facultés d'un être bien organisé lui em-
pruntaient et lui fournissaient tour à tour quelque
chose; qu'elle était à la fois le moyen et le but;

qu'aucun chef-d'œuvre ne pouvait s'affranchir de
sa loi, et qu'aucun homme ne pouvait avoir de
valeur réelle après l'avoir résolûment foulée aux
pieds.

Elle repassait dans sa mémoire la vue de grands
artistes, et regardait aussi celle des artistes contem-
porains. Elle voyait partout la règle du vrai asso-
ciée au rêve du beau, et partout cependant des
exceptions, des anomalies effrayantes, des figures
rayonnantes et foudroyées comme celle de Laurent.
L'aspiration au sublime était même une maladie du
temps et du milieu où se trouvait Thérèse. C'était
quelque chose de fiévreux qui s'emparait de la jeunesse et qui lui faisait mépriser les conditions du
bonheur normal en même temps que les devoirs de
la vie ordinaire. Par la force des choses, Thérèse
elle-même se trouvait jetée, sans l'avoir désiré ni
prévu, dans ce cercle fatal de l'enfer humain. Elle
était devenue la compagne, la moitié intellectuelle
d'un de ces fous sublimes, d'un de ces génies extra-
vagants; elle assistait à la perpétuelle agonie de
Prométhée, aux renaissantes fureurs d'Oreste; elle
subissait le contre-coup de ces inexprimables douleurs sans en comprendre la cause, sans en pouvoir
trouver le remède.

Dieu était encore dans ces âmes rebelles et tortu-

rées cependant, puisqu'à certaines heures Laurent
redevenait enthousiaste et bon, puisque la source
pure de l'inspiration sacrée n'était pas tarie ; ce n'é-
tait point là un talent épuisé, c'était peut-être encore un homme de beaucoup d'avenir. Fallait-il
l'abandonner à l'envahissement du délire et à l'hé-
bétement de la fatigue ?

Thérèse avait, disons-nous, trop côtoyé cet abîme
pour n'en point partager quelquefois le vertige. Son
propre talent comme son propre caractère avait failli
s'engager à son insu dans cette voie désespérée.
Elle avait eu cette exaltation de la souffrance qui
fait voir en grand les misères de la vie, et qui flotte
entre les limites du réel et de l'imaginaire ; mais,
par une réaction naturelle, son esprit aspirait désormais au *vrai*, qui n'est ni l'un ni l'autre, ni
l'idéal sans frein, ni le fait sans poésie. Elle sentait
que c'était là le beau, et qu'il fallait chercher la vie
matérielle simple et digne pour rentrer dans la vie
logique de l'âme. Elle se faisait de graves reproches
de s'être manqué si longtemps à elle-même ; puis,
un instant après, elle se reprochait également de se
trop préoccuper de son propre sort en présence du
péril extrême où celui de Laurent restait engagé.

Par toutes ses voix, par celle de l'amitié comme
par celle de l'opinion, le monde lui criait de se re-

lever et de se reprendre. C'était là le devoir en effet
selon le monde, dont le nom en pareil cas équivaut
à celui d'ordre général, d'intérêt de la société :
« Suivez le bon chemin, laissez périr ceux qui s'en
écartent. » Et la religion officielle ajoutait : « Les
sages et les bons pour l'éternel bonheur, les aveugles et les rebelles pour l'enfer! » Donc, peu importe
au sage que l'insensé périsse ?

Thérèse se révolta contre cette conclusion.

— Le jour où je me croirai l'être le plus parfait, le
plus précieux et le plus excellent de la terre, se dit-
elle, j'admettrai l'arrêt de mort de tous les autres;
mais, si ce jour-là m'arrive, ne serai-je pas plus
folle que tous les autres fous? Arrière la folie de la
vanité, mère de l'égoïsme! Souffrons encore pour
un autre que moi !

Il était près de minuit lorsqu'elle se leva du fauteuil où elle s'était laissée tomber inerte et brisée
quatre heures auparavant. On venait de sonner. Un
commissionnaire apportait un carton et un billet. Le
carton contenait un domino et un masque de satin
noir. Le billet contenait ce peu de mots de la main
de Laurent : *Senza veder, senza parlar.*

Sans se voir et sans se parler... Que signifiait cette
énigme ? Voulait-il qu'elle vînt au bal masqué l'in-
triguer par une aventure banale? voulait-il essayer

de l'aimer sans la reconnaître ? Était-ce fantaisie de poëte ou insulte de libertin ?

Thérèse renvoya le carton et retomba dans son fauteuil ; mais l'inquiétude ne l'y laissa plus réfléchir. Ne devait-elle pas tout tenter pour arracher cette victime à l'égarement infernal ?

— J'irai, dit-elle, je le suivrai pas à pas. Je verrai, j'entendrai sa vie en dehors de moi, je saurai ce qu'il y a de vrai dans les turpitudes qu'il me raconte, à quel point il aime le mal naïvement ou avec affectation, s'il a vraiment des goûts dépravés, ou s'il ne cherche qu'à s'étourdir. Sachant tout ce que j'ai voulu ignorer de lui et de ce mauvais monde, tout ce que j'éloignais avec dégoût de ses souvenirs et de mon imagination, je découvrirai peut-être un joint, un biais, pour l'arracher à ce vertige.

Elle se rappela le domino que Laurent venait de lui envoyer, et sur lequel elle avait pourtant à peine jeté les yeux. Il était en satin. Elle en envoya chercher un en gros de Naples, mit un masque, cacha ses cheveux avec soin, se munit de nœuds de rubans de diverses couleurs, afin de changer l'aspect de sa personne, dans le cas où Laurent viendrait à la soupçonner sous ce costume, et, demandant une voiture, elle se rendit toute seule et résolûment au bal de l'Opéra.

Elle n'y avait jamais mis les pieds. Le masque lui semblait une chose insupportable, étouffante. Elle n'avait jamais essayé de contrefaire sa voix, et ne voulait être devinée de personne. Elle se glis a muette dans les corridors, cherchant les coins isolés quand elle était lasse de marcher, ne s'y arrêtant pas quand elle voyait quelqu'un approcher d'elle, ayant toujours l'air de passer, et réussissant plus facilement qu'elle ne l'avait espéré à être complétement seule et libre dans cette foule agitée.

C'était l'époque où l'on ne dansait pas au bal de l'Opéra, et où le seul déguisement admis était le domino noir. C'était donc une cohue sombre et grave en apparence, occupée peut-être d'intrigues aussi peu morales que les bacchanales des autres réunions de ce genre, mais d'un aspect imposant, vu de haut, dans son ensemble. Puis tout à coup, d'heure en heure, un bruyant orchestre jouait des quadrilles effrénés, comme si l'administration, luttant contre la police, eût voulu entraîner la foule à enfreindre sa défense; mais personne ne paraissait y songer. La noire fourmilière continuait à marcher lentement et à chuchoter au milieu de ce vacarme, qui se terminait par un coup de pistolet, finale étrange, fantastique, qui semblait impuissant à dissiper la vision de cette fête lugubre.

Pendant quelques instants, Thérèse fut frappée de ce spectacle au point d'oublier où elle était et de se croire dans le monde des rêves tristes. Elle cherchait Laurent, et ne le trouvait pas.

Elle se hasarda dans le foyer, où se tenaient, sans masque et sans déguisement, les hommes connus de tout Paris, et, quand elle en eut fait le tour, elle allait se retirer, lorsqu'elle entendit prononcer son nom dans un coin. Elle se retourna, et vit l'homme qu'elle avait tant aimé assis entre deux filles masquées, dont la voix et l'accent avaient ce je ne sais quoi de mou et d'aigre tout ensemble qui révèle la fatigue des sens et l'amertume de l'esprit.

— Eh bien, disait l'une d'elles, tu l'as donc enfin abandonnée, ta fameuse Thérèse? Il paraît qu'elle t'a trompé là-bas, en Italie, et que tu ne voulais pas le croire?

— Il a commencé à s'en douter, reprit l'autre, le jour où il a réussi à chasser le rival heureux.

Thérèse fut mortellement blessée de voir le douloureux roman de sa vie livré à de pareilles interprétations, mais plus encore de voir Laurent sourire, répondre à ces filles qu'elles ne savaient ce qu'elles disaient, et leur parler d'autre chose, sans indignation et comme sans mémoire ou sans souci de ce qu'il venait d'entendre. Thérèse n'eût jamais

cru qu'il n'était pas même son ami. Elle en était
sûre maintenant! Elle resta, elle écouta encore;
elle sentait une sueur glacée coller son masque à sa
figure.

Cependant Laurent ne disait à ces filles rien qui
ne pût être entendu de tout le monde. Il babillait,
s'amusait de leur caquet, et y répondait en homme
de bonne compagnie. Elles n'avaient aucun esprit,
et deux ou trois fois il bâilla en se cachant un peu.
Néanmoins il restait là, se souciant peu d'être vu de
tous en cette compagnie, se laissant faire la cour,
bâillant de fatigue et non d'ennui réel, doux, distrait, mais aimable, et parlant à ces compagnes de
rencontre **comme si** elles eussent été des femmes
du meilleur monde, presque de bonnes et sérieuses
amies, mêlées à des souvenirs agréables de plaisirs
que l'on peut avouer.

Cela dura bien un quart d'heure. Thérèse restait
toujours. Laurent lui tournait le dos. La banquette
où il était assis se trouvait placée dans l'embrasure
d'une porte de glace sans tain, fermée en face de
lui. Lorsque des groupes errant dans les couloirs
extérieurs s'arrêtaient contre cette porte, les habits
et les dominos faisaient un fond opaque, et la vitre
devenait une glace noire où l'image de Thérèse se
répétait sans qu'elle s'en aperçût. Laurent la vit **à**

divers intervalles sans songer à elle ; mais peu à peu
l'immobilité de cette figure masquée l'inquiéta, et il
dit à ses compagnes en la leur montrant dans le
sombre miroir :

— Est-ce que vous ne trouvez pas ça effrayant, le
masque ?

— Nous te faisons donc peur ?

— Non, pas vous : je sais comment vous avez le
nez fait sous ce morceau de satin ; mais une figure
qu'on ne devine pas, que l'on ne connaît pas, et qui
vous fixe avec cette prunelle ardente ; je m'en vais
d'ici, moi, j'en ai assez.

— C'est-à-dire, reprirent-elles, que tu as assez de
nous ?

— Non, dit-il, j'ai assez du bal. On y étouffe.
Voulez-vous venir voir tomber la neige ? Je vais au
bois de Boulogne.

— Mais il y a de quoi mourir ?

— Ah bien, oui ! Est-ce qu'on meurt ? Venez-
vous ?

— Ma foi, non !

— Qui veut venir en domino au bois de Boulogne
avec moi ? dit-il en élevant la voix.

Un groupe de figures noires s'abattit comme une
volée de chauves-souris autour de lui.

— Combien cela vaut-il ? disait l'une.

— Me feras-tu mon portrait? disait l'autre.

— Est-ce à pied ou à cheval? disait une troisième.

— Cent francs par tête, répondit-il, rien que pour se promener les pieds dans la neige au clair de la lune. Je vous suivrai de loin. C'est pour voir l'effet... Combien êtes-vous? ajouta-t-il au bout de quelques instants. Dix! ce n'est guère. N'importe, marchons!

Trois restèrent en disant :

— Il n'a pas le sou. Il nous fera attraper une fluxion de poitrine, et ce sera tout.

— Vous restez? reprit-il. Reste sept! Bravo, nombre cabalistique, les sept péchés capitaux! Vive Dieu! je craignais de m'ennuyer, mais voilà une invention qui me sauve.

— Allons, dit Thérèse, une fantaisie d'artiste!... Il se souvient qu'il est peintre. Rien n'est perdu.

Elle suivit cette étrange compagnie jusqu'au péristyle, pour s'assurer qu'en effet l'idée fantasque était mise à exécution; mais le froid fit reculer les plus déterminées, et Laurent se laissa persuader d'y renoncer. On voulait qu'il changeât la partie en un souper général.

— Ma foi, non! dit-il, vous n'êtes que des peureuses et des égoïstes, absolument comme les

femmes honnêtes. Je vais dans la bonne compagnie.
Tant pis pour vous!

Mais elles le ramenèrent dans le foyer, et il s'y
établit entre lui, d'autres jeunes gens de ses amis,
et une troupe d'effrontées, une causerie si vive,
avec de si beaux projets, que Thérèse, vaincue par
le dégoût, se retira en se disant qu'il était trop tard.
Laurent aimait le vice : elle ne pouvait plus rien
pour lui.

Laurent aimait-il le vice, en effet? Non, l'esclave
n'aime pas le joug et le fouet; mais, quand il est
esclave par sa faute, quand il s'est laissé prendre sa
liberté, faute d'un jour de courage ou de prudence,
il s'habitue au servage et à toutes ses douleurs : il
justifie ce mot profond de l'antiquité, que, quand
Jupiter réduit un homme en cet état, il lui ôte la
moitié de son âme.

Quand l'esclavage du corps était le fruit terrible
de la victoire, le ciel agissait ainsi par pitié pour le
vaincu ; mais, quand c'est l'âme qui subit l'étreinte
funeste de la débauche, le châtiment est là tout entier. Désormais Laurent le méritait, ce châtiment.
Il avait pu se racheter, Thérèse y avait risqué, elle
aussi, la moitié de son âme : il n'en avait pas profité.

Comme elle remontait en voiture pour rentrer
chez elle, un homme éperdu s'élança à ses côtés.

C'était Laurent. Il l'avait reconnue au moment où
elle quittait le foyer, à un geste d'horreur involon-
taire dont elle n'avait pas eu conscience.

— Thérèse, lui dit-il, rentrons dans ce bal. Je
veux dire à tous ces hommes : « Vous êtes des
brutes! » à toutes ces femmes : « Vous êtes des
infâmes! » Je veux crier ton nom, ton nom sacré
à cette foule imbécile, me rouler à tes pieds, et
mordre la poussière en appelant sur moi tous les
mépris, toutes les insultes, toutes les hontes! Je
veux faire ma confession à haute voix dans cette
mascarade immense, comme les premiers chrétiens
la faisaient dans les temples païens, purifiés tout à
coup par les larmes de la pénitence et lavés par le
sang des martyrs...

Cette exaltation dura jusqu'à ce que Thérèse l'eût
ramené à sa porte. Elle ne comprenait plus du tout
pourquoi et comment cet homme si peu enivré, si
maître de lui-même, si agréablement discoureur au
milieu des filles du bal masqué, redevenait passionné jusqu'à l'extravagance aussitôt qu'elle lui
apparaissait.

— C'est moi qui vous rends fou, lui dit-elle. Tout
à l'heure on vous parlait de moi comme d'une
misérable, et cela même ne vous réveillait pas.
Je suis devenue pour vous comme un spectre ven-

geur. Ce n'était pas là ce que je voulais. Quittons nous donc, puisque je ne peux plus vous faire que du mal.

XIV

Ils se revirent pourtant le lendemain. Il la supplia de lui donner une dernière journée de causerie fraternelle et de promenade *bourgeoise, amicale,* tranquille. Ils allèrent ensemble au Jardin des Plantes, s'assirent sous le grand cèdre, et montèrent au labyrinthe. Il faisait doux ; plus de traces de neige. Un soleil pâle perçait à travers des nuages lilas. Les bourgeons des plantes étaient déjà gonflés de séve. Laurent était poëte, rien que poëte et artiste contemplatif ce jour-là : un calme profond, inouï, pas de remords, pas de désirs ni d'espérances ; de la gaieté ingénue encore par moments. Pour Thérèse, qui l'observait avec étonnement, c'était à ne pas croire que tout fût brisé entre eux.

L'orage revint effroyable le lendemain, sans cause, sans prétexte, et absolument comme il se forme dans le ciel d'été, par la seule raison qu'il a fait beau la veille.

Puis, de jour en jour, tout s'obscurcit, et ce fut comme une fin du monde, comme de continuels éclats de foudre au sein des ténèbres.

Une nuit, il entra chez elle fort tard, dans un état d'égarement complet, et, sans savoir où il était, sans lui dire un mot, il se laissa tomber endormi sur le sofa du salon.

Thérèse passa dans son atelier, et pria Dieu avec ardeur et désespoir de la soustraire à ce supplice. Elle était découragée ; la mesure était comble. Elle pleura et pria toute la nuit.

Le jour paraissait lorsqu'elle entendit sonner à sa porte. Catherine dormait, et Thérèse crut que quelque passant attardé se trompait de domicile. On sonna encore ; on sonna trois fois. Thérèse alla regarder par la lucarne de l'escalier qui donnait au-dessus de la porte d'entrée. Elle vit un enfant de dix à douze ans, dont les vêtements annonçaient l'aisance, dont la figure levée vers elle lui parut angélique.

— Qu'est-ce donc, mon petit ami ? lui dit-elle ; êtes-vous égaré dans le quartier ?

— Non, répondit-il, on m'a amené ici ; je cherche une dame qui s'appelle mademoiselle Jacques.

Thérèse descendit, ouvrit à l'enfant, et le regarda avec une émotion extraordinaire. Il lui semblait

qu'elle l'avait déjà vu, ou qu'il ressemblait à quelqu'un qu'elle connaissait et dont elle ne pouvait retrouver le nom. L'enfant aussi paraissait troublé et
indécis.

Elle l'emmena dans le jardin pour le questionner;
mais, au lieu de répondre :

— C'est donc vous, lui dit-il tout tremblant, qui
êtes mademoiselle Thérèse ?

— C'est moi, mon enfant; que me voulez-vous?
que puis-je faire pour vous?

— Il faut me prendre avec vous et me garder si
vous voulez de moi !

— Qui êtes-vous donc?

— Je suis le fils du comte de ***.

Thérèse retint un cri, et son premier mouvement
fut de repousser l'enfant; mais tout à coup elle fut
frappée de sa ressemblance avec une figure qu'elle
avait peinte dernièrement en la regardant dans une
glace pour l'envoyer à sa mère, et cette figure,
c'était la sienne propre.

— Attends! s'écria-t-elle en saisissant le jeune
garçon dans ses bras avec un mouvement convulsif
Comment t'appelles-tu ?

— Manoël.

— Oh! mon Dieu! qui donc est ta mère?

— C'est .. on m'a bien recommandé de ne pas

vous le dire tout de suite ! Ma mère... c'était d'abord
la comtesse de ***, qui est là-bas, à La Havane ; elle
ne m'aimait pas et elle me disait bien souvent :
« Tu n'es pas mon fils, je ne suis pas obligée de
t'aimer. » Mais mon père m'aimait, et il me disait
souvent : « Tu n'es qu'à moi, tu n'as pas de mère. »
Et puis il est mort il y a dix-huit mois, et la comtesse a dit : « Tu es à moi et tu vas rester avec moi. »
C'est parce que mon père lui avait laissé de l'argent,
à la condition que je passerais pour leur fils à tous
les deux. Cependant elle continuait à ne pas m'aimer, et je m'ennuyais beaucoup avec elle, quand
un monsieur des États-Unis, qui s'appelle M. Richard Palmer, est venu tout d'un coup me demander. La comtesse a dit : « Non, je ne veux pas. »
Alors M. Palmer m'a dit : « Veux-tu que je te recon-
duise à ta vraie mère, qui croit que tu es mort,
et qui sera bien contente de te revoir? » J'ai dit :
« Oui, bien sûr! » Alors M. Palmer est venu la nuit,
dans une barque, parce que nous demeurions au
bord de la mer; et, moi, je me suis levé bien
doucement, bien doucement, et nous avons na-
vigué tous les deux jusqu'à un grand navire, et
puis nous avons traversé toute la grande mer, et
nous voilà.

— Vous voilà ! dit Thérèse, qui tenait l'enfant

305

pressé contre sa poitrine, et qui, agitée d'un tremblement d'ivresse, le couvait et l'enveloppait d'un
seul et ardent baiser pendant qu'il parlait; où est-il,
Palmer?

— Je ne sais pas, dit l'enfant. Il m'a amené à
la porte, il m'a dit : *Sonne!* et puis je ne l'ai
plus vu.

— Cherchons-le, dit Thérèse en se levant; il ne
peut pas être loin!

Et, courant avec l'enfant, elle rejoignit Palmer,
qui se tenait à quelque distance, attendant de pouvoir s'assurer que l'enfant était reconnu par sa
mère.

— Richard! Richard! s'écria Thérèse en se jetant
à ses pieds au milieu de la rue encore déserte,
comme elle l'eût fait quand même elle eût été pleine
de monde. Vous êtes *Dieu* pour moi!...

Elle n'en put dire davantage; suffoquée par les
larmes de la joie, elle devenait folle.

Palmer l'emmena sous les arbres des Champs-
Élysées et la fit asseoir. Il lui fallut au moins une
heure pour se calmer et se reconnaître, et pour
réussir à caresser son fils sans risquer de l'étouffer.

— A présent, lui dit Palmer, j'ai payé ma dette.
Vous m'avez donné des jours d'espoir et de bonheur, je ne voulais pas rester insolvable. Je vous

rends une vie entière de tendresse et de consolation, car cet enfant est un ange, et il m'en coûte de me séparer de lui. Je l'ai privé d'un héritage et je lui en dois un en échange. Vous n'avez pas le droit de vous y opposer; mes mesures sont prises et tous ses intérêts sont réglés. Il a dans sa poche un portefeuille qui lui assure le présent et l'avenir. Adieu, Thérèse! Comptez que je suis votre ami à la vie et à la mort.

Palmer s'en alla heureux; il avait fait une bonne action. Thérèse ne voulut pas remettre les pieds dans la maison où Laurent dormait. Elle prit un fiacre, après avoir envoyé un commissionnaire à Catherine avec ses instructions, qu'elle écrivit d'un petit café où elle déjeuna avec son fils. Ils passèrent la journée à courir Paris ensemble, afin de s'équiper pour un long voyage. Le soir, Catherine vint les rejoindre avec les paquets qu'elle avait faits dans la journée, et Thérèse alla cacher son enfant, son bonheur, son repos, son travail, sa joie, sa vie, au fond de l'Allemagne. Elle eut le bonheur égoïste : elle ne pensa plus à ce que Laurent deviendrait sans elle. Elle était mère, et la mère avait irrévocablement tué l'amante.

Laurent dormit tout le jour et s'éveilla dans la solitude. Il se leva, maudissant Thérèse d'avoir été

à la promenade sans songer à lui faire faire à souper. Il s'étonna de ne pas trouver Catherine, donna
la maison au diable, et sortit.

Ce ne fut qu'au bout de quelques jours qu'il comprit ce qui lui arrivait. Quand il vit la maison de
Thérèse sous-louée, les meubles emballés ou vendus,
et qu'il attendit des semaines et des mois sans recevoir un mot d'elle, il n'eut plus d'espoir et ne songea
plus qu'à s'étourdir.

Ce n'est qu'au bout d'un an qu'il sut le moyen de
faire parvenir une lettre à Thérèse. Il s'accusait de
tout son malheur et demandait le retour de l'ancienne amitié; puis, revenant à la passion, il finis-
sait ainsi :

« Je sais bien que de toi je ne mérite pas même
cela, car je t'ai maudite, et, dans mon désespoir de
t'avoir perdue, j'ai fait pour me guérir des efforts
de désespéré. Oui, je me suis efforcé de dénaturer
ton caractère et ta conduite à mes propres yeux;
j'ai dit du mal de toi avec ceux qui te haïssent, et
j'ai pris plaisir à en entendre dire à ceux qui ne te
connaissent pas. Je t'ai traitée absente comme je te
traitais quand tu étais là! Et pourquoi n'es-tu plus
là? C'est ta faute si je deviens fou; il ne fallait pas
m'abandonner... Oh! malheureux que je suis, je

sens que je te hais en même temps que je t'adore.
Je sens que toute ma vie se passera à t'aimer et à te
maudire... Et je vois bien que tu me hais! Et je
voudrais te tuer! Et, si tu étais là, je tomberais à
tes pieds! Thérèse, Thérèse, tu es donc devenue un
monstre, que tu ne connais plus la pitié? Oh! l'affreux châtiment que celui de cet incurable amour
avec cette colère inassouvie! Qu'ai-je donc fait, mon
Dieu, pour en être réduit à perdre tout, jusqu'à la
liberté d'aimer ou de haïr? »

Thérèse lui répondit :

« Adieu pour toujours! Mais sache que tu n'as
rien fait contre moi que je n'aie pardonné, et que
tu ne pourras rien faire que je ne puisse pardonner
encore. Dieu condamne certains hommes de génie
à errer dans la tempête et à créer dans la douleur.
Je t'ai assez étudié dans tes ombres et dans ta lumière, dans ta grandeur et dans ta faiblesse, pour
savoir que tu es la victime d'une destinée, et que tu
ne dois pas être pesé dans la même balance que la
plupart des autres hommes. Ta souffrance et ton
doute, ce que tu appelles ton châtiment, c'est peut-
être la condition de ta gloire. Apprends donc à le
subir. Tu as aspiré de toutes tes forces à l'idéal du

bonheur, et tu ne l'as saisi que dans tes rêves. Eh
bien, tes rêves, mon enfant, c'est ta réalité, à toi,
c'est ton talent, c'est ta vie; n'es-tu pas artiste?

» Sois tranquille, va, Dieu te pardonnera de
n'avoir pu aimer! Il t'avait condamné à cette insa-
tiable aspiration pour que ta jeunesse ne fût pas
absorbée par une femme. Les femmes de l'avenir,
celles qui contempleront ton œuvre de siècle en
siècle, voilà tes sœurs et tes amantes. »